林汉达中国历史故事

· 春秋战国 ·

林汉达 著

山东画报出版社
济南

果麦文化 出品

目录

千金一笑	001	放虎回山	079
兄弟相残	008	桃园打鸟	089
暗箭伤人	015	一鸣惊人	097
管鲍之交	020	搜孤救孤	103
一鼓作气	025	晏子使楚	111
老马识途	030	混出昭关	117
仙鹤坐车	035	鱼肚藏剑	125
唇亡齿寒	041	子胥报仇	131
五张羊皮	046	夹谷之会	140
"仁义"大旗	052	石屋养马	148
饱不忘饥	056	卧薪尝胆	154
退避三舍	065	三家分晋	161
犒军救国	073	用人不疑	169

河伯娶妇	175	狡兔三窟	266
起死回生	181	火牛陷阵	273
不受蒙蔽	186	完璧归赵	283
商鞅变法	193	负荆请罪	291
孙膑下山	201	远交近攻	296
马陵道上	210	赠送绨袍	302
悬梁刺股	216	坑杀赵卒	307
攻守同盟	224	毛遂自荐	314
合纵抗秦	231	盗符救赵	320
连横亲秦	238	图穷匕见	328
胡服骑射	245	统一中原	338
屈原投江	253		
鸡鸣狗盗	261		

千金一笑

　　*"千金一笑"的故事出在两千七百多年以前。那时候，中国还没有皇帝，"皇帝"这个称呼是从秦始皇开始的。中国在三千年以前的一个朝代叫周朝。周朝最高的头儿不叫皇帝，叫天王。两千七百多年以前，周朝有个天王，叫周幽王。这位周幽王什么国家大事都不管，光讲究吃喝玩乐，还打发人上各处去找美人儿。有个老大臣叫褒珦（bāo xiàng），他劝天王要好好管理国家，爱护老百姓，不要把老百姓家里的姑娘弄到宫里来。周幽王听了，冒了火儿，把褒珦下了监狱。

---

* 书中故事是作者林汉达先生写于民国年间的，参考了当时流通的《史记》《东周列国志》《资治通鉴》等历史著作。

褒珦在监狱里被关了三年，眼看着没有放出来的指望了。褒家的人一直给他想办法。他们想："天王既然顶喜欢美人儿，我们得在这上头打主意。"他们就上各处去找美人儿，还真给他们找到了一个顶好看的乡下姑娘。褒家把小姑娘买了来，就算是褒家的人了，取了个名字叫褒姒（sì）。褒家教她唱歌跳舞，把她训练好了，打扮起来，送到京都镐（hào）京（在今陕西省西安市长安区西北）献给周幽王，算是来替褒珦赎罪的。

周幽王一看见褒姒长得这么漂亮，真是说不出来的高兴。他越瞧越爱，觉得王宫里头的美女都加到一块儿也抵不上褒姒的一丁点儿。他马上免了褒珦的罪，把褒珦放出来了。从这儿起，天王日日夜夜陪着褒姒，把她当作心肝宝贝儿。可褒姒并不喜欢天王，她老皱着眉头叹气，暗暗地流眼泪，进了王宫后没开过一次笑脸。周幽王想尽办法叫她笑，可她怎么也笑不出来。天王就出了一个赏格："有谁能叫娘娘笑一下，就赏他一千斤金子。"（古时候把铜叫作金子）咱们有句成语叫"千金一笑"，也许就是这么来的。

这个赏格一出去，就有好些人赶着想来发财。他们进了宫里，对褒姒说笑话，装鬼脸，演滑稽戏。褒姒见了这些人只觉得讨厌，把他们都轰出去了。

有一个顶能拍马屁的下流人姓虢（guó），叫虢石父。他想出了一个办法，说一定能叫褒姒笑痛肚子。他对周幽王说:"从前,为了防备西戎(西方的部族,周朝人把他们叫犬戎;戎róng),在骊山(在今陕西省西安市临潼区东南;骊lí)一带造了二十多座烽火台,每隔几里地就有一座。万一西戎打进来,把守第一道关的士兵就把烽火烧起来,第二道关上的人见了烟火,也把烽火烧起来。这么一个接着一个地都烧着烽火,邻近的诸侯(天王分封的各国君主通称)瞧见了,就发兵来救。现在天下太平,烽火台早就没有用了。我想请天王跟娘娘上骊山去玩儿几天。到了晚上,咱们把烽火点着,烧得满天通红,让邻近的诸侯见了,上个大当。娘娘见了这么些兵马一会儿跑过来,一会儿跑过去,没个不笑的。您说我这个法儿好不好?"周幽王把眼睛眯成一道缝儿,拍着手说:"好极了,好极了。就这么办吧。"

他们说走就走,带着褒姒到了骊山。有一位诸侯叫姬友,是郑国(郑国开始是在今陕西省华阴市,后迁到洛水以东)的开国国君,又是周幽王的叔叔,正在京都帮着料理国事。大伙儿习惯叫他郑伯友。他怕天王玩儿烽火出乱子,赶紧跑到骊山,劝天王别这么乱来。周幽王正在兴头上,这种话哪儿听得进去。他气着说:"我在宫里闷得慌,难得跟娘娘出来一趟,放放烟火,解解闷儿,这也用得着你管吗?"郑伯友碰了一鼻子灰。

到了晚上,虢石父叫手下的人把烽火点起来。火越烧越旺,满天全是火光,烽火台一个接着一个都烧起来,远远近

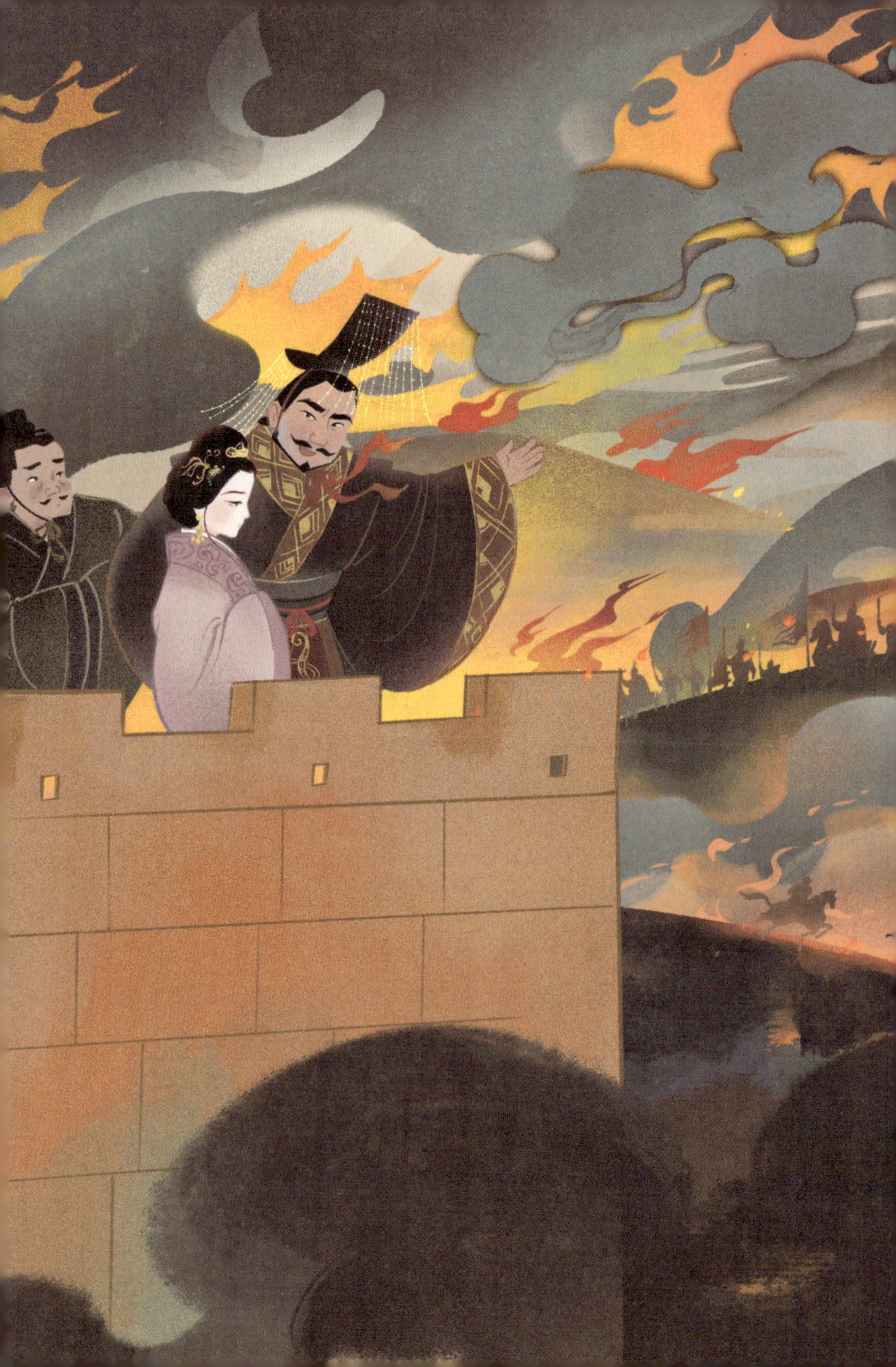

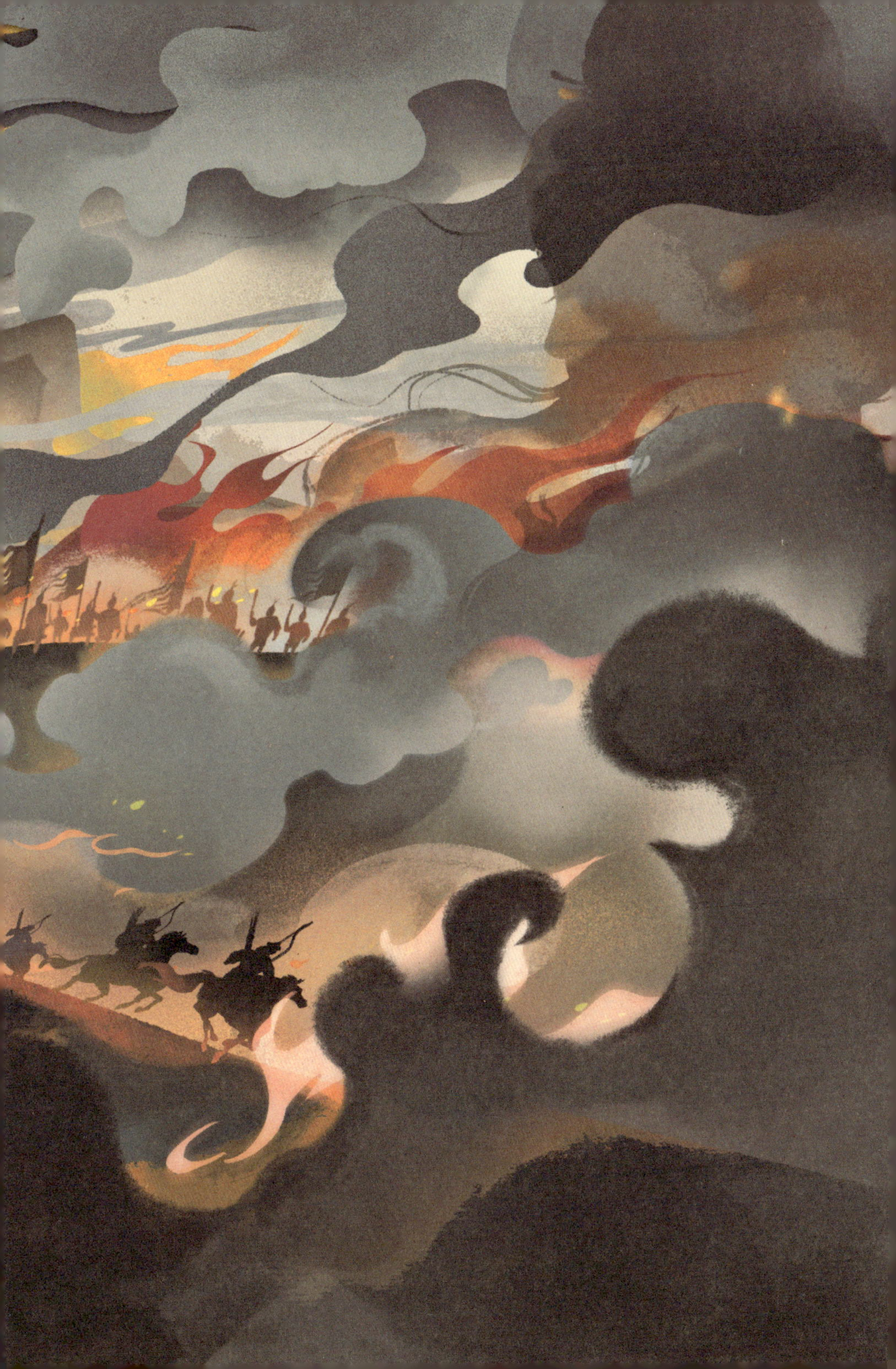

近，全是火柱子，好看极了，也可怕极了。邻近的诸侯看见了烽火，以为西戎打进来了，赶紧带领兵马来打敌人。没想到到了那儿，一个敌人都没看见，也不像打仗的样子，光听见奏乐和唱歌的声音。大伙儿你看看我，我看看你，都不知道是怎么回事。周幽王叫人去对他们说："各位辛苦了，没有敌人，是天王跟娘娘放烟火玩儿，你们回去吧！"诸侯们这才知道上了天王的当，一个个气得肚子都快破了。

褒姒根本不知道他们闹的是什么玩意儿。她瞧见这许多兵马乱哄哄地忙来忙去，跟被掐了脑袋的苍蝇似的在那儿瞎撞，就问周幽王："这是怎么回事？"周幽王一五一十地告诉了她，说是为了让她看了发笑。他歪着脖子，带笑问："好看吗？"褒姒觉得又好气又好笑，不由得冷笑了一声，说："呵呵，真好看！亏得你们想得出这玩意儿。"这位糊涂到了家的天王还当褒姒真笑了呐，这高兴就不用提了，就把一千斤金子赏给了那个小人虢石父。他们玩儿了几天，这才挺高兴地回到了京都。

隔了没有多少日子，西戎真打进来了。头一道关的烽火一烧起来，周幽王就慌了，他连忙叫虢石父赶紧把这儿的烽火点起来。那些诸侯上回上了当，这回就当天王又在开玩笑，全都不理他。烽火黑天白日地点着，也没有一个救兵来。京都里的兵马本来就不多，只有一个郑伯友算是大将，出去抵挡了一阵。可是他的人马太少，打到后来，被敌人围住，给乱箭射死了。大将一死，小兵就乱了。西戎的人马像发大水似的涌了进来，把老百姓杀的杀，抢的抢。年轻的男女打不过敌人，被抓去当了奴隶。周幽王和虢石父都被西戎杀了，连那个老待在官里没有真正开过一次笑脸的褒姒，也给他们抢去了。

郑伯友的儿子叫掘突（也有说叫滑突），一听见他父亲被西戎杀了，就穿上孝衣，带着三百辆兵车，从郑国一直赶到京都去跟西戎拼命。小伙子掘突胆子又大，人又机灵，加上郑国的兵马平日训练得好，一交战，就杀了不少敌人。别的诸侯这会儿才知道西戎真进来了，也都带着兵车上镐京来打西戎。西戎的头子看见诸侯的大兵到了，就叫手下的人把周朝多少年来积累起来的宝货财物全抢了去，又放了一把火，乱七八糟地退回去了。

中原诸侯打退了西戎，大伙儿立周幽王的儿子为天王，就是周平王。诸侯回到本国去了，就剩下掘突给周平王留住，请他在京都里办事。不想各路诸侯一走，西戎又打过来，占去了周朝西半边的土地，一步步又打到京都的边上来了。周平王怕镐京保不住，自己又怕死，再说京都的房子给西戎烧了不少，库房里的财宝早给抢了个一干二净，要盖宫殿也盖不起。这么着，周平王就扔了镐京，迁都到洛邑（在今河南省洛阳市）。因为镐京在西边，所以历史上把周朝在镐京做京都的时候，称为西周；洛邑在东边，公元前770年，周平王迁都洛邑以后，称为东周。

兄弟相残

周平王迁都以后，把郑国新开辟的东边的地方（在今河南省新郑市一带）正式封给掘突。掘突就是郑武公。后来，掘突娶了个妻子叫姜氏，姜氏生了两个儿子。大儿子叫寤（wù）生，据说姜氏生他的时候是难产，婴儿的脚先出来了，吓得直喊救命。婴儿什么都不知道，怎么能怪他呐？可是姜氏就讨厌这个孩子。小儿子叫段，长得招人喜欢，特别受到姜氏宠爱。姜氏老在他父亲跟前夸奖小儿子怎么怎么好，将来最好把郑国的君位传给他。郑武公可不答应，还是照当时的规矩，立大儿子寤生为太子。公元前744年，郑武公掘突死了，寤生即位做了国君，就是郑庄公。郑庄公接着他父亲在天王的朝廷里办事。

姜氏眼见心爱的小儿子没有好地位,就对郑庄公说:"你接着你父亲当了国君,你兄弟也大了,还没有自个儿的地方住,老跟在我身边,成什么样儿?"郑庄公说:"母亲您看怎么办呐?"

那时候,封王封侯都有个城和许多土地。哪个城封给谁,谁就可以剥削那儿的老百姓,过着很阔气的日子。姜氏一听郑庄公问她怎么办,就说:"你把制邑(在今河南省荥阳市西北;荥 xíng)封给他吧。"郑庄公说:"制邑是郑国顶重要的大城。父亲早就说过,这个城谁也不能封。"姜氏想了一想,说:"那么京城(在今河南省荥阳市东南)也行。"京城也是个大城,郑庄公觉得很为难,只好不言语。姜氏可生气了,说:"哦,你这个城不许封,那个城不答应,还是把你兄弟赶出去,让他饿死得了!"郑庄公赶紧赔不是,说:"娘别生气,事情总可以商量的。"

第二天,郑庄公召集了文武百官,说要把京城封给他的兄弟。大夫祭(zhài)足反对说:"这哪儿行啊?京城是个大城,跟咱们的都城一样,是个重要的地方。再说段是太夫人宠爱的,要是他得了京城,势力大了,将来必定生事。"郑庄公说:"这是母亲的意思,我做儿子的不能不依。"他不管大臣们怎么说,把京城封给了段。从此,人们叫段"京城太叔"。

段打算动身上京城去，来向他母亲姜氏辞行。姜氏拉着他的手说："别忙，我还有话说呐。"她就咬着耳朵嘱咐他说："你哥哥一点儿没有亲弟兄的情分。京城是我逼着他封给你的。他答应是答应了，心里准不乐意。你到了京城，得好好操练兵马，将来找个机会，从外面打进来，我在里面帮着你。要是你当了国君，我死了也能闭上眼睛啦！"

这位年轻的太叔爷住在京城里挺得意，他一面招兵买马，一面操练军队。邻近地方的奴隶和犯罪的人，逃到京城去的，他一律收留。这样十年、二十年，太叔爷的势力就大起来了。这些事传到郑庄公耳朵里，有几个大臣请郑庄公快点去管一管京城太叔，说他要谋反。郑庄公自己有主意，反倒说他们说话没有分寸，还替太叔辩白说："太叔能这么不怕辛苦，操练兵马，还不是为了咱们郑国吗？"大臣们私下里都替国君担心，说这会儿这么由着太叔，老虎养大了，就要吃人，到那时节，后悔也就来不及了。

没有多少日子，京城太叔真把临近京城的两个小城夺去了。那两个地方的官员向郑庄公报告太叔占领两个城的情形。郑庄公听了，慢慢地点着头，眼珠子来回转着，好像算计着什么似的，可不说话。大臣们都着急了，祭足说："京城太叔操练兵马，又占了两个城，这不是造反吗？主公（这是臣下对诸侯的尊称）就该立刻发兵去镇压！"郑庄公把脸一沉，说祭足不懂道理。他说："太叔是母亲顶喜欢的。我宁可少几个城，也不能伤了弟兄的情分，叫母亲伤心。"当时有个大将叫公子吕，他说："主公这会儿由着太叔，将来太叔不由着主公，怎么办呐？"郑庄公很有把握地说："你们不必多说。到了那会儿，谁是谁非，大伙儿就都知道了。"

过了几天，郑庄公吩咐大夫祭足管理朝廷上的事情，自己上洛邑给天王办事去了。姜氏得到了这个消息，赶紧写信，打发一个心腹到京城去约太叔发兵来打都城新郑。

京城太叔接到了母亲的信，直乐。他一面写回信约定日期，一面对手底下的士兵说："我奉了主公的命令发兵去保卫都城。"说着就发动兵车，打算动身。哪儿知道郑庄公早就派公子吕把什么都布置好了。公子吕叫人在半路上拿住了那个给姜氏送信的人，搜出信来，交给郑庄公。郑庄公原来是假装上洛邑去。他偷偷地绕了一个弯儿，带领着两百辆兵车来到京城附近，埋伏停当，单等太叔动手，好像钓鱼的人等着鱼儿来上钩。

公子吕派了一些士兵打扮成买卖人的模样，混进京城。赶到太叔的兵马离开了京城，他们就在城门楼子上放起火来。公子吕瞧见城门起火，立刻带领大军打进去，占领了京城。

太叔出兵不足两天，听说京城丢了。那还了得！他连夜赶回来。士兵们这才知道太叔出兵原来是要他们去打国君，乱哄哄地跑了一半。太叔一见军心变了，夺不回京城，就逃到了附近的一座小城里。大城都守不住,一个小城怎么禁得起两路大军的夹攻呐?太叔叹着气说:"娘待我太好,反倒害了我。"他就自杀了。

郑庄公在太叔身上搜出了姜氏的信,恨透了他母亲姜氏。他叫人把去信和回信送回去,让姜氏自己去瞧,还嘱咐祭足把姜氏送到城颍(在今河南省临颍县;颍yǐng)去住,起誓说:"不到黄泉,再也不跟母亲见面了。""到黄泉"就是死的意思。那就是说,郑庄公一辈子也不愿意再见他的母亲了。

没过几天,郑庄公回到新郑。抢他君位的敌人已经被灭了,他去了这块心病,不用说够痛快的了。可是外面沸沸扬扬,都说他这么对待母亲太过分了。这个不孝的罪名,他可担当不起。做一个国君,就盼望臣民像孝顺父母那样对待他,如今他自己落了个不孝的罪名,人家还会来为他效力吗?母亲是他轰走的,他只要吩咐一句,就能把母亲接回来。可是他已经起过誓,说不到黄泉不再跟母亲见面。起了誓不算数,往后人家还拿他的话当话吗?真是左右为难了。

郑庄公正为了这件事心里很不痛快。有个城颍的小官儿叫颍考叔,给国君进贡来了,献上一只特别的鸟。郑庄公问他:"这是什么鸟?"颍考叔说:"这叫夜猫子,白天瞧不见东西,黑夜什么都瞧得见,真是日夜颠倒、不分是非的坏东西。这鸟小的时候,母鸟辛辛苦苦捉到了虫子,自己不吃,喂给它吃。母鸟待它多么好哇，它长大了，翅膀硬了，就把它妈吃了。真是个不孝之鸟，所以我逮了来，请主公办它。"郑庄公知道这话里面有骨头，也不出声，由着他说。

到了吃饭的时候，郑庄公就叫颍考叔一块儿吃，还夹了几块羊肉给他。颍考叔把顶好的一块羊肉包了起来，搁在一边。郑庄公问他为什么不吃。他说："我妈上了岁数。我们不容易吃上肉，今天主公赏给我这么好的东西，我想起我妈还没吃过，自己哪儿咽得下去？我想带点儿给我妈去吃。"郑庄公想，颍考叔准是来提母亲的事儿，倒要听听他怎么说，就叹了一口气说："你真是个孝子。我做了国君，还不能像你那么奉养母亲。"颍考叔显出惊奇的样子说："太夫人不是很健康吗？主公怎么说不能奉养她呐？"郑庄公又叹了一口气，把姜氏帮着太叔来打新郑的事，以及他赌咒（zhòu）起誓不到黄泉不再见面的话说了一遍。

颍考叔说："主公这会儿惦（diàn）记着太夫人，太夫人准也惦记着主公！虽然起过誓，可是人不一定要死了才到黄泉。咱们挖个地道，挖出水来，不就是黄泉吗？咱们再在地道里盖一所房子，请太夫人坐在里头。主公走进地道去跟太夫人见面，不就应了誓言了吗？"郑庄公觉得这倒是好办法，就派颍考叔去办。

颍考叔带了五百个人，连挖地道带盖房子，一齐办好了，就一面把姜氏接到地底下的房子里，一面请郑庄公从地道里进去。郑庄公见了母亲，跪在地上说："儿子不孝，求母亲恕罪！"说着，还咧着嘴哭呐。姜氏又害臊又伤心，赶紧搀（chān）起郑庄公说："是我不好，哪儿能怪你呐！"娘儿俩抱头哭了一顿。郑庄公扶着他母亲出了地道，上了车，故意转了好几条大街，让百姓都看看，才慢慢地回到宫里。

　　颍考叔给郑庄公出了这么个两全其美的主意，郑庄公当然很感激，就把他留了下来，拜他为大夫。颍考叔本来就练成了一身武艺，本领很大，后来郑庄公就让他跟公子吕、公孙子都一同管理军队。

暗箭伤人

送夜猫子给郑庄公的那个颍考叔,脑子挺聪明,办事又周到,而且他是个直心肠人。

有一回,郑庄公打仗回来,开了个庆祝大会,大伙儿有说有笑,高兴得很。文武百官都赞扬郑庄公,把他称为诸侯的头儿。郑庄公听了很得意,却见颍考叔在那儿摇头,心里很不痛快。他拿眼睛瞪了颍考叔一下,说:"颍大夫,你怎么不说话啊?"颍考叔说:"大伙儿都奉承主公,叫我说什么呐?诸侯的头儿,上,必须尊重天王,下,要能叫列国诸侯服从命令。主公上次借天王的旨意出兵攻打宋国,原来叫许国(在今河南省许昌市)一块儿去,可是许国不听命令。

这哪儿行呐?"郑庄公点点头说:"许国不服从天王,也不进贡,倒不能不去征伐。"

公元前712年,郑庄公打算去打许国。他用锦缎做了一面旗子,上面绣着"奉天讨罪"四个大字,那就是说,奉了天王的命令去征伐有罪的人。这面大旗长一丈二尺,宽八尺,旗杆有三丈三尺高,插在一辆兵车上,当作旗车。郑庄公下命令说:"谁能拿着这面大旗走的,就派他当先锋,这辆兵车也赏给他。"

命令刚一下去,就有一位黑脸膛、浓眉毛、满脸胡子的将军上来说:"我能!"郑庄公一瞧,原来是瑕(xiá)叔盈(yíng)。瑕叔盈一手拔起旗杆,紧紧握住,朝前走三步,往后退三步,又把大旗插在车上,连气也不喘(chuǎn)。将士们见了,大声叫好。

瑕叔盈正要把车拉走,又来了一位红脸长胡须的大汉,把他一挡,说:"光是拿着走三步,不算稀罕。我能拿着大旗当长枪耍!"大伙儿一瞧,原来是颍考叔。他拿起旗杆,左抡右转,一会儿前,一会儿后,耍得那面大旗扑噜噜直响。看的人惊讶得伸出了舌头,都缩不回去。郑庄公格外高兴,他夸奖着说:"真是老虎一样的将军,当得起做先锋,车给你了!"

话刚说完,又出来了一位挺漂亮的少年将军,就是公孙子都。他是个贵族,骄横惯了,一向瞧不起颍考叔,说颍考叔是平民出身的大老粗。子都指着颍考叔吆喝一声,说:"你行,我就不行?车留下!"颍考叔见子都来势凶猛,再说郑庄公已经说过把车给他了,他就一手拿着旗子,一手拉着车,飞快地跑开了。子都骂他不讲理,拿着一支方天画戟(jǐ)直追上去。郑庄公赶紧叫大臣把他劝回来,子都才住了手,嘴里还咕哝着:"太不把我放在眼里了,不懂规矩的东西!"

郑庄公说:"两只老虎不可相争。你也别生气,我自有道理。"说着,另外备了两套车马,一套赏给子都,一套赏给瑕叔盈,也没说颍考叔的不是。这时候,公子吕死了,郑庄公格外爱惜这几个将军。子都争了面子,也就不说什么了。颍考叔本来是个直心人,隔了一宿,早把抢车的事忘了。大伙儿还跟往常一样地练兵,准备去打许国。

到了七月里,郑庄公拜颍考叔为大将,公孙子都和瑕叔盈为副将,率领大军去打许国。子都嘴上不说,心里很不服气。他跟颍考叔肩膀一边齐,已经够别扭了,怎么能在他的手下呐?他就自己带领一支兵马,不听颍考叔的指挥。

颍考叔是主将,格外卖力气。交战的时候,他杀了许国的大将,立了头功。许国的兵马逃进城去,再也不敢出来了。大伙儿兴高采烈地围攻许城。颍考叔叫士兵们挖土挑土,要在城墙下堆个小土丘。城上射箭,扔石灰;城下挑土,堆小丘,斗争得万分激烈。没多久工夫,小土丘已经堆得有城墙半截儿高了。颍考叔拿着一面大旗,往土堆上飞似的跑去,像跳高似的那么一蹦,一下子跳上了城头。

子都一见颍考叔上了城头,怕他又立大功,一股子嫉妒的火焰在他心头烧着,再也压不下去,就在人堆里对准颍考叔偷偷地放了一支冷箭,正射中后心。颍考叔连人带旗子,一个跟头从城头上摔了下来。瑕叔盈见了,还当他是给敌人打死的,气冲冲地拾起那面旗子,也像颍考叔那样一蹦,跳上了城墙,回身摇晃着旗子。那些士兵一瞅见,大伙儿吆喝着,全上了城头,杀了许国守城的士兵,打开城门,郑国的大军拥进城去。许国的国君看抵挡不住,扮作老百姓,早已逃了。

颍考叔一死,子都率领着大军得胜回朝,还把颍考叔的功劳全都算在自己身上,这风光就不用提了。郑庄公赏赐有功劳的将士。子都得了头功,郑庄公赐给他许多金子和绸缎,还让他做了大将。

郑庄公想起老虎似的将军颍考叔,很难受地问子都:"颍考叔是怎么死的?"子都听了,一愣,脊梁上好似被倒了一桶冰水,他结结巴巴地说:"我……我……我想准是给……给……给敌人射死的。"郑庄公见他说话吞吞吐吐,心里起了疑。他也模模糊糊地听人说,颍考叔是给本国人射死的,要不,那支箭怎么能由后心穿进去呐?他想:"要是本国人的话,谁是他的仇人呐?也许是跟他夺过车的公孙子都吧？可是他哪儿能干出这种事来啊？大丈夫不能暗箭伤人。不，不能是他。"他就叫人上供，诅咒那个射死颍考叔的人。

当时人都迷信，郑庄公这么一上供一诅咒，将士们不由得互相猜疑起来。公孙子都见到大伙儿全都愁眉苦脸，心里别别扭扭的，他也只好跟着人家愁眉苦脸，跟着人家假装诅咒那个害死颍考叔的人。可他一听到有人怀疑是这个人，有人怀疑是那个人，心里不由得害怕起来，好像别人都在讥笑他。他一闭上眼睛，就见颍考叔向他笑，笑他是个胆小鬼，笑他冒功领赏，不敢见人。他睁开眼睛，盯着周围的人，别人都变成了颍考叔，默默无声地瞪着他。他被吓得直发抖。大伙儿的诅咒，他受不了；大伙儿的猜疑，他更受不了，要天天这么下去，还不如干脆死了呐。他就上郑庄公跟前直说："颍考叔是我射死的！"说完就自杀了。大伙儿这才知道颍考叔死得冤。没想到公孙子都外貌长得这么漂亮，而内心竟这么狠毒。

管鲍之交

郑庄公是个很能干的国君,郑国又很强,当时有不少诸侯国,像齐、鲁、宋、卫、陈等(齐,国都在今山东省淄博市临淄区;鲁,国都在今山东省曲阜市;宋,国都在今河南省商丘市;卫,国都在今河南省淇县;陈,国都在今河南省淮阳区;淄 zī;阜 fù;淇 qí)都跟他有来往,尊重他的意见,连周朝的天王都怕他三分,拿他没奈何。可是他一死,他的四个儿子抢夺君位,闹得郑国没有一天太平日子。大儿子刚即位,老二把他轰走,老二做了国君,老三又把他杀了。正好齐国的国君齐襄(xiāng)公打算扩张势力,他派兵杀了老三,立老四为国君。郑国就这么越来越衰弱下去了。

那个齐襄公又霸道又荒唐。他对外欺负别的诸侯国，对内压迫老百姓，引起好多人不满，连他自己的两个兄弟都逃到别的国家避难去了。他那两个兄弟是两个母亲生的，一个叫公子纠（jiū），母亲是鲁国人，就躲在鲁国姥姥家；一个叫公子小白，母亲是卫国人，他就近躲到了莒国（今山东省莒县；莒jǔ）。两个公子各有一个师傅。公子纠的师傅叫管仲，公子小白的师傅叫鲍叔牙。管仲和鲍叔牙是最要好的朋友。我们有个成语叫"管鲍之交"，典故就出在这儿。

管仲和鲍叔牙两个好朋友一块儿做过买卖，一块儿打过仗。买卖是合伙的，鲍叔牙有钱，本钱出得多，管仲家里穷，出的本钱少。赚了钱呐，本钱少的管仲倒多拿一份。鲍叔牙手下的人不服，说管仲"揩油"。鲍叔牙帮着管仲说："没有的话。他家里困难，等着钱使，我乐意多分点给他。朋友嘛，应当互相帮助，有的帮助没有的，这有什么奇怪呐？"说起打仗，更得把人笑坏了。一出兵，管仲能排在后头他就排在后头；退兵的时候，能跑在前头他就跑在前头。人家说他贪生怕死。鲍叔牙又替管仲分辩，说："谁说管仲贪生怕死？他因为母亲老了又多病，不能不留着自己去奉养她。照实说吧，像他那么勇敢的人天下少有。你们当他真不敢打仗吗？"管仲听见了这些话，就说："唉，生我的是父母；了解我的，只有鲍叔牙！"

公元前686年，为了避难，管仲带着公子纠逃到鲁国，鲍叔牙带着公子小白逃到莒国。不久，齐国发生了内乱，有一帮人杀了齐襄公，另外立了国君。第二年春天，齐国的大臣又杀了那一帮人和新君，派使者到鲁国来迎接公子纠，请他去做国君。鲁国的国君鲁庄公亲自派兵护送公子纠和公子纠的师傅管仲回齐国去。管仲对鲁庄公说："公子小白在莒国，离齐国近，万一他先回去抢了君位，那就麻烦了。好不好让我先带领一队人马去挡住那一头？"鲁庄公同意了。

管仲带着几十辆兵车赶紧往前走，到了莒国去齐国的路上，一打听，才知道莒国的兵马在吃一顿饭的工夫之前就过去了。管仲一想："哎呀，公子小白真的跑在头里了，那还了得？"他就使劲地往前追，一气儿跑了三十多里，真给他追上了。两个师傅和两国的兵车就碰上了。管仲瞧见公子小白坐在车里，就跑过去说："公子上哪儿去呀？"小白说："回国办丧事去。"管仲说："有您哥哥，您就别去了，省得叫人家说闲话。"鲍叔牙虽说是管仲的好朋友，可是他为了自己的主人，就睁大了眼睛说："管仲！各人有各人的事，你管得着吗？"旁边的士兵们挺凶地吆喝着，好像就要动手似的。

管仲不敢多说，退下来了，偷偷地拿起弓箭，对准了公子小白，"嗖"的一箭射过去。公子小白大叫一声，口吐鲜血，倒在车里。鲍叔牙赶紧去救，大伙儿一见公子小白直挺挺地躺在车里，眼看活不成了，全哭了起来。管仲急急忙忙带着人马逃跑,跑了一阵,想着公子小白已经给射死了,公子纠的君位稳了,就不慌不忙地保护着公子纠回到齐国去。

谁知道公子小白并没有死。管仲这一箭,恰巧射中他的带钩,他被吓了一大跳,又怕再来一箭,故意大叫一声,咬破舌头,口吐鲜血,倒在车里。等管仲走远了,他才睁开眼睛,松了一口气。鲍叔牙叫人抄小道儿使劲地跑。管仲还在路上,他们早已到了都城临淄了。

鲍叔牙跟大臣们争论着要立公子小白。有的说:"已经派人上鲁国接公子纠去了,怎么可以立别人呐?"有的说:"公子纠大,照理应该立他。"鲍叔牙说:"齐国连着闹了两回内乱,这会儿非立一位顶有能耐的公子不可。要是让鲁国立公子纠为国君,鲁国准得以恩人自居,以后齐国还得听鲁国的了。这怎么行啊?"大伙儿听了这话,觉得也有道理,就立公子小白为国君,他就是齐桓(huán)公;一面打发人去对鲁国说,齐国已经有了国君,请别送公子纠来了。

可是鲁国的兵马已经到了齐国地界,齐国就发兵去抵抗。鲁庄公就是泥人儿也有土性子,这一气呀,可就跟齐国打起来了。没想到打了个败仗,鲁国的大将差点儿丧了命。鲁国的兵马败退下来,齐国还夺去了鲁国的一大片土地。

鲁庄公吃了败仗,正没法儿收拾,齐国又打上门来了,要鲁国杀了公子纠,交出管仲,才跟以前一样地和好,要不,决不退兵。齐国多强啊,鲁国没有法子,都依了,就逼死了公子纠，拿住管仲。鲁国的谋士施伯说："管仲本事大，别放他活着回去。"齐国的使者央告说："他射过国君，国君要报一箭之仇，非亲手把他杀了不能解恨。"鲁庄公只好把管仲装上囚车，连同公子纠的人头交给了齐国的使者，让他押回齐国去。

管仲在囚车里想："让我活着回去，那准是鲍叔牙的主意。鲁君勉勉强强把我交给了使者，可是谋士施伯是不同意的。万一鲁君后悔，派人追上来，那怎么办呢？"他就在路上编了一支歌儿，教随从的人唱。他们一边唱，一边赶路，越走越带劲儿，两天的路程一天半就走完啦。赶到鲁庄公真后悔了，再叫人追上去，他们可早出了鲁国地界了。

管仲到了齐国，好朋友鲍叔牙亲自到城外来迎接他，还把他介绍给齐桓公。齐桓公说："他拿箭射我，要我的命，你还叫我用他吗？"鲍叔牙说："那会儿他是公子纠的人，自然帮着公子纠。论本领，他比我强得多。主公要是能够用他，他准能给您做大事，立大功。"齐桓公完全听他师傅的话，拜管仲为相国（相当于后来的宰相），鲍叔牙反倒做了他的副手。

一鼓作气

齐桓公拜管仲为相国的消息传到鲁国，鲁庄公气得直翻白眼。他说："我当初真不该不听施伯的话，把管仲放了。什么射过小白，什么要亲手杀他才解恨，他们原来把我当作木头人儿，捏（niē）在手里随便玩儿，随便欺负，根本就没把鲁国放在眼里。照这么下去，鲁国还保得住吗？"他就开始练兵，铸造兵器，打算报仇。

齐桓公听了，想先下手，就要打到鲁国去。管仲拦着他说："主公才即位，本国还没安定，列国还没交好，老百姓还不能安居乐业，怎么能在这会儿去打人家呐？"齐桓公可正为着刚即位，想露（lòu）一手，显得他比公子纠强，好叫大臣们服他。要是依着管仲，先把政治、军队、生产一件件都办好了，那还不知道要等到什么时候呐。公元前684年，齐桓公就拜鲍叔牙为大将，带领大军，一直往鲁国的长勺（古地名）打过去。

鲁庄公气了个半死，脸红脖子粗地对大臣们说："齐国欺负咱们太过分了！施伯，你瞧咱们是非得拼一下子不可吧？"施伯说："我推荐一个人，请他来带兵，准能对付齐国。"鲁庄公急着问他："谁呀？快去请他来！"施伯说："这人姓曹名刿（guì），从小跟我交好，挺有能耐，文的武的全行。要是咱们真心去请他，他也许肯出来。"鲁庄公马上派施伯去请曹刿。

施伯见到了曹刿，把本国被人欺负的事说明白了，一定要他出来给本国出点力气。曹刿是个平民，家里又穷，笑着说："怎么？你们做大官、吃大鱼大肉的，还要跟我们吃野菜的小百姓商量大事吗？"施伯赔着笑说："好兄弟，你别这么说了。国家要紧，全国人的性命要紧！"他一死儿地央告，怎么也得请曹刿帮助国君过这道难关。曹刿见他这么诚恳，就跟着他去见鲁庄公。鲁庄公问曹刿怎么才能打退齐国人。曹刿说："全国上下一心，就能打退敌人。至于到底怎么打，那可说不定。打仗是个活事儿，要随机应变，没有一成不变的死法子。"鲁庄公信任施伯，也就相信曹刿有本领，当时就拜他为大将，带着大军一块儿上长勺去抵抗齐兵。

他们到了长勺，扎下军营，摆下阵势，远远地对着齐国的兵营。两国军队的中间隔着一片平地，好像是一条很宽的、干了的大河，两边的军队好像是挺高的河堤，只要两边往中间一倒，就能把这条河道填满。鲍叔牙上回打了胜仗，知道对面不敢先动手，就下令打鼓，准备冲锋。

鲁庄公一听见对面的鼓声响得跟打雷似的，就急着叫这边也打鼓。曹刿拦住他说："等等。他们打赢了一回，这会儿正在兴头上。咱们出去，正合了他们的心意，不如在这儿等着，别跟他们交战。"曹刿就下令，不许嚷，不许出去，光叫弓箭手守住阵脚。齐兵随着鼓声冲过来，可没碰上对手，瞧瞧对方阵势稳固，没法打进去，就退回去了。

过了一会儿，齐兵又打鼓冲锋。对手呐，好像在地下扎了根似的，动也不动，一个人都没出来。齐兵白忙了半天，人家不跟自己打，使不出劲儿去，真没有意思，嘴里直唠叨。鲍叔牙可不灰心，他说："他们不敢打，也许是等着救兵呐。咱们再冲一回，不管他们出来不出来，一直冲过去，准能赢了。"这就打第三通鼓了。

齐兵已经白冲了两次，都腻烦了。他们以为鲁兵不敢交战，冲出去有什么用呐。可是命令又不能不依，去就去吧，大家都懒洋洋地提不起劲儿来。谁知道对面忽然"咚咚咚"鼓声震天响，鲁国的将士"哗"一下子都冲出来，就跟雹子打荷叶似的，把齐国的队伍打得稀碎。齐兵拼命回头逃，鲁庄公就要追上去。曹刿说:"慢着,让我瞧瞧。"他就站在兵车上,手搭凉棚往前瞧,细细瞧了一回,又下来看看敌人的车印和脚印,才跳上车去,发命令说:"快追!一直追上去!"就这么追了三十里地,把敌人赶得远远的,得着了好些齐国的兵器和车马。

鲁国打了个大胜仗。鲁庄公可不明白,他问曹刿:"头两回他们打鼓,你为什么不让咱们也打鼓?"曹刿说:"临阵打仗全凭一股子劲儿。打鼓就是叫人起劲儿。打头一回鼓,将士顶有劲儿,第二回就差了,第三回无论鼓响得怎么厉害,也没有多大的精神了。趁着他们没劲儿的时候,咱们'一鼓作气'打过去,怎么不赢呐?"鲁庄公和将士们都点头,可是大伙儿还不明白人家逃了为什么不立刻追上去呐?曹刿说:"敌人逃跑也许是个计,说不定前面还有埋伏,非得瞧见他们的车轮子印乱了,旗子也倒了,才能够毫无顾虑地追上去。"鲁庄公挺佩服地说:"你真是个精通兵事的将军。"

齐桓公打了败仗,自己认了输,向管仲认错,愿意听他的话。管仲就请齐桓公对外跟列国诸侯交好,对内整顿内政,发展生产。齐国又跟鲁国讲了和,还把从鲁国夺来的田地退还给人家。接着,齐国就一个劲儿地开铁矿,造农具,开荒地,多种庄稼,由公家大量地晒盐,鼓励老百姓下海捕鱼。齐国的东边就是海,晒盐、捕鱼极其方便。离海岸较远的诸侯国，没有鱼吃倒也罢了，没有盐那可怎么过日子呐？他们只好和齐国交好，拿粮食去换齐国的盐。齐国因为齐桓公重用了管仲和鲍叔牙，越来越富强了。没有几年工夫，齐桓公当真做了诸侯的首领。

老马识途

公元前679年，齐桓公约会诸侯共同订立盟约。盟约上最要紧的有三条：第一条是尊重天王，扶助王室；第二条是抵御外族，不准他们向中原进攻；第三条是帮助弱小的和有困难的诸侯。十多个中原诸侯国参加大会，订立盟约，大伙儿都尊齐桓公为霸主（霸主是诸侯领袖的意思）。

可是南方有个大国叫楚国（在今湖北省），不但不参加中原的联盟，还把郑国拉过去了。齐桓公正跟管仲商议着怎么去征伐楚国，没想到北方的燕国（国都在今北京市大兴区）派使者到齐国来讨救兵，说北边的山戎打进来了，来势非常凶猛。燕国打了几场败仗，眼瞧着老百姓都要给山戎杀害了，央告霸主快发兵去救。管仲对齐桓公说："主公要征伐楚国，得先打退山戎。北方太平了，才能够专心对付南方。"齐桓公就率领大队人马，往北方去支援燕国。

公元前663年，齐国的大军到了燕国，山戎早已逃回去了，抢走了一批壮丁、女子和无数值钱的东西。管仲说："山戎没打就走，等到咱们一走，他们准又进来抢劫。要安定北方，非打败山戎不可。"齐桓公就决定再向前进。燕国的国君燕庄公，要带领燕国的人马作为前队，打头阵。齐桓公说："贵国的人马刚跟山戎打了仗，已经辛苦了，还是在后队吧。"燕庄公说："离这儿八十里地，有个无终国（在今河北省玉田县），跟我们一向很好。要是请无终国出兵帮助我们，我们就有了带路的了。"齐桓公立刻派使者带着礼物去请无终国的国君。无终国答应了，愿意做向导，派了一位大将带着一队人马来支援燕国和齐国。

齐桓公请无终国的人马带路，把山戎打败了，救出了不少被山戎掳去的青年男女。山戎的老百姓投降了中原，山戎的大王密卢逃到孤竹国（在今河北省卢龙县到辽宁省朝阳县一带地方）借兵去了。齐桓公和管仲决定再去征伐孤竹国。

三国的人马就又往北前进，到了孤竹国附近，就碰到了山戎的大王密卢和孤竹国的大将黄花。他们每人带着一队人马前来对敌，结果被齐国的大军乒乒乓乓地打了个落花流水。齐桓公一瞧天不早了，就安营扎寨，打算休息一夜，明天再去攻打孤竹国。

到了头更天的时候,士兵们带着孤竹国的大将黄花来见齐桓公。齐桓公一看,黄花跪在地下,双手捧着一颗人头,就问他:"你来干什么?"黄花两只手高高举起,奉上人头,自己耷拉着脑袋说:"我们的大王答里呵不听我良言相劝,非得帮助山戎不行。这会儿我们打了败仗,答里呵把老百姓带走,亲自到沙漠去请救兵。我就杀了山戎的头子密卢来投降,情愿在大王手底下当个小卒子。我情愿带路去追赶答里呵,省得他回来报仇。"齐桓公和管仲把那颗人头仔细瞧了一阵子,又叫将士们认了认,还真是山戎大王密卢的脑袋,这就断定他们内讧,窝里反了,就把黄花留下。

第二天,齐桓公和燕庄公跟着黄花进了孤竹国的都城,果然是一座空城。他们更加相信了黄花的话。齐桓公怕答里呵逃远了,马上叫燕庄公带着燕国人马守住孤竹国的都城,自己率领全部人马跟着黄花去追答里呵。黄花在前头带路,中原的大军在后头跟着,浩浩荡荡,一路赶去。到了掌灯的时候,他们来到一个地方,当地人把它叫"迷谷"。只见平沙一片,就跟大海一样,一眼望去没边没沿。别说是在晚上,就是在大白天,也分不出东南西北来。中原人哪儿到过这样的地方,大伙儿全迷了道儿。

齐桓公和管仲急得什么似的,赶紧去问黄花。嚅!哪儿还有他的影儿?他已经跑了。大伙儿才知道中了黄花的诡计了。原来黄花杀了山戎的头子密卢，倒是真的，投降中原可是假的。管仲说："我听说北方有个'旱海'，是个很险恶的地方，恐怕就是这儿，不可再走了。"齐桓公立刻下令收兵。天一会儿比一会儿黑，又碰上冬天，西北风一个劲儿地刮着，大伙儿冻得直哆嗦。

往后越来越黑，真是天昏地暗，什么也瞧不见。他们就在这没边没沿、黑咕隆咚的迷谷里冻了一夜。胆小的和怕冷的小兵已经死了好几十个。好不容易盼到天亮，可是又有什么用呐？眼前还是黄澄澄的一片平沙，罩着灰扑扑的一层雾气，道儿在哪儿呐？这块鬼地方连一点儿水都没有，要是走不出去，别说饿死，渴也得把人渴死。

大伙儿正在不知道怎么办才好的时候，管仲猛然想出一个主意来了。狗、鸽子，还有蜜蜂，不管离家多远，向来不会迷路的。他就对齐桓公说："马也许认得路。不如挑几匹当地的老马，让它们在头里走，咱们在后头跟着，也许能走出这块地方。"齐桓公说："试试看吧。"他们就挑了几匹老马，让它们领路。这几匹老马不慌不忙地、自由自在地走着。真的，老马识途，领着大队人马出了迷谷，回到原来的路上。大伙儿这才透了一口气。

齐桓公的大队人马出了迷谷，走到半路，远远瞧见一批老百姓走着，好像搬家一样，就派个老兵扮作逃难的老百姓去问他们："你们这是干什么啊？"他们说："我们的大王打退了燕国的人马,下了命令叫我们回去。"齐桓公和管仲探听到这个消息,才知道当初所瞧见的空城也是黄花和答里呵使的诡计。管仲想了想,也使了个计策,他叫一部分士兵扮作孤竹国的老百姓混进城去。到了半夜,混进城里的士兵放了一把火,从城里杀出来,城外的大军从外边打进去,里外一会合,直杀得敌人叫苦连天。黄花和答里呵全给杀了,孤竹国也就这么完了。

齐桓公对燕庄公说:"山戎已经被赶跑了,这一带五百多里的土地都是燕国的了,别再放弃。"燕庄公说:"这哪儿行呐?托您的福,打退了山戎,救了燕国,我们已经感激不尽了。这块土地当然是属于贵国的了。"齐桓公说:"齐国离这儿那么远,叫我怎么管得了哇?燕国是北边的屏障,管理这个地方是您的本分。您一方面向天王朝贡,一方面做诸侯国北边的屏障,我也有光彩。"燕庄公不好再推,就谢了齐桓公。这么一来,燕国一下子增加了方圆五百多里的土地,变成了北方的大国。

仙鹤坐车

齐桓公自从打退山戎，救了燕国以后，又帮助鲁国平定了内乱，各国诸侯全都佩服他。齐桓公要当霸主的心愿早已做到了，没有事的时候，喝喝酒，打打猎，享起清福来了。这么一享乐，身子更发福了，人也懒起来了。

公元前661年，卫国派了一个使臣来见齐桓公，说北狄（北方游牧部族的总称）侵犯卫国，情况非常严重，请霸主会合诸侯帮助卫国抵抗北狄。齐桓公打了个哈欠，说："齐国的兵马到现在还没好好地休息过，等到明年开春再说吧。"

哪儿知道没过几个月工夫，卫国的大夫跑到齐国来报告说："北狄杀了卫国的国君，灭了卫国。卫国的老百姓活不了啦,能逃走的都逃到漕(cáo)邑(在今河南省滑县东)去了。他们派我到您这儿来报告,请霸主做主。"齐桓公听了挺害臊,他说:"这全是我的不是,没早点儿去救。现在还来得及,我马上发兵去打北狄,给你们的国君报仇。"他就准备出兵到卫国去。

那个给北狄杀了的国君是卫懿(yì)公。他有个特别的爱好,喜欢玩儿仙鹤。他养仙鹤养得入了迷,连国家大事全都不管。他把养仙鹤的使唤人都封为大官,那些原来的大官有的反倒没有职位了。为了养仙鹤,他老向老百姓要粮。老百姓冻死饿死,他都不搁在心上。卫懿公带着仙鹤出去玩儿,这些仙鹤已经被养熟了,没有一只是用笼子关的,都是坐车出去的。他还把仙鹤分了等级,头等仙鹤坐头等车,二等仙鹤坐二等车,特等仙鹤坐的是大夫坐的棚车,那时候叫"轩(xuān)车"。那些坐棚车的特等仙鹤称"鹤将军"。鹤将军翅膀一扇,脖子一挺,大红顶子的脑袋显得特别威风。卫懿公老问人家:"哪一个将军的脖子像鹤将军那么长?哪一个将军的脑袋能抬得像鹤将军那么高?"手下的人只好打躬哈腰地说:"没有!谁也比不上鹤将军。"

有一天,卫懿公带着一连串的车马出去玩儿,有不少鹤将军前呼后拥地给他"保驾",那股子神气劲儿就好像一队大官儿似的。他正玩得得意扬扬的时候,忽然来了个报告,说北狄打进来了。这可太扫兴了。他一边忙着打道回

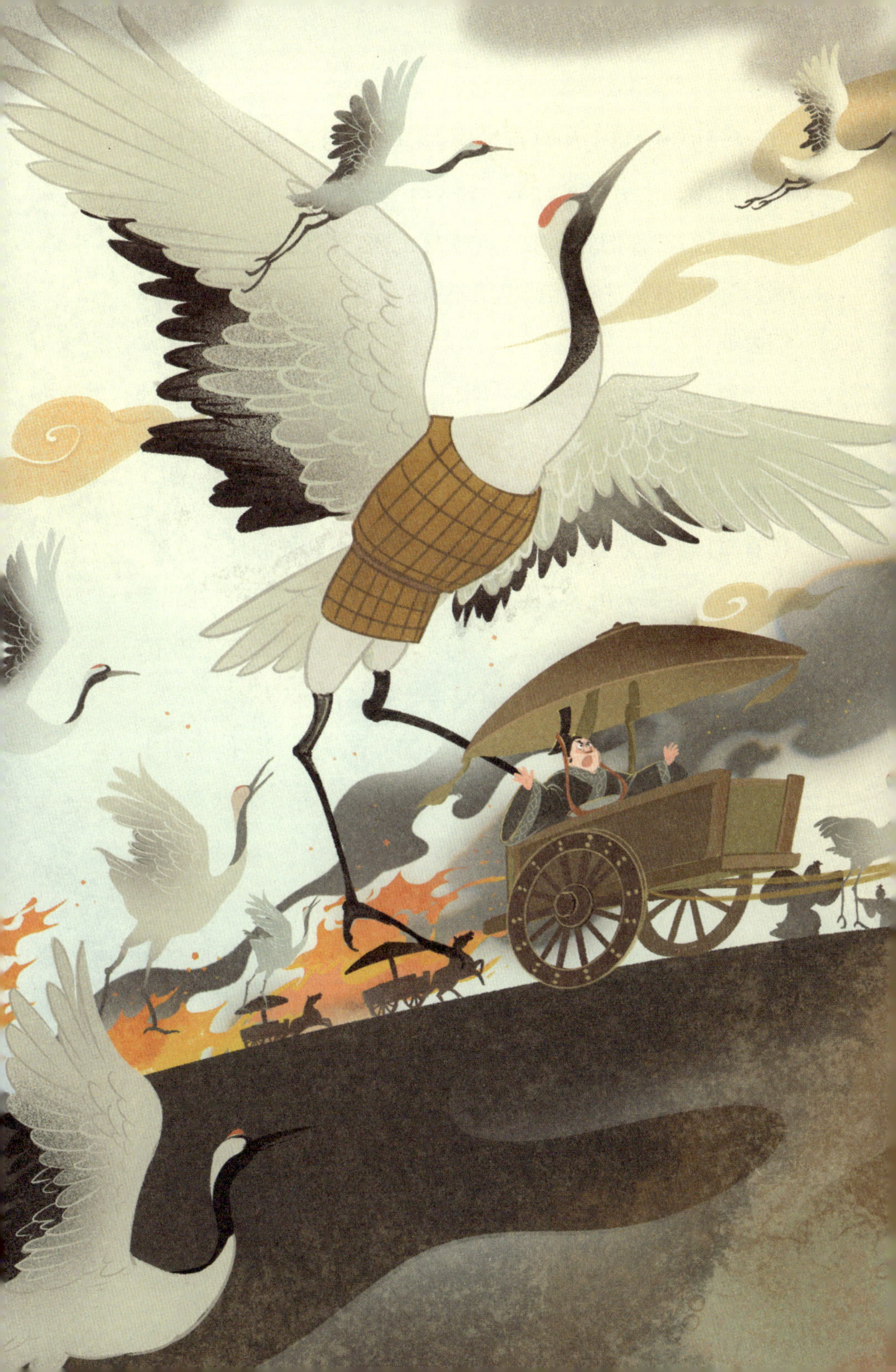

宫，一边吩咐将士和老百姓快去守城。万没想到老百姓全忙着逃难，士兵不拿兵器，将军不穿铠（kǎi）甲。卫懿公着急地说："你们怎么啦？北狄打进来，你们怎么不去抵抗啊？"他们说："打北狄也用不着我们，您还是吩咐鹤将军们去吧。"

到了这时候，卫懿公才明白：自己为了养仙鹤，不管理国家，得罪了文武百官，失去了民心。他哭丧着脸向大臣们认错，把仙鹤全放了。可是那些被惯坏了的仙鹤轰也轰不走，净看着国君，伸着脖子，扑扇着翅膀，不断地向他献殷勤。卫懿公急得要哭出来了。明摆着，这群仙鹤现在变成他犯罪的证据了。他可真后悔了。他掐死了一只，狠狠地把它扔了，表示自己真想改过。这样，才凑合着召集了一队人马。

卫懿公一瞧北狄在那儿杀卫国人，气急了。他亲自上马，拿着长矛出去跟敌人拼命。还真打得不错，北狄意料不到地受到了打击。可是卫国的兵马实在太少了，打到后来，挡不住如狼似虎的北狄。将士们打了败仗，连忙请卫懿公打扮成老百姓逃出去。他可不依。他说："我已经对不起全国的人了，这时候再要贪生怕死，那不是罪上加罪了吗？我非得跟北狄拼个死活不可。"他无论如何不肯逃走。末了，卫国全军覆没，卫懿公给北狄杀了。北狄进了城，来不及跑的老百姓差不多全都给杀了。卫国的库房，还有城里值钱的东西全给抢空了。

这些北狄原来是草原上的人，就会牧马放羊，不会种地，打进卫国来，为的是来抢些值钱的东西，不一定要占领地盘。他们为了下一回抢着方便，把卫国的城墙也拆了。等到卫国的使臣到了齐国，北狄早就抢够了跑了。

齐桓公知道了卫国国破人亡，立刻派公子无亏为大将，带领一队人马到卫国，替卫国立了个新君，就是卫文公。卫文公到了漕邑，就瞧见那地方一片荒凉，哪儿像个都城呐。他直掉眼泪。他把遗留下来的卫国的男女老少集合起来，一共才七百三十人。又从别的地方召集了一些老百姓。费了好大的劲儿，才凑了五千多人，重新建立了国家。

公子无亏一瞧北狄已经跑了，就打算回去。可是卫国连城墙都没有，万一北狄再来，那可怎么挡得住呐？他就留下三千齐国士兵，驻扎在那儿防备北狄，保护卫国，自己跟卫文公告别了。

公子无亏回到齐国，见了父亲齐桓公，报告了卫国的这份惨劲儿。齐桓公叹着气说："咱们得好好地去帮助卫国。"管仲说："留下三千人也不是办法，咱们不如替卫国砌上城墙，盖点房子，这一下往后可当大事了。"齐桓公很赞成这个主意，就约会了别的几个国家，替卫国砌城墙，盖房子。齐桓公还派人把木料什么的运到卫国去。卫国人没有一个不感激齐桓公的。

打这以后，齐桓公的名声更大了。列国诸侯，不管愿意不愿意，不能不承认他是霸主。大伙儿认为各国向霸主进贡，那是理所当然的。就因为做了霸主，各国向他进贡，听他的指挥，有几个大国的诸侯也想做霸主了。

唇亡齿寒

齐桓公老了。西方秦国（在今甘肃省天水市一带和陕西省的一部分地方）的国君想趁着这个机会扩张势力，做中原的霸主。那位国君就是秦穆（mù）公。秦穆公一向不跟中原诸侯争地盘。他认为要做大事得有人才，单凭一两个人是不顶事的。他就想尽办法搜罗天下人才。在用人方面，秦穆公还有个与众不同的主张。他不愿意重用本国的贵族，怕贵族权大势大，国君反倒受了他们的钳制。他宁可重用外来的客人，外地来的人权力不管多么大，也只限于他一个人，不可能像豪门大族那样割据地盘，建立自己的势力，威胁国君。

秦穆公搜罗人才，还真给他找到了好些个。第一个人物姓"百里"，是个复姓，单名"奚"（xī）。百里奚是给人家看牛的，可秦穆公请他来当相国。百里奚是虞国人（虞国，在今山西省平陆县北，三门峡附近；虞 yú），三十多岁才娶了个媳妇儿叫杜氏，生个儿子叫孟明视（姓百里，名视，字孟明）。

百里奚和杜氏生了孟明视，两口子恩恩爱爱，就是家里贫寒。百里奚打算出去找点事做，可又舍不得媳妇儿和孩子。有一天，杜氏对他说："大丈夫志在四方，怎么能老待在家里？您现在年富力强，不出去做事，难道赶到老了才出去吗？家里的事您尽管放心，我也有一双手呐！"百里奚听了他媳妇儿的话，决定转天就出门。

第二天，杜氏预备些酒菜，替男人送行。家里还有一只老母鸡，杜氏把它宰了。可是灶下连劈柴也没有，杜氏就把门闩（shuān）当柴烧了，又煮了些小米饭，熬点白菜，叫百里奚阔阔气气地吃一顿饱饭。临走的时候，杜氏抱着小孩儿，拉住男人的袖子，眼泪是再也忍不住了，抽抽搭搭地说："您要是富贵了，千万别忘了我们娘儿俩。"百里奚也眼泪汪汪地劝了她一番。他们走到河边沿，杜氏从歪脖子柳树上攀了一根柳条，交给他作为分别时候的纪念。

百里奚离开家乡，到了齐国，想去求见齐襄公，可是没有人替他引见，只好流落他乡，要饭过日子。后来他到了宋国,已经四十多岁了。在那边他碰见个隐士,叫蹇(jiǎn)叔,比他大一岁。两个人一聊,挺对劲儿,就做了知心朋友。可是蹇叔也不是挺有钱的,百里奚不能老跟着他过活,只好在乡下给人家看牛。

这两个好朋友后来跑了好几个地方,想找一个出路,可是怎么也找不到一个适当的主儿。蹇叔说:"咱们还是回老家去吧。"百里奚想着他的媳妇儿,打算回到虞国去。蹇叔说:"也好,虞国的大夫宫之奇是我的朋友。我也想瞧瞧他去。"他们两个人就到了虞国。蹇叔去看他朋友,百里奚去瞧他媳妇儿。

百里奚到了本乡,找到了以前的住处。破房子还在,连河边沿那棵歪脖子柳树还像从前那样,可是他的媳妇儿和孩子哪去了呐?问问街坊四邻,没有一个认识的。他们说:"这儿连年遭了灾荒,死的死,逃荒的逃荒。一个妇道人家嘛,也许改嫁了,也许死了。"百里奚在门口愣了半天,想起他媳妇儿劈门闩、炖(dùn)母鸡的情形,不由得掉了眼泪,很伤心地走了。

他去瞧蹇叔,蹇叔又带着他去见大夫宫之奇。宫之奇请他们留在虞国,还说一定带他们去见虞君。蹇叔已经打听明白了,他摇了摇头,对百里奚说:"虞君不识大体,爱贪小便宜,不像个有作为的人物。"百里奚说:"我已经奔走了这么些年了,就留在这儿吧。"蹇叔叹了一口气说:"这也难怪你。不过我还是回去。以后您要瞧瞧我，就上鸣鹿村好了。"打这儿起，百里奚跟着宫之奇在虞国做了大夫。哪儿知道果然不出蹇叔所料，虞君为了贪小便宜，连国也亡了。

原来，在公元前655年，邻近的晋国（国都在今山西省绛县）派使者到了虞国，送上一匹千里马和一对名贵的玉璧，作为礼物。使者说："虢国（又叫北虢，在今山西省平陆县，三门峡附近）老侵犯我们，我们打算跟他们打一仗。为了行军的方便，贵国可不可以借一条道儿让我们过去？"虞君瞧瞧手里的玉璧，又瞧瞧千里马，喜欢得不得了，连连答应："可以，可以！"大夫宫之奇拦住他说："不行，不行！虢国跟虞国贴得那么近，好像嘴唇跟牙齿一样。俗语说'唇齿相依，唇亡齿寒'，我们这两个小国相帮相助，还不至于给人家灭了。万一虢国把晋国灭了，虞国也一定保不住。"虞君说："人家晋国送来了这无价之宝跟咱们交好，难道咱们连一条道儿都不准人家走走？再说晋国比虢国强上十倍，就算失了一个小国，可是交上了一个大国，还不好吗？"宫之奇还想说几句，倒给百里奚拦住了。

宫之奇退了出来，对百里奚说："你不帮我说话也就罢了，怎么还拦住我呐？"百里奚说："跟糊涂人说好话，就好像把珍珠扔在道儿上。"宫之奇知道虞国一定灭亡，就偷偷地带着家小跑了。

晋国的国君晋献公派大将率领大军经过虞国灭了虢国，

回头一顺手把虞国也灭了，取回了千里马和玉璧。虞君和百里奚都做了俘虏，虞君后悔万分，对百里奚说："当初你为什么不拦拦我呐？"百里奚说："宫之奇说的您都不听，难道您能听我的？"

晋献公给虞君一所房子，另外送给他一副车马和一对玉璧。晋献公还要重用百里奚。百里奚宁可做俘虏，不愿意做晋国的官。

五张羊皮

公元前655年,秦穆公派公子絷(zhí)到晋国去求婚。晋献公答应把大女儿嫁给秦穆公,还要送一些奴仆过去,作为陪嫁。有人说:"百里奚不愿意做官,不如拿他做了陪嫁的奴仆吧。"晋献公就叫百里奚跟着公子絷和别的陪嫁的奴仆一同到秦国去。百里奚只好自叹命苦。半道上人家一不留神,他就偷偷地溜了。

他东奔西逃,一点准主意都没有,后来居然逃到了楚国。楚人把他当作北方诸侯派到南方来的奸细,绑起来问他说:"你是干什么的?"他说:"我是虞国人,亡了国,逃难出来的。"大家伙儿瞧他上了岁数,又挺老实,就问他:"你是干什么营生的?"他说:"看牛的。"他们就叫他看牛。他只好答应,就给楚人看牛。他很有一套看牛的本领,他看的牛慢慢地都比别人的牛强。楚人给他起个外号叫"看牛大王"。看牛大王出了名,连楚国的国君楚成王也知道了,就叫他到南海去看马。

当初公子絷以为跑了个老奴仆,算不了什么,一路回来没把这事搁在心里。他在半路上碰到一个大力士叫公孙枝,晋国人,也是个人才,可就是没有地位。公子絷把公孙枝带了回来,推荐给秦穆公。秦穆公结了婚,看了陪嫁奴仆的名单,见上面有百里奚的名字,就问公子絷:"怎么没有这个人?"公子絷说:"他是虞国人,是个亡国的大夫,自己跑了。"秦穆公回头问公孙枝:"你在晋国,知道不知道百里奚是怎么样的一个大夫?"公孙枝说:"他挺有本领,可惜英雄无用武之地。一个亡了国的大夫,情愿做俘虏,不愿意在敌国做官,这就很了不起了。"秦穆公一听,就派人到各处去打听百里奚的下落。后来居然打听着了,百里奚原来在楚国看马。

秦穆公就要送礼物给楚成王,请他把百里奚送回来。公孙枝说:"这可千万使不得。楚人叫他看马,因为不知道他有多大的本领。要是主公这么去请他,分明是告诉楚王去重用他,楚王还能放他到这儿来吗?"秦穆公就依照当时一般奴隶的身价,派使者带了五张羊皮,去见楚成王说:"敝国有个奴隶叫百里奚，他犯了法，躲在贵国。请让我们用五张羊皮把他赎回去，好办他的罪，免得叫别的奴隶学他的样儿。"楚成王叫人把百里奚逮住，装上囚车，交给秦国的使者。

百里奚一到秦国，就有公孙枝来迎接他，带他见国君。秦穆公一瞧，是个白头发白胡子的老头子，问他多大岁数了。他说："我才七十。"秦穆公叹了一口气说："唉，可惜老了！"百里奚可不服气，他说："主公要是叫我去打老虎，我是老了。要是叫我坐下来商议国家大事，那我比姜太公还小十岁呐！"秦穆公觉得他的话很有道理，就跟他聊了聊富国强兵的大道理。想不到越聊越对劲儿，越觉得他是个挺了不起的人物，一连谈了三天，就要拜他为相国。

百里奚可不答应。他说："我算什么？我的朋友蹇叔比我强得多呐！主公真要搜罗人才，最好把他请来。"秦穆公见了百里奚，就觉得他是千中不挑一、万中不挑一的能人，非常信任他。现在听说还有比他更能干的人，怎么能轻易放过呐？他立刻叫百里奚写信，派公子絷上鸣鹿村去迎接蹇叔。

蹇叔可不愿意出去做官，直急得公子絷什么似的。公子絷说："要是先生不去，恐怕百里奚不会一个人留在秦国。"蹇叔皱了皱眉头，过了一会儿，叹了一口气说："百里奚有才能，一向没有地方去使，现在找到个主儿，我得成全他。"

回头对公子絷说:"好吧,我就为了他走一趟。可是我还得回来种我的地呐。"公子絷又跟蹇叔的儿子西乞术和白乙丙(两个人都姓蹇,一个名术,字西乞,一个名丙,字白乙)聊了一会儿,觉得他们也是了不起的人物,一定请他们一块儿去。蹇叔也答应了。

公子絷带着蹇叔和他的两个儿子见了秦穆公。秦穆公问蹇叔怎么样才能够做个好君主。蹇叔一条一条地说了出来,乐得秦穆公连晚饭都忘了吃。第二天,秦穆公就拜蹇叔为右相,百里奚为左相,西乞术、白乙丙为大夫。这么着,秦国新得了五位能人——蹇叔、百里奚、公孙枝、西乞术、白乙丙。没有几天又来了个勇士,就是百里奚的儿子孟明视。

原来百里奚的媳妇儿自从她男人走了以后,靠着双手凑合着过日子。后来碰上荒年,只好带着儿子去逃荒。也不知受了多少磨难,末了到了秦国,给人家缝缝洗洗,娘儿俩过着这份苦日子。

没想到孟明视长大成人以后,不好好地干活儿,就喜欢跟着一群小伙子打猎练武,反倒叫上了岁数的妈去养活他。有一天,孟明视听那群小伙子说:"我们的国君用了两个老头儿做相国,已经够有意思了。最特别的是一个叫百里奚的相国,说是用五张羊皮买来的,真是听也没听说过。"孟明视一听,心想:"也许是我爸爸吧。"回来告诉了他妈。杜氏也起了疑,想尽办法到"五羊皮"的相府里去洗衣裳。手底下的人见她做事利落，全挺喜欢她。可是她哪儿能见得到相国呐？

有一天，百里奚在相府里请客，乐工在堂下奏乐，有的弹琴，有的唱歌，挺热闹。杜氏在大厅外头，想瞧瞧这位相国。相府里的人知道她是洗衣裳的老妈子，也不去管她。她瞧了一会儿，好像这个老头儿有几分像她男人，可也瞧不准。她瞧见一个弹琴的乐工出来，就挺小心地跟他探听一下，又说："我从小也弹过琴，让我弹弹，行不行？"乐工起了好奇心，就把琴交给她。她拿过来一弹，居然跟乐工差不了多少。相府里的人高兴极了，叫她唱个歌儿。她说："好吧！不过得请示相国。"百里奚正在兴头上，顺口答应了。杜氏对相国和来宾行了礼，唱了起来：

百里奚，

五羊皮，

可记得——

熬白菜，煮小米，

灶下没柴火，

劈了门闩炖母鸡？

今天富贵了，

扔了儿子忘了妻！

百里奚听得愣住了，叫过来一认，果然是自己的媳妇儿杜氏。他也不顾别人，抱着她哭了。老两口儿的伤心引出了大家伙儿的眼泪。秦穆公听说他们夫妻、父子相会，特意赏给他们不少东西；又听说孟明视武艺高强，能带兵打仗，就拜他为大夫，和公孙枝、西乞术、白乙丙共同管理军事。

秦国搜罗人才，操练兵马，开发富源，努力生产，国家越来越强。可是邻近的姜戎（西戎的一支）还不断地来侵犯边疆，抢掠财物。秦穆公就叫孟明视他们发兵去征伐，把姜戎打得远远地逃走了。秦国占有了瓜州（今甘肃省瓜州县）一带的土地，更加强大起来了。

「仁义」大旗

秦穆公要做霸主，可是秦国在西方，离中原诸侯国远，他得先收服邻近的许多小部族，然后再来跟中原诸侯打交道。除了秦穆公以外，宋国的国君宋襄公也要接着齐桓公做霸主。齐桓公去世以前，曾经跟管仲商量过，把公子昭托付给宋襄公。齐桓公一死，宋襄公就约会几个诸侯共同立公子昭为齐国的国君，就是齐孝公。以前大伙儿承认齐桓公是霸主，现在齐国的国君还得由宋襄公来立，那么宋襄公不是接着齐桓公做了霸主了吗？不过这是宋襄公自己这么想，人家可并不同意，尤其是楚国和郑国的国君，他们联合起来反对宋襄公，当面侮辱了他。宋襄公气得翻白眼，一定要报仇。

楚是大国，兵力强；郑是小国，兵力弱，宋襄公决定先去征伐郑国。

公元前638年，宋襄公准备发兵。宋国有两个出名的大将，一个叫公子目夷，一个叫公孙固，他们都反对出兵。宋襄公生气了，他说："你们不去？好，那我一个人去！"公子目夷和公孙固虽然不赞成去打郑国，这会儿一见他冒了火儿，只好顺着他。宋襄公亲自带着公子目夷和公孙固率领大军去打郑国。郑国急忙打发使者向楚国求救。楚成王马上派大将成得臣带领大队兵马去对付宋国。

楚国人很能用兵，他们的大队兵马不去救郑国，反倒直接向宋国进攻。宋襄公没提防到这一招儿，急得连忙赶回来。大军到了泓水（在今河南省柘城县西北；泓 hóng；柘 zhè）的南岸，驻扎下来，准备抵抗楚军。成得臣派人来下战书。公孙固对宋襄公说："楚国的兵马到了这儿，是因为咱们去打郑国。现在咱们回来了，还可以跟楚国讲和，何必跟他们闹翻呐？再说，咱们的兵力也比不上楚国，怎么能跟他们打仗呐？"

宋襄公认为楚国一向不讲道理，强横霸道，不能叫人心服，就说："怕他什么！楚国就算兵力有余，可是仁义不足。咱们尽管兵力不足，仁义可有余呀。兵力怎么抵得住仁义呐！"他就写了回信，约定交战的日期。他一心以为空讲"仁义"，就可以当上霸主，就可以打败强敌。他做了一面大旗，上面绣着"仁义"两个大字，把它当作镇压妖魔的法宝似的，高擎着去抵抗楚军。万没想到楚军不但没给"仁义"大旗吓跑，反而从泓水那边渡到这边来了！公子目夷瞧着楚国人忙着过河，就对宋襄公说："楚军白天渡河，明明小看咱们不敢去打他们。咱们趁着他们渡到一半，迎头打过去，一定能够打个胜仗。"宋襄公指着大旗上"仁义"两个大字，对公子目夷说："哪儿有这个道理呀？敌人正在过河的时候就打过去，还算得上是讲仁义的军队吗？"

公子目夷对于那面大旗可不感兴趣，一瞧楚军已经上了岸了，乱哄哄地正排着队伍，心里急得什么似的，又对宋襄公说："这会儿可别再待着了，趁他们还没排好队伍，咱们赶紧打过去，还能够打个胜仗。要是再不动手，咱们就要挨打啦！"宋襄公眼睛一瞪，骂他说："呸！你这个不讲仁义的家伙！别人队伍还没排好，怎么可以打呐！"

楚国的兵马排好了队伍，一声鼓响，就像大水冲塌了堤坝（bà）似的一下子涌过来。宋国的军队哪儿顶得住哇，公子目夷、公孙固，还有一位公子荡拼命保住宋襄公。可是宋襄公大腿上早已中了一箭，身上也有几处受了伤。那面"仁义"大旗委委屈屈地给人家夺去了。公子荡不顾死活，挡住了楚军。公子目夷保护着宋襄公赶着车逃跑。结果，公子荡死在乱军之中。公孙固带着残兵败将一边抵抗，一边后退。楚军乘胜追击，宋军大败，辎（zī）重粮草沿路抛弃，都给楚军拿去了。

宋襄公连夜逃回睢阳（在今河南省商丘市南；睢suī）。宋国人都怨他不该跟楚国人打仗，更不该那么个打法。公子目夷瞧着愁眉苦脸的宋襄公，问他说："您说的讲仁义的打仗就是这个样儿的吗？"宋襄公一边理着花白的头发，一边揉着受了伤的大腿，说："依我说，讲仁义的打仗就是以德服人。比如说，看见已经受了伤的人，可别再去伤害他；头发花白了，可别拿他当俘虏。"

公子目夷再也耐不住了，很直率地说："这回咱们打了败仗，就是因为主公不知道怎么打仗！要打仗就必须利用一切办法打击敌人，消灭敌人。如果怕打伤敌人，那还不如不打；如果碰到头发花白的就不抓他，那还不如让他抓去呐！"宋襄公没法儿跟公子目夷争辩，可是他仍旧相信尽管这次打了败仗，仁义还在自己这边儿。

宋襄公逃回睢阳，受了很重的伤，不能再起来了。他嘱咐太子说："楚国是咱们的仇人，千万别跟他们来往。晋国的公子重耳挺有本领，手下人才很多，他现在虽然在外面避难，要是能够回国的话，将来一定是个霸主。你要好好地跟他打交道，准没错儿。"原来前不久，宋襄公接待过逃难的晋公子重耳，印象很深。

饱不忘饥

晋国公子重耳逃难的事,说来话长,得先从他父亲晋献公说起。

晋献公先是跟夫人生了一儿一女,儿子就是太子申生,女儿就是嫁给秦穆公的那个大闺女。夫人去世以后,晋献公又娶了两个夫人,生了两个儿子,一个叫重耳,一个叫夷吾。后来晋献公又娶了两个妃子,也生了两个儿子,一个叫奚齐,一个叫卓子。这样,晋献公前前后后娶了五个女人,生了五个儿子,就是申生、重耳、夷吾、奚齐、卓子。家里的事就够烦的了。

晋献公到了年老的时候,糊涂到了家,为了讨好年轻的妃子，要把小儿子奚齐立为太子。他听了妃子的话，就杀了太子申生。太子一死，重耳和夷吾分别逃到别的国去了。晋献公听说他们哥儿俩跑了，就认为他们是跟申生一党的，立刻派人去杀那两个公子。可是夷吾早已跑到梁国（在今陕西省韩城市南），重耳跑到蒲城（在今陕西省蒲城县）。那个追赶重耳的叫勃鞮（dī），一直追到蒲城，赶上重耳，拉住他的袖子，一刀砍过去。古人的袖子又长又肥，勃鞮只砍下了重耳的一块袖子，可给他跑了。

重耳跑到狄国（在今河北省正定县），就在那边住下了。晋国有才能的人多数跑出来去跟着他。其中顶出名的有狐毛、狐偃（yǎn）、赵衰（cuī）、魏犨（chōu）、狐射姑（狐偃的儿子；射yè）、颠颉（xié）、介之推、先轸（zhěn）这些人。公元前651年前，晋献公死了，晋国起了内乱，奚齐和卓子先后做了国君，可都给大臣们杀了。接着秦穆公帮助夷吾回国做了国君，就是晋惠公。晋惠公跟秦国失和，屠杀反对他的人，不得民心，就有一批人指望公子重耳能做国君。晋惠公担心哥哥回来夺王位，就打发勃鞮再去行刺。

有一天，狐毛、狐偃接到父亲狐突的信，上边写着："国君叫勃鞮三天之内来刺公子。"他们赶快去通知重耳，重耳跟大伙儿商量逃到哪儿去。狐偃说："还是上齐国去吧。齐侯（齐桓公）虽说老了，他终究是霸主。"他们就这么决定了。

到了第二天，重耳叫仆人头须赶紧收拾行李，打算晚上动身，就瞧见狐毛、狐偃慌慌张张地跑来，说："我父亲又来了个急信，说勃鞮提早一天赶来了。"重耳听了，急得回头就跑，好像刺客已经跟在身后似的，也不去通知别人。他跑了一程子，跟着他的那班人前前后后全到了。那个平时管车马的壶（hú）叔也赶来了，就差一个头须。这可怎么办呐？行李盘缠全在他那儿呐！别人都没带什么。赵衰最后赶到，说："听说头须拿着东西逃了。"头须这一跑，累得重耳这一帮人更苦了。

这一帮"难民"一心要到齐国去，可得先经过卫国。卫文公因为当初齐桓公要诸侯帮卫国建造国都的时候，晋国并没有帮忙，再说重耳是个倒霉的公子，何必招待他呐，就嘱咐看城门的不许外人进城。重耳和大伙儿气得直冒火儿，可是有难的人还能怎么样，只好绕了个大圈子过去。

他们一路走着，一路饿着肚子，到了一个地方，叫五鹿（卫地，在今河南省濮阳县南；濮 pú），瞧见几个庄稼人正蹲在地头吃饭。那边是一大口一大口地吃，这边是咕噜咕噜的肚子直叫。重耳叫狐偃去跟他们要点儿。庄稼人笑着说："哟！老爷们还向我们小百姓要饭吗？我们要是少吃一口，锄头就拿不起来，锄头拿不起来，就甭想活了。"其中有一个人开玩笑说："怪可怜的，给他一点儿吧！"说着就拿起一块土疙瘩（gē da）送了过去，说："这一块好吗？"魏犨就冒了火儿,嚷嚷着要揍他们。重耳也很生气,嘴里不说,心里可向魏犨点了头。狐偃连忙拦住魏犨,接过那块土疙瘩来,安慰公子说:"要弄点粮食,到底不算太难,要弄块土地,可不容易。老百姓送上土来,这不是一个吉兆吗?"重耳也只好这么下了台阶,苦笑着向前走去。

又走了十几里,缺粮短草,人困马乏,真不能再走了。大家伙儿只好叫车站住,卸(xiè)了马,坐在大树底下歇歇乏儿。重耳更没有力气,就躺下了,头枕在狐毛的大腿上。别的人都去掐野菜,凑合着煮了点儿野菜汤,自己还不敢喝,先给公子送去。重耳尝了尝,皱着眉头,他哪儿喝得下这号东西。狐毛说:"赵衰还带着一竹筒稀饭呐,怎么又落在后头了?"说着说着,赵衰也到了。他说:"脚底下起了大泡,走得太慢了!"他把一竹筒的稀饭奉给重耳。重耳说:"你吃吧!"赵衰哪儿能依。他拿点水和在稀饭里,分给大家伙儿,每人来一口,接接力。

重耳他们就这么有一顿没一顿地到了齐国。齐桓公大摆酒席给他们接风。他送给重耳不少车马和房子,叫每一个跟随公子的人能够安心住下。可是没多久,齐桓公死了,齐国起了内乱,他们就去投奔宋襄公。宋襄公刚打了败仗,大腿上受了伤,正在那儿害病,一听见公子重耳来了,就派公孙固去迎接。宋襄公也像齐桓公那样待他们很好。重耳他们都非常感激。过了些日子,宋襄公的病不见好转,狐偃私底下跟公孙固商量怎么办。公孙固说:"公子要是愿意住在这儿,我们是十分欢迎的。要是指望我们发兵护送公子回到晋国去,这时候敝(bì)国还没有这份力量。"狐偃说:"您的话是实话,我们全明白。"

第二天,他们离开了宋国,一路走去,到了郑国。郑国的国君认为重耳在外边流浪了这些年还不能回国,一定是个没出息的人,因此理也不去理他。他们又恼又恨,可是不能发作出来,只好忍气吞声地往南走。没过几天工夫,他们到了楚国。

楚成王把重耳当作贵宾,还用招待诸侯的礼节去招待他。楚成王对他越来越好,重耳越来越恭敬,两个人就这么做了朋友。有一天,楚成王跟重耳开玩笑似的说:"公子要是回到晋国,将来怎么报答我呐?"重耳说:"金银财宝贵国多着呐,我真想不出怎么来报答大王的恩典。要是托大王的福,我能够回国的话,我愿意跟贵国交好,让两国的老百姓能过上太平的日子。可是万一发生战争,那我怎么敢跟大王对敌呐?那时候,我只能退避三舍(古时候行军,三十里为一舍,退避三舍,就是退九十里的意思;舍 shè),算是报答您的大恩。"

楚成王听了倒没有什么,可把大将成得臣气了个倒仰。他回头偷着对楚成王说:"重耳说话简直没边儿,将来一定忘恩负义,还不如趁早杀了他!"楚成王说:"别这么说。

他到底是客，咱们得好好地待他。"

有一天，楚成王对重耳说："秦伯（指秦穆公）派人到这儿来，请公子到他那边去。他有心帮公子回国，这是个好消息。"重耳故意客气一下，说："我愿意跟着大王，何必到秦国去呐？"楚成王劝他说："可别这么说。敝国离贵国太远了，我就是有心送您回去，还得路过好几个国家。秦国跟贵国离得最近，早晨动身，晚上就可以到了。再说秦伯肯帮助您，我也放心了。您听我的话，去吧！"重耳这才拜别了楚成王，上路到秦国去了。

秦穆公原来立夷吾为晋国国君，就是晋惠公。晋惠公忘恩负义，反倒发兵去打秦国，可打了个大败仗，自己做了俘虏。秦穆公的夫人穆姬（jī）是晋惠公的异母姐姐，她替晋国求情。晋惠公也向秦穆公认了错，割让了河外五座城，又叫太子圉（yǔ）到秦国做抵押的人质，秦晋两国这才重新和好。秦穆公为了联络公子圉，把自己的女儿怀嬴（yíng）嫁给他。

公元前638年（就是宋国和楚国在泓水打仗那一年），公子圉听说他父亲病了，怕君位传给别人，就偷偷地跑回晋国去，连怀嬴都没带走。第二年晋惠公一死，公子圉做了国君，就不跟秦国来往了。秦穆公后悔当初错了主意，立了夷吾。现在夷吾死了，没想到公子圉又是另一个夷吾。因此，他决定立公子重耳为晋国国君，就把他从楚国接来。

秦穆公和夫人穆姬都很尊敬公子重耳。他们要跟他结成亲戚，想把他们的女儿怀嬴改嫁给他。怀嬴说："我已经嫁了公子圉，还能再嫁给他的伯父吗？"穆姬说："为什么不能呐？公子重耳是个好人，要是咱们跟他做了亲戚，双方都有好处。"怀嬴一想，虽说嫁给一个老头子，但这可是两国都有好处的事。她点头认可了。秦穆公叫公孙枝做大媒。狐偃、赵衰他们巴不得能够跟秦国交好，都劝公子重耳答应这门亲事。这么着，公子重耳又做了新郎。

大家正在那儿吃喜酒的时候，狐毛、狐偃哭着来见重耳，要他去给他们报仇。原来公子圉即位以后，就下了一道命令："凡是跟随重耳的人必须在三个月之内回来，改过自新；过了期限，全是死罪，父兄不叫他们的子弟回来的也是死罪。"狐毛、狐偃的父亲狐突就因为不肯叫他们回去，给新君杀了。重耳把这件事告诉了秦穆公，秦穆公决定发兵替女婿打进晋国去。

公元前636年，秦穆公出动大军，亲自率领百里奚、公子絷、公孙枝等护送公子重耳回到晋国去。他们到了黄河，打算坐船过河。秦穆公分一半人马护送公子过河，自己留下一半人马在黄河西岸作为接应。他对公子重耳说："公子回到晋国，可别忘了我们夫妇俩啊！"说着流下眼泪来。重耳对他们更是依依不舍。

上船的时候，那个管行李的壶叔，挺小心地把一切东西全弄到船上来。他还忘不了过去逃难时候所受的苦。重耳这一班人曾经饿过肚子，要过饭，也喝过野菜汤。粮食不够吃，衣服不够穿，大伙儿都已经够困难的了，可是管供应的壶叔和他手下的人比别人更多操一份心。他们一辈子也忘不了过去穷困的情形，吃剩下的冷饭、咸菜，穿过的旧衣服、破鞋、破袜子，等等，全舍不得扔下，都带到船上。

公子重耳一瞧，哈哈大笑。他对壶叔说："你们也太小门小户儿的啦！现在我回国去做国君，要什么有什么，这些破破烂烂的还要它干什么？"说着就叫手下的人把这些东西全撇在岸上。有不少人听公子这么一说，也觉得自己太可笑了。公子回国做国君，跟着公子的都是有功之人，荣华富贵享用不尽，怎么还露出这副穷相来呐？大伙儿七手八脚地把这些破烂儿都撇在岸上，有的人干脆把咸菜倒了，把破鞋、破袜扔到黄河里。

狐偃一瞧他们未得富贵，先忘贫贱，全变成富贵人的派头了，就拿着秦穆公送给他的一块白玉，跪在重耳面前说："如今公子过河，对岸就是晋国。内有大臣，外有秦国，我挺放心。我想留在这儿，做您的外臣（在外国的臣下）。奉上这块白玉，表表我的一点心意。"重耳愣了，他说："我全靠你们帮助，才有今日。咱们在外边吃了十九年的苦，现在回去，有福同享，你怎么说不去了呐？"

狐偃说："以前公子在患难中，我多少还有点儿用处。

现在公子回去做国君,情形就不同了,自然另有一批新人使唤。我们就好比旧衣破鞋,还带去做什么呐?"重耳听了,脸红了,心里怪不好受,直怪自己不该得意忘形,存着享乐的念头。他流了眼泪,向狐偃认错儿说:"这全是我的不是!我可不是忘恩负义的人。你们的功劳我更忘不了。我可以对天起誓!"他立刻吩咐壶叔再把破烂的东西弄上船来。手下的一些人这才知道做人应当饱不忘饥。狐偃他们也没话说了。

他们过了黄河,接连打了胜仗。公子圉逃了。晋国的文武大臣就迎接公子重耳,立他为国君,就是晋文公。他很快接替了齐桓公的事业,做了霸主。

退避三舍

晋文公靠着秦穆公的帮助，做了国君，首先整顿内政，安定人心。正在这时候，天王家里出了事啦。

那时候周朝的天王叫周襄王。他的异母兄弟勾结朝廷上一些不三不四的人，借了外族狄人的兵马打进洛阳，来夺王位。周襄王打了败仗，逃到郑国，发了一个通告，派人送到齐、宋、陈、卫等国，说狄人占领了京都，让各国援救。各国诸侯收到了天王的通告，全派人去慰问天王，或者送点吃的东西去，可是没有人发兵护送他打回洛阳去。有人对天王说："现在只有秦国和晋国的诸侯想做霸主。秦国有蹇叔、百里奚、公子絷等一班大臣，晋国有赵衰、狐偃、胥（xū）

臣等一班大臣，只有他们能会合大小诸侯，扶助天王，别人恐怕全不中用。"天王就打发两个使者，一个去见秦穆公，一个去见晋文公。

晋文公一听到天王逃难的消息，马上带领大队人马打到洛阳去。他的兵马刚动身，秦国的兵马已经到了黄河边了。晋文公立刻派人去见秦穆公，说："敝国已经发兵去护送天王，您就不必劳驾了。"秦穆公说："好吧！我怕贵国一时不便发兵，只好亲自出来。现在我就等着你们马到成功的好消息。"蹇叔、百里奚说："晋侯不叫咱们过去，分明是怕咱们分了他们的功劳。咱们不如一块儿去！"秦穆公说："我不是不知道。不过重耳做了国君，还没立过大功，这回护送天王的大功，就让给他吧。"他打发公子絷到郑国去慰问天王，自己带着兵马回去了。

晋国的兵马打败了狄人，杀了乱党的头儿，护送天王回到京都。周朝的大臣们把晋文公当作第二个齐桓公。周襄王大摆酒席，慰劳晋文公，还赏了他邻近京都的四个城。晋文公磕头谢恩。从此，晋国在洛阳附近也有了土地。

晋文公接收了四个城回来以后，宋国来请救兵。那时候宋襄公死了，儿子即位，就是宋成公。宋成公打发公孙固来见晋文公，说是楚国派成得臣为大将，率领着陈、蔡、郑、许四国的诸侯来攻打宋国。晋文公召集大臣们商议怎么办。将军先轸说："楚是蛮族，老欺负中原诸侯，谁不向楚国进贡纳税，就打谁。主公打算帮助中原诸侯，做个霸主，这可是时候了。"狐偃说："曹国（在今山东省曹县和定陶区一带）和卫国本来跟咱们有仇，新近又归附了楚国。咱们只要去征伐它们，楚国一定去救，宋国的围也能解了。"晋文公就答应公孙固的请求，叫他先回去，晋国的兵马随后就到。

公元前632年，晋文公打下了曹国和卫国。以前在逃难的时候，他在这两个国家受过侮辱，现在这口气总算出了。

楚成王听说晋国一口气打下了曹国和卫国，就打发人叫成得臣回去，还告诉他说："重耳在外头跑了十九年，现在已经六十多了。他吃过苦，是一个挺有经验的人。咱们跟他打仗，未必能占上风，你还是趁早回来吧。"

成得臣看到宋国早晚就可以拿下来，不愿意退兵。他派人向楚成王报告说："请再等几天，我打了胜仗就回来。如果碰见晋国人，也得跟他们拼个死活。万一打败了，我情愿受军法处置。"楚成王一瞧成得臣不回来，心里挺不痛快，就问大臣们怎么办。有个大臣说："现在晋国挺强，重耳帮助宋国是打算做霸主。我想还是通知子玉（成得臣字子玉）留点儿神，千万别跟他撕破了脸。能够讲和的话，还能得到一个平分南北的局面。"楚成王再派人去通知成得臣。

成得臣禁不住国君好几次的通知，加上宋国又死守着城，只好下令暂时停止进攻，可不好意思马上退兵。他派人去对晋文公说："楚国对于曹国和卫国，正像晋国对于宋国一个样儿。您要是恢复曹国和卫国,我就不打宋国,咱们彼此和好,省得叫老百姓吃苦。"晋文公还没说什么,狐偃开口就骂:"成得臣这小子好不讲理!他放了一个还没打败的宋国,倒叫我们恢复两个已经灭了的国家。哪儿有这么便宜的买卖呐?"他把成得臣派来的使臣扣起来,把手下的人放回去。

为了打击楚国,晋国又办了两件重要的事情:第一,打发使者去联络秦国和齐国,请他们一块儿来帮助中原诸侯,抵御楚国这个南方"蛮族";第二,通知卫国和曹国的国君,叫他们先去跟楚国绝交,将来一定恢复他们的君位。这两位亡国之君就写信给成得臣,说他们只好得罪楚国,归附晋国了。成得臣正替这两国说情,他们倒来跟他绝交。他这一气,差点儿气昏过去,双脚乱跳地嚷着说:"这两封信明明是那个饿不死的老贼逼他们写的!算了,不打宋国了。找重耳这老贼算账去,打退了晋国再说。"他就带领兵马,一直赶到晋国人驻扎的地方。

晋国大将先轸一瞧楚国人过来,就打算立刻开战。狐偃说:"当初主公在楚王面前说过,要是两国打仗,晋国情愿退避三舍。这可不能失信。"将士们都反对说:"这怎么行呐?晋国的国君还能在楚国的臣下面前退避吗?"狐偃说:"咱们不能忘了当初楚王对咱们的好意。退避三舍是向楚王表示好意,哪儿是向成得臣退避呐?再说,要是咱们退兵,他们也退兵或者不追上来，两国就容易讲和了。那不是很好吗？要是咱们退兵，他们还追上来，那就是他们的不是了。咱们有理，他们没理，咱们的将士个个理直气壮，打起仗来就更卖力气，不是对咱们有利吗？"

大伙儿认为狐偃的话很对。晋文公就吩咐军队向后撤退，一口气就退了三十里。远远望见楚军朝前移动，他们就再退三十里，把楚军抛远了。晋文公派人一探听，楚军又跟上来了，晋军就又退了三十里，总共退了九十里，到了城濮（卫地，在今河南省开封市）才驻扎下来，不再往后退了。这时候，秦国、齐国、宋国的兵马也先后到了。

楚军瞧晋军一退再退，以为晋文公不敢跟楚国打仗，大伙儿不用提多神气了。副将鬭（dòu）勃对成得臣说："晋国的国君直躲着楚国的军队，咱们已经有了面子了。大王早就吩咐咱们回去，咱们也不能太固执了。我瞧咱们既然有了面子，就下了台阶吧。"成得臣说："先前没听从大王的命令，已经错了，现在回去也得办罪。倒不如打个胜仗，还可以将功折罪。咱们追上去吧。"楚军就追到了城濮。双方的军队都在那边驻扎下来，遥遥相对，好像密密层层的黑云遮住了整个天空，随时随刻都能来个狂风暴雨。

晋文公知道楚国多少年来没打过一次败仗，成得臣又是一员猛将，他瞧着楚军一步死钉一步地逼上来，心里多少有点儿害怕，要是万一打个败仗，别说不能当霸主，从今往后，中原诸侯只好听"南蛮子"的了。他越想越担心，越担心越心虚。他的心好像是给蜘蛛网粘住了的小虫儿，越挣扎缠得越紧。到了晚上，他翻过来掉过去地睡不着，好不容易睡着，就做了个噩梦。

第二天，晋文公对狐偃说："我可有点儿害怕。昨儿晚上我做了个梦，好像还在楚国，跟楚王摔跤我摔不过他，摔了个大仰壳儿。他趴在我身上，直打我脑袋，还吸我的脑浆。到这时候我脑袋还有点疼呐！"狐偃可真会说话，直给晋文公打气，他说："大喜，大喜！咱们准打胜仗！"晋文公问："这话怎么讲？"狐偃说："我能详梦，还详得很准。主公仰面朝天，分明是得到了老天爷的帮助；楚王向您一趴，他的脸朝下，表示向您服罪。"晋文公听他这么一说，脑袋也不疼了，觉得自己也有了胆量了，就鼓励将士们准备跟楚军对打，要打个胜仗。

两边一开战，先轸故意先败下来。成得臣一向骄傲自大，不把晋国的将士放在眼里。他一看晋军逃跑，就命令楚军不顾前后地直追上去。先轸就这么把楚军引到有埋伏的地方，切断了他们的后路，杀得他们七零八落，腿长的快快地跑了。秦国、齐国和宋国的兵马也早有准备，把楚国的军队切成好几段，围困起来。楚军彼此失去了联系，后路又被切断，只能一边挨打，一边逃跑，军心也就散了。陈、蔡、郑、许四国的兵马伤的伤，亡的亡，活着的各自逃命，回到本国去了。

晋文公连忙叫先轸嘱咐将士们，只要把楚人赶跑就是了，不许追杀，免得辜负了楚王先前的情义，留个后路，还可以跟楚国和好。楚国的大将成得臣、鬬勃、鬬宜申、鬬越椒（jiāo）带着那些败兵，沿着睢水跑。跑了一阵，正打算歇歇腿，突然一阵鼓响，出来了一队晋国的兵马，领头的将军正是楚国人最害怕的那个大力士魏犨。魏犨有的是力气，两头野牛都顶不过他。他瞧见了楚国的败兵，就赶紧叫手下兵将上去，把他们围困起来，打算一个一个地收拾他们。他正准备动手的时候，忽然来了个"飞马报"，大声嚷道："千万别杀！主公有令，让楚国的将士好好地回去，好报答楚王的情义！"魏犨只好叫士兵们让开一条去路，吆喝着说："便宜了你们，滚吧！"楚国的兵将这才低着脑袋，急急忙忙地滚了。

成得臣一直退到连谷城（楚国地名），唉声叹气地说："本来想为国家增光，不料中了晋人的诡计，败得这个样儿，还有什么话说呐？"他就跟鬬勃、鬬宜申、鬬越椒在连谷自己下了监狱，打发他儿子成大心带着军队去见楚成王。楚成王怒气冲冲地说："我一再吩咐你们别跟晋人开仗，你们偏不听我的命令！你父亲自己说过愿受军法处置，还有什么说的？"成大心说："我父亲早知道有罪，当时就要自杀。将军们都对他说，见了大王，让大王处置吧！"楚成王说：

"打了败仗的将军不能活着回来,这是楚国的规矩,用不着废话!"成大心只好哭着回到连谷城去了。

有一位大臣知道了这件事,赶紧去见楚成王,对他说:"子玉是个猛将,就是没有计谋,本来就不该叫他独当一面。要是有个谋士给他出主意,一定能打胜仗。大王不如免他一死,让他有个戴罪立功的机会。"楚成王一想这话说得对,立刻打发使者去传命令:"败将一概免死。"

成大心回去向他父亲报告。成得臣叹了口气说:"我还有什么脸见人呐?"他就拔出宝剑自杀了。赶到使者到了连谷城宣布免死的命令,成得臣已经死了。鬥宜申悬梁自尽,因为身子太沉,吊上去,绳子断了,还没死。鬥勃正替成得臣刨坑,打算把他的尸首埋了之后再自杀。可巧楚成王的使者带了免死令来,他们两个都没死成。败将一概免死,结果就只死了一个成得臣。

晋国打败了楚国的消息传到了洛阳,周襄王就派大臣为天使(天子的使者)去慰劳晋文公。晋文公借着招待天使的机会,约了十来个诸侯开了个大会,订立盟约。当时就正式称晋文公为盟主。

犒军救国

郑国表面上加入了中原联盟，可是暗地里又跟楚国通同一气。晋文公打算会合诸侯去征伐郑国。先轸说："会合诸侯已经好几次了。征伐郑国，咱们自己的兵马也够了，何必再去麻烦别人呐？"晋文公说："也好。不过上回秦伯跟我约定有事一块儿出兵，这回倒不能不去请他。"他就派使者去请秦穆公发兵。

晋国的军队到了郑国，秦国的兵马也到了。晋国的兵马驻扎在西边，秦国的兵马驻扎在东边，声势十分浩大，吓得郑国的国君慌了神儿。有人替他出主意，叫他派个能说会道的人去劝秦国退兵。秦穆公还真答应郑国单独讲了和,派副将杞(qǐ)子和另外两个将军在北门外留下两千人马保护着郑国,自己带着其余的兵马回去了。

晋国人一瞧秦国人不说什么就走了,都很生气。狐偃主张追上去,或者把留在北门的那些人消灭掉。晋文公说:"我要是没有秦伯帮忙,怎么能够回国呐?"他就叫将士们加紧攻打郑国。郑国投降了晋国,依了晋国提出的条件,把一向留在晋国的公子兰立为太子。

秦国的将军杞子三人带着两千人马驻扎在北门。一瞧晋国送了公子兰回到郑国,立他为太子,气得直蹦。杞子说:"主公因为郑国投降了咱们才退兵回去,叫咱们保护着北门。郑伯反倒甩开了咱们,投降了晋国,太不像话了!"他们就派人去向秦穆公报告,请他快来征伐郑国。

秦穆公听了杞子的报告,心里很不痛快。不过他还不好意思跟晋文公撕破脸,只好暂时忍着。后来听说晋国几个重要的人物,像狐偃、狐毛、魏犨都先后死了,秦穆公一想,晋国的老大臣已经是死的死、亡的亡,可秦国年轻的将军就好比雨后春笋长了起来,后劲儿足,就打算接替晋国来做霸主。可是中原诸侯还是把秦国看作西方的戎族,正像把楚国看作南蛮子一样。秦穆公想:要做中原的霸主,就得打到中原去,老蹲在西北角是不行的。那些个青年将军,像孟明视、西乞术、白乙丙等也打算到中原去扩展势力。

公元前628年,晋文公也死了。秦穆公不想错过机会,摩拳擦掌，要建立霸业了。可巧驻守郑国的杞子又来了个报告说："郑伯死了，公子兰做了国君，他只知道有晋国，不知道有秦国。晋侯重耳死去不多久，还没入殓（liàn）呐。现在赶快发兵来打郑国，晋国决不会搁着国君的尸体来帮助郑国打仗的。请主公发兵来，我们在这儿做内应，里外一夹攻，一定能把郑国灭了。"

秦穆公召集了大臣们商议发兵去打郑国。老臣蹇叔和百里奚极力反对。他们说："郑国和晋国都刚死了国君，我们不去吊祭，反倒趁火打劫去侵犯人家，这是不合理的。再说郑国离咱们这儿有一千多里地，尽管偷偷地行军，路很远，日子久长，能不让人家知道吗？就说打个胜仗，我们又不能路远迢迢（tiáo）地去占领郑国的土地。要是打个败仗，损失可不小。好处小损失大的事，还是不干为妙。"

秦穆公说："咱们一向替晋国摇旗呐喊，做好了饭叫别人吃，人家可把咱们当作瘸（qué）腿驴跟马跑，一辈子赶不上人家。你们想想可气不可气。现在重耳死了，难道咱们就这么没声没响地老躲在西边吗？"他就拜孟明视为大将，西乞术、白乙丙为副将，率领三百辆兵车去攻打郑国。

大军出发那一天，蹇叔和百里奚送到东门外，对着秦国的军队哭着说："真叫人心疼啊！我们瞧见你们出去，可瞧不见你们回来了！"西乞术和白乙丙哥儿俩是蹇叔的儿子，他们瞧着父亲哭得那么难受，就说："您这么说，我们不去了。"蹇叔说："那可不行！咱们一向受着国君的重视，你们就是给人打死，也得尽你们的本分。"西乞术说："是！父亲还有什么吩咐，请直说吧。"蹇叔说："你们这回出去，郑国倒无所谓，千万得留神晋国。崤山（在今河南省洛宁县北边，函谷关东边；崤 xiáo）一带地形险恶，你们得多加小心。要不然，我就得到那边收拾你们的尸骨了。"孟明视听了，只觉得父亲百里奚和蹇伯父怕得太过分了，哪儿真会有这样的事呐！

秦国的军队在那年冬天动身，路过晋国的崤山和周天王都城的北门，倒没事。第二年初春到了滑国（在今河南省洛阳市偃师区东南）地界。正走着，前边有人拦住去路说："郑国的使臣求见！"前哨的士兵赶快通报了孟明视。孟明视大吃一惊：莫非郑国已经知道我军来了吗？他马上叫人去接见郑国的使臣，还亲自问他："您贵姓？到这儿来干什么？"那个使臣说："我叫弦高。我们的国君听到三位将军要到敝国来，赶快派我带上十二头肥牛，送给将军。这一点小意思可不能算是犒（kào）劳，不过给将士们吃一顿罢了。我们的国君说，敝国蒙贵国派人保护着北门，我们不但非常感激，而且自个儿也格外小心谨慎，不敢懈怠（xiè dài）。将军您只管放心！"孟明视说："我们不是到贵国去的，你们何必这么费心。"弦高似乎有点不信。孟明视就偷偷地对他说："我们是来征伐滑国的，你回去吧！"弦高交上肥牛，谢过孟明视，回去了。

孟明视下令攻打滑国，弄得西乞术和白乙丙莫名其妙，问他："将军，您这是什么意思？"孟明视对他们说："咱们偷着过了晋国的地界，离开本国差不多有一千里地了。原来以为郑国没做准备，突然打进去，叫他们来不及抵抗。现在郑国派使臣老远地跑来犒军，这明明是告诉咱们，他们早已准备好了。他们有了准备，情况可就两样了。咱们是远道而来的，顶好快打。他们有了准备，用心把守，给咱们一个干着急。要是把郑国长时期地围困起来呐，咱们的兵力可又不够，给养也有困难。因此，倒不如趁滑国没有防备，一下子就能把它灭了，多带些财物回去，也可以回报主公做个交代，总算没白跑一趟。"

没想到孟明视可上了弦高的大当。弦高这个使臣原来是冒充的！他本是郑国的一个牛贩子。这回赶了一群牛到洛阳去做买卖，半路上碰见一个从秦国回来的老乡。两个人一聊，那老乡说起秦国发兵来打郑国。这位牛贩子一听到这个消息，急得什么似的。他想："本国近来有了丧事，一定没有做打仗的准备。我既然知道了，好歹得想个主意呀！"他一面派手下的人赶快回去通知国君，一面赶着牛群迎了上来。果然在滑国地界碰到了秦国的军队，他就冒充使臣犒劳秦军，救了郑国。

郑国的新国君接到了商人弦高的警报，马上派人去探望杞子他们的动静。果然，他们正在那儿整理兵器，收拾行李，好像打算出发的样儿。郑伯派个大臣去对他们说："诸位辛苦了。孟明视的大军已经到了滑国，你们怎么不跟他们一块儿去呀？"杞子他们听了大吃一惊，知道有人走漏了消息，只好厚着脸皮对付了几句，连夜逃走了。

放虎回山

秦国的军队灭了滑国，把滑国的粮食和财宝抢劫一空，装满了几百辆大车，带了回去。到了春天（公元前627年），他们走到离崤山挺近的地方。白乙丙对孟明视说："家父所说的险恶的地方可又到了，咱们得留点儿神。"孟明视说："有什么可怕的，过了崤山就是咱们的地方了。"西乞术可有点儿害怕，他说："话是不错，可是万一晋国人在这儿埋伏着，那可怎么办呐？咱们多少得留点儿神。"孟明视觉得宁可信其有，不可信其无。他就把大军分成四队：小将褒蛮子率领第一队，自己第二队，西乞术第三队，白乙丙第四队。这么着，每队隔着一二里地，互相照应着，慢慢地进了崤山。

褒蛮子率领第一队，先到了东崤山，一路上没碰到什么，就是有点儿太静了。刚转过山脚，突然听见一阵鼓响，前边跑过来一队兵车，一个大将拦住去路，开口就问："你是不是孟明视？"褒蛮子反问一句："你是什么人？报上名来！"他说："我是晋国的将军莱驹。"褒蛮子冲他一翻白眼，说："快给我滚开！无名小卒，谁有闲工夫跟你动手！叫你们的头子出来！"莱驹气得拿起戟就刺过去。褒蛮子把莱驹的戟轻轻拨开，就好比拿掸（dǎn）子掸土似的，回头就是一矛。莱驹赶快闪开，那辆车上的横档早给他戳成两截了。莱驹不由得把脖子一缩，嚷了一声："好个孟明视！可真了不得！"褒蛮子哈哈大笑，说："我是大将手下的小兵褒蛮子。我们的大将怎么能跟你交手？哈哈哈！"莱驹听了，好像鱼泡泄了气似的，赶紧说："我让你们过去，可千万别伤害我们的人马。"说着赶快跑了。褒蛮子打发小卒子去通报后队，说："有几个小兵埋伏着，已经给我们轰走了。请后队赶快上来，过了山，保准没事。"孟明视催着第三、第四队兵马一块儿过山。

孟明视他们走了没有几里，山道越来越窄，车马简直过不去了。后来只好拉着马推着车，慢慢地走。孟明视瞧不见前队的人马，想必已经走远了，就叫士兵拉着马小心地走。忽然后边有擂鼓的声音，大家伙儿吓得哆嗦成一团儿。孟明视对他们说:"怕什么,道儿这么难走,他们追上来也不容易呀!咱们还是往前走咱们的吧!"他叫白乙丙先上去,自己留着压队。孟明视挺镇静,可是那些小兵一听见后面的鼓声,就吓得连头也不敢回,乱哄哄地把那些滑国弄来的东西和俘虏,一路走一路扔。又跑了一段路,大伙儿挤着挤着,好像挤进了一条死胡同,走又走不过去,退又退不回来。

孟明视挤到头里一瞧,就瞧见山道上横七竖八地堆着不少大木头,当中立着一面大旗,五丈来高,上头有个"晋"字,四边可没有一个人,就连山鸟也没有一只!只有那面大旗,在微风中懒洋洋地飘着。孟明视一瞧,说:"这是他们弄的假招罢了,不管是真是假,咱们已经到了这儿,后边又有追兵,也只好向前冲过去。"他立刻吩咐士兵们搬开木头,清理出一条走道来。那面大旗当然给他们放倒了。

哪儿知道那面大旗是晋军的暗号。他们全藏在山沟子里,眼睛盯着那面大旗,就好比钓鱼的人瞅着鱼漂似的。等到旗杆一倒,得!就知道秦国人上钩了。才一眨眼,整个山沟里打雷似的鼓声来回地响,简直要把山都震裂了。孟明视抬头一瞧,就瞧见高山岗上站着一队人马。晋国的大将狐射姑嚷着说:"褒蛮子已经给我们逮住了!你们赶快投降,还能活命!"孟明视立刻吩咐军队往后退。退了不到一里地,就瞧见满山全是晋国的旗子。几千晋军从后边杀过来了。

秦国的兵马只好又退回来。他们就好像叫淘气的孩子用唾（tuò）沫圈住了的蚂蚁似的，东逃西转，就是没有一条出路，前前后后全都给堵住了。他们只好向左右两边的山上爬。那些向左边爬的还没爬上十几步，又听见鼓声震天，上头挡着一支晋国的军队。少年将军先且居（先轸的儿子）大声叫着："孟明视快快投降！"这一声直吓得左边爬山的秦军全都摔下来。那些向右爬的因为中间隔着一条山涧，全都跳到水里头，磕磕碰碰地逃命，指望一步跨到没有敌人的山岗上去。等到他们离开了山涧，正想往上爬，就听见前边吆喝一声，山岗上又全是晋国的士兵，直吓得秦人又跑回水里去。这时候，前后左右全给晋国的军队围住了。秦国的军队被逼得上天无路，入地无门，只好又跑到木头堆那边去。

西边山顶上的太阳，好像一个顶大的火球，照得满山比血还红。本来已经叫人心惊肉跳的了，谁想得到木头堆里原来搁着引火的东西，晋兵放了带火的箭，乱木头全烧起来，直烧得快下山的太阳也给压下去了。秦国的将士有的给烧死，有的给杀死，有的给踩死。那些没死的，大伙儿又哭又号，乱成一团。

孟明视对西乞术和白乙丙说："大伯简直是神仙。我今天只好死在这儿了。你们赶快脱去盔（kuī）甲，各自逃命吧！只要有一个能够逃回本国去，请主公出来报仇，我死了，眼睛也能闭上了。"西乞术和白乙丙流着眼泪说："咱们三个人能够跑得了的话就一块儿跑，要死就一块儿死。"孟明视带着他们两个人,凑凑合合逃出了火坑,坐在一块大石头上等死。他们就觉得头昏眼花,手软脚酸,嘴里又干又涩,舌尖贴着上颚,舔不出半点唾沫来。这时候就算有一条活路,他们也不能跑了。但凡有拿刀的力气,他们也许情愿了结自己的性命。可是他们好像在做梦,只能看,只能想,就是不能动弹。四处的敌人好像口袋似的,把他们团团围住。口袋嘴一收,三员大将全给人逮住了。

孟明视、西乞术、白乙丙全都被装上了囚车。他们还不大明白:晋国的军队怎么会布置得这么严密呢?怎么他们走进山里的时候会没瞧见一个敌人呐?原来晋文公死了以后,正要出殡(bìn)的时候,晋国的大将先轸得了个信儿,说秦国的孟明视率领大军偷过崤山,去攻打郑国。他立刻报告了新君晋襄公。晋襄公跟大臣们商议了一下,就发兵到了崤山,布置了天罗地网等候着秦国的军队。这么着,他们打得孟明视全军覆没,连一个也没跑了。

先且居等人把抓到的秦国大将和士兵,还有秦军从滑国抢来的东西和俘虏,都送到晋襄公的大营里去。晋襄公穿着孝服出来迎接。全军高声呐喊,庆祝胜利。褒蛮子是个大力士,一辆囚车差点儿给他撞破。晋襄公怕他出乱子,先把他杀了。那三个大将,他打算弄到太庙里去活活地当作祭物。

晋襄公的后母文嬴(文公夫人,就是秦穆公的女儿怀嬴),听到秦国打了败仗,孟明视等全给逮住了,恐怕晋国和秦国的冤仇越结越深,就对晋襄公说:"秦国和晋国是亲戚,向来彼此帮忙。因为孟明视这群年轻的武人自己要争势力,弄得两国伤了和气。我想秦伯一定也恨他们三个人。要是咱们把他们杀了,恐怕两国的冤仇越结越深。不如把他们放了,让秦伯自己去处置他们,他必定会感激咱们的。"晋襄公说:"已经逮住了的老虎怎么能放回山里去呐?"文嬴说:"成得臣打了败仗,就给楚王杀了。难道秦国没有军法吗?再说咱们的先君惠公,也给秦人逮住过,秦伯可把他放回来了。你父亲逃难多年,全靠人家秦国帮忙,才做了国君。难道咱们连这一点情义都忘了吗?"晋襄公觉得母亲说得很有道理,就下令把秦国的三个败将放了。

这时候先轸正在家里吃饭。他听说国君把秦国的败将放了,赶快吐出嘴里的饭,三步当两步跨地跑去见晋襄公,怒气冲冲地问他:"秦国的败将在哪儿?"晋襄公脸红了,他结结巴巴地说:"母亲叫我把……把他们放了。"先轸一听,直气得青筋暴起,向晋襄公的脸上啐(cuì)了一口唾沫,说:"呸!你这个小毛孩子,人事不懂!将军们费了多少心计,士兵们流了多少血汗,才逮住了这三个人。你就凭妇道人家一句话,把他们放了,也不想想放虎回山的祸患!"晋襄公擦着脸上的唾沫,很抱歉地说:"这是我不好。可怎么办呐?不知道能不能追上去?"大将阳处父自告奋勇地说:"我去追!"先轸对他说:"你要是能追上他们,好言好语地请他们回来，就是一等大功！"阳处父手提大刀，上了车，连连加鞭，飞似的追上去了。

孟明视、西乞术、白乙丙恐怕晋襄公后悔，就拼命地跑，连吃奶的劲儿都使出来了。他们一直跑到黄河边，回头一瞧，果然有人追上来。前无去路，后有追兵，怎么办呢？正在这吃紧的关头，他们瞧见一只小船停在那儿。三个人不管三七二十一，赶快跳下去。船舱里出来了一个打鱼的。他们一瞧，连话都说不上来，就这么扑通一声，倒在船上。那个打鱼的不是别人，正是他们的好朋友公孙枝！

原来蹇叔送走了他儿子以后，就说身患重病，告老还乡了。百里奚对他说："我也打算回去。可是我还得等着，也许能再见他们一面。您有什么吩咐没有？"蹇叔说："咱们这回一定得打败仗。您还是私下里请公孙枝在河东预备船只，万一他们能够回来，好歹也有个接应。"百里奚就去见公孙枝，请他准备。公孙枝扮作打鱼人在河东等了好些天，这时候果然见他们三位来了，立刻叫人开船。

小船刚离开河边，阳处父赶到，嚷着说："秦国将军慢点儿走，我们主公一时忘了给你们预备车马，叫我追上来，送给将军几匹好马。请你们收下吧！"孟明视站起来，向阳处父行了个礼说："蒙晋侯不杀之恩，我们已经万分感激，哪儿还敢再收礼物？要是我们回去还能活命的话，那么再过三年，我们理当亲自到贵国来道谢。"阳处父还想说什么，就瞧见那只小船飘飘摇摇地越去越远了。阳处父只好张着嘴，瞪着眼，呆呆地出了一会儿神，没精打采地上了车，拖着大刀回去了。

晋襄公听了阳处父的报告，很不安心。他只怕孟明视前来"道谢"，老派人到秦国去探听。他指望秦穆公治死孟明视他们，就好像楚成王治死成得臣一样。谁想秦穆公另有主意。他一听到三位将军空身跑回来，就穿着孝衣亲自到城外去迎接他们。孟明视他们三个人跪在地下，请他办罪。秦穆公把他们扶起来，反倒向他们赔罪，流着眼泪说："这全是我不好，不听你们父亲的话，害得你们吃苦受罪。我哪儿能怪你们呐？只要你们别忘了阵亡的将士们就是了。"三个人感激得直流眼泪，心坎里把君主当作父亲那么看待。百里奚总算见到了儿子，自己也像蹇叔那样告老回家了。

公元前625年，孟明视要求秦穆公发兵去报崤山的仇。秦穆公答应了。孟明视、西乞术、白乙丙三位大将率领着四百辆兵车打到晋国去。晋国早就防备着秦国，两国的兵马一交手，孟明视又打了个败仗。他自己上了囚车，不希望国君再免他的罪。秦穆公说："咱们一连打了两回败仗，我可不能怪你，要怪得怪我自己。我以往只注重兵马，不大关心国家治理跟老百姓的难处。那怎么行呐？咱们在什么地方栽了跟头，就要在什么地方爬起来！"他还是信任着孟明视他们。

到了那年冬天，孟明视得到了一个报告，说是晋国又打到秦国的边界上来了。他嘱咐将士们守住城，可不许他们出去对敌。晋军领头的先且居向秦军挑战说："你们已经道谢过了，我们也来还个礼吧！"孟明视也不说什么，就是训练兵马。对于晋国的侵犯，只当作边界上的小事，让他们夺去了两座城。

公元前624年，崤山打败仗以后的第三年，孟明视请秦穆公一块儿去打晋国。他说："要是这回再打不了胜仗，我决不活着回来！"秦穆公说："咱们一连败了三回，别说中原诸侯不把咱们放在眼里，就连西方的小国和西戎部族也都不服咱们管了。要是这回再打败仗，我也没有脸回来了。"

孟明视挑选了国内的精兵，预备了五百辆兵车。秦穆公拿出大量的财帛（bó），把士兵的家属全都安顿好了。士兵们和全国的老百姓全都愿意拿出一切力量来争取胜利。大军出发那天，国里的好多男女老少赶来送行。

大军过了黄河，孟明视对将士们说："咱们这回出来，可是有进没退！我想把这些船全烧了，你们瞧怎么样？"大家伙儿说："烧吧！趁早烧了吧！打胜了还怕没有船吗？打败了，还想回家吗？"全体将士的决心像铁一样坚硬。孟明视自己做了先锋，打第一线。士兵们憋了三年的委屈和仇恨，全要在这时候发泄出来了。

没有几天工夫，他们夺回了上回丢了的那两座城，接着又打下了几座晋国的大城。晋国上上下下全都慌了。晋襄公下令："只许守城，不许跟秦人作战。"秦国的大军在晋国的地面上耀武扬威地找人打仗，可是没有一个晋国人出来跟他们对敌。最后，有人对秦穆公说："晋国已经屈服了。主公不如埋了崤山的尸首，也可以擦去以前的耻辱了。"秦穆公就率领大军转到崤山，瞧见三年前的尸首全变成了白骨，横七竖八的满处都是。他们把尸首全收拾起来，用草裹着，埋在山坡里。秦穆公穿上孝衣，亲自祭祀阵亡将士，见景生情，不由得放声大哭。孟明视、西乞术、白乙丙他们哭得更是伤心。全体士兵没有一个不流眼泪的。

西边的小国和西戎部族一听到秦国打败了中原的霸主，全都争先恐后地去进贡。一下子有二十来个小国和部族都归附了秦国。秦国扩张了一千多里土地，做了西戎的首领。周襄王打发大臣到秦国去，赏给秦穆公十二只铜鼓，封他为西方的霸主。

桃园打鸟

晋国给秦国打败以后，就在这一两年里头，重要的大臣先后死了好几个。赵衰的儿子赵盾做了相国，执掌晋国的大权。公元前 621 年，晋襄公害病死了，七岁的儿子做了国君，就是晋灵公。

晋灵公长大以后很不成器，成天价老想玩儿。可是赵盾老拉长着脸，叫他很害怕。他玩儿得快快活活的，一瞧见赵盾，一股子高兴劲儿就全给吓跑了。他恨不得这位比父亲还严厉的大臣别老在朝堂里。赵盾可是个挺忠心的大臣，他老替晋国干些当霸主的该做的事情。正相反，那个永远满脸笑容的屠岸贾（屠岸是姓）老叫晋灵公非常称（chèn）心，晋灵公一瞧见他就精神百倍。

屠岸贾可把晋灵公揣摩透了,好像钻在他肚子里头,能听他心里的话似的。屠岸贾给爱玩儿的国君修了一座大花园。因为里面种了好多桃树,这座花园就叫"桃园"。桃园里盖了一座高台,四面围着栏杆,在台上一眼看去,全城的房子和街道全瞧得见。晋灵公和屠岸贾这两个人老在这儿玩儿。有时候他们拿着弹弓打鸟,大伙儿比赛谁手快眼快。有时候叫宫女们到台上来跳舞,大家伙儿喝喝酒,唱唱歌,就这么玩下去。老百姓也有在园子外头凑着看热闹的。

有那么一天,晋灵公瞧见园子外面的人比园子里面的鸟儿还多。他高兴起来,对屠岸贾说:"咱们老打鸟儿也腻了。今儿个换个新花样,用弹弓打人怎么样?比如说,打中眼睛,算十分;打中耳朵,八分;打中脑袋,五分;打着身子,一分;打不着人的罚酒一杯。"屠岸贾当然赞成。他们两人拿着弹弓,向墙外人群里打去。果然有打出一个眼珠子的,有门牙给打下来的,有打肿耳朵的,也有打破腮帮子或是脑门子的,直打得老百姓乱叫乱跑,各自逃命。晋灵公瞧着,哈哈大笑。

赵盾和大夫士会知道了这件事,第二天就到宫里去见晋灵公。晋灵公还没出来,他们就瞧见两个宫女抬着一只筐子,筐子外头露着一只手。赵盾和士会过去一瞧,原来里头装着一堆尸块。赵盾问她们:"这是哪儿来的?"她们说:

"这是厨子老二。主公因为他没把熊掌煮透,发了脾气,就把他杀了。"赵盾对士会说:"他把人命当草芥一般看待,简直太不像话了。"士会说:"让我先去劝劝他吧。要是不听,您再来。"士会进去了。晋灵公一瞧见他就说:"得了,请你别说了。我全知道了。从今以后,我改过就是了。"士会一瞧他这么痛快,反倒不好意思再废话了。

过了没几天,晋灵公不到朝堂去,他坐着车又到桃园去了。赵盾赶快赶到桃园门口等着,一瞧见晋灵公过来,就跪在地下。晋灵公很不痛快,红着脸说:"相国有事吗?"赵盾说:"主公玩儿,多少也得有个分寸。怎么能拿弹弓打人呐?厨子有小错儿,也不能把他治死呀!要是主公这么干下去,一定要出乱子。我怕主公和咱们晋国都有危险。我宁可得罪主公,还是请主公回去吧!"晋灵公低着头,眼睛瞧着地下说:"你去吧!这回让我玩儿,下回听你的,行不行?"赵盾堵住大门,一定要他回去。屠岸贾说:"相国对主公原来是一片好意。不过主公已经到了这儿,您多少方便方便,有什么要紧的事,明儿个再说吧。"赵盾没有办法,狠狠地瞪了屠岸贾一眼,让他们进去了。

他们进了桃园,屠岸贾跟晋灵公说:"唉!这可是玩儿最后一回了。从明天起,您得关在宫里,听相国管教!"晋灵公急得简直要哭出来了。他央告屠岸贾说:"你得想个招儿啊!"屠岸贾笑嘻嘻地说:"有了,我家有个大力士叫锄麑（chú ní）。我叫他刺死那个老不死的，咱们就不受他管了。"晋灵公说："好，就这么办吧。"

当天晚上，屠岸贾叫刺客在五更上朝以前把赵盾刺死。刺客得了命令，当夜跳进赵盾家的院子，躲在大槐树底下。过了四更天，天还没亮，赵家的人都起来预备车马，堂屋的门也开了。他在暗地里一瞧，堂屋点着蜡，一位大臣已经穿好了上朝的衣服，坐在那儿等天亮。再细一瞧堂屋里的摆设，净是些个粗家具，跟他所想象的相府排场完全不一样。他一想："这么忠诚老实的大臣，可叫我怎么下手呐？"可是再一想："不把赵盾刺死，回去怎么交代呐？"他心一横，跑到堂屋门口，嚷着说："相国，您听着，有人派我来暗杀您。我可不能丧尽天良，杀害好人。可是也许还会派人来，您得多留神！"说完他就朝大槐树一头撞去，连脑浆都撞出来了。

那天早上赵盾照常上朝，反倒把晋灵公和屠岸贾吓了一大跳。他们觉得不对头，赵盾怎么还活着呐？大概是刺客出了毛病了。散朝以后，屠岸贾对晋灵公说："我有一只猎狗，凶极了。要杀赵盾非它不可。"他又把办法详细说明白了，乐得晋灵公拍手叫好。屠岸贾回家以后，做了一个草人，给他穿上跟赵盾一模一样的衣服，胸脯（pú）里搁着羊肉。天天训练那只狗叫它扑过去，抓破草人的胸脯，饱吃一顿。经过几天训练，那只狗一瞧见那个草人立刻就扑过去，抓破它的胸口。

有一天,晋灵公叫赵盾到宫里去喝酒,赵盾的卫士提弥明陪着他去。屠岸贾当然也在座。他说:"主公请相国喝酒,别人不得上来。"提弥明只好站在堂下。君臣吃吃喝喝,倒还有说有笑。忽然晋灵公直夸赵盾的宝剑,要他拔出来让他瞧瞧。照规矩,做臣下的要是在国君面前拔出宝剑来,就算犯了行刺国君的大罪,那还了得?赵盾没想到这些个。他正要摘的时候,提弥明在堂下大声嚷着说:"主公面前不得无礼!"赵盾给他这么一提,才知道这是他们的诡计,就站起来告辞。提弥明怒气冲冲地扶他出来。

屠岸贾放出那只猎狗去追赵盾。那只狗一瞧见赵盾,以为还是那个草人呐,就立刻扑过去,抓他的胸膛。提弥明飞起一腿,把狗踢倒,一把抓住狗的脖子,就那么一拧,当场结果了那条狗命。宫里当时就乱了起来。晋灵公大怒,叫武士们去杀赵盾和提弥明。提弥明非常勇敢,一个人保护着赵盾,一面还手,一面跑。提弥明杀了几个武士,末了给他们杀了。武士们又来追赶赵盾,赵盾跌跌撞撞地往外逃。有个武士特别卖力气,比别人跑得更快。赵盾一见他到了跟前,吓得两腿一软,眼前发黑,倒在地下,不能动弹了。那个武士一把拉起赵盾,背着就跑。

这时候赵盾的儿子赵朔,带了家丁来接他父亲。那个武士把赵盾放在车上,回头跟追来的人拼命。追来的人一瞧赵家的人多，才向后转了。赵盾问那武士："他们全来害我，你怎么反倒救了我？你是谁？"他说："我叫灵辄（zhé），是个卫兵。我可看不惯屠岸贾的鬼把戏。相国快走吧，别问了。路见不平，拔刀相助，并不是太稀罕的事。"赵盾和他的儿子只好逃到国外去避难。他们还想带着灵辄一块儿去，可他早已溜了。

赵盾爷儿俩出了西门，可巧碰见了赵穿打猎回来。赵穿是赵盾的叔伯兄弟，晋襄公的女婿，晋灵公的姐夫。赵盾就把他们要逃走的事说了一遍。赵穿说："您可不能离开晋国，我自有办法请您回来。"赵盾说："那么，我暂时在河东等着。不过你得小心，千万别再惹（rě）出祸来。"

赵穿就去见晋灵公。他跪在地下央告说："我虽说是主公的姐夫，可是赵盾得罪了主公，我们赵家的人也有罪。请主公先革去我的官职，再办我的罪吧！"晋灵公说："这是什么话！赵盾欺负我可不知道多少回了，真叫我难受。这可没有你的事，你只管放心吧！"他还怕赵穿心里不安，故意显出很亲热的样儿跟他聊天，说，"赵盾大概是怪我太爱玩儿吧！"赵穿一瞧，四周没有人，就跟晋灵公说："他老人家老那么正经八百地板着脸，我一看见就生气。说真的，做了国君要是不能享点儿福，痛快痛快，那倒不如不做。您知道齐桓公有多少个老婆？"晋灵公歪着脑袋，想了想，说："十来个吧？"赵穿撇了撇嘴说："十来个算什么，他的后宫里满是美人儿。您瞧，他当了霸主。咱们的先君文公都六十多了，还做了一回新郎官。您瞧，他也当了霸主。主公您正年富力强，更应当做一番大事业，怎么不派人去搜罗美人儿呐？"晋灵公嬉皮笑脸地说："赵盾要是像你这样待我，我早就听他的话了。可是派谁去呐？"赵穿说："谁比得上屠岸大夫呐？他最能办事！这样的人不重用，您还用谁呐？"晋灵公听了赵穿的话，吩咐屠岸贾出去搜罗美女。

赵穿支开了屠岸贾，把自己的心腹士兵充当晋灵公的卫队，陪着他在桃园里打鸟，一点不费什么力气，就把晋灵公杀了。朝廷上的大臣和全国的老百姓早就痛恨晋灵公。这时候一听说昏君死了，真是人人痛快。赵盾很快也回来了。

晋国的大臣因为晋灵公没有儿子，就立晋文公的小儿子为国君，就是晋成公。这是公元前606年的事儿。晋成公信任赵盾，把自己的闺女庄姬嫁给赵盾的儿子赵朔，君臣做了亲家。

屠岸贾正在外面搜罗美女，一听到晋灵公被杀，就偷偷地跑回来，很小心地伺候着赵家。赵穿对赵盾说："屠岸贾这小子不是玩意儿，昏君全是他带坏的。咱们杀了昏君，他一定怨恨，干脆把他也杀了吧。"赵盾瞪了他一眼，说："人家不办你谋害国君的罪，你还唠叨个什么！"赵穿碰了个钉子，不敢再言语了。

赵盾更加小心地伺候着新君。赵穿以为自己的功劳不小，央告赵盾升他的官职，赵盾不答应。赵穿越想越烦，没多久病死了。他的儿子赵旃（zhān）要求赵盾让他继承父亲的职位。赵盾说："你先别忙，等你立下功劳，自然有你的职位。"大家伙儿一瞧赵盾不袒护自己家里人，都很佩服。

大臣们一心一意地辅助晋成公，晋国仍然继承晋文公和晋襄公的霸业，中原诸侯还是听从晋国的。可是南方的楚国一天比一天强大起来，一心要跟晋国比个上下高低。

一鸣惊人

楚国在楚成王的时候已经做了南方的首领了。公元前613年,楚成王的孙子做了国君,就是楚庄王。赵盾趁着楚国正在办丧事,召集了宋、鲁、陈、卫、郑、曹、许七国诸侯,重新订立盟约,晋国又做了盟主。楚国的大臣可有点不服气,一而再,再而三地请楚庄王去争地位。楚庄王不听这一套,白天老出去打猎,晚上喝喝酒,听听音乐,看看舞蹈,什么国家大事,霸主不霸主,全不放在心上,就这么胡闹了三年。大家伙儿把他当作昏君看待。

哪儿知道他有他的心思。他早认为楚国的令尹(官名,相当于中原的相国)权力太大,现在的令尹斗越椒的势力更比以前的令尹大得多。他自己刚即位，没有足够的势力，还不知道楚国大臣当中谁有能耐、有胆量，可以重用。凭他怎么要强，光凭自己两只手也干不了大事。他索性饮酒作乐，不问朝政，好让令尹斗越椒当他是个无能之辈。大臣当中也有几位劝过他，可是他们的话全是隔靴搔痒（sāo yǎng），不着实际，他连听都不爱听。后来他下了一道命令说："谁敢多嘴，谁就有罪！"这么一来，大臣们吓得都不敢说话了。楚庄王可大失所望，难道不怕死的大臣连一个都没有吗？他只好多喝几盅热酒，暖暖差不多快要凉了的心。

有一天，大夫申无畏来见楚庄王。楚庄王问他："你来干什么？来喝酒，还是来听音乐？"他回答说："有人叫我猜个谜，我猜不着。大王聪明过人，我来请大王猜猜。"楚庄王说："什么，猜谜？倒怪有意思的。来吧！"申无畏就说了起来：

楚国山上，有只大鸟，
身披五彩，可真荣耀。
一停三年，不飞不叫，
人人不知，是什么鸟。

楚庄王笑着说："这可不是普通的鸟。三年不飞，一飞冲天；三年不鸣，一鸣惊人。你别急！"申无畏磕了个头，说:"大王到底英明!"他就出去了。接着几天又有别的大臣大胆地劝楚庄王好好管理朝政。他们说:"要再这么下去,别说不能号令诸侯,连南边的属国都管不住了。"

楚庄王就下了决心,从那天起,一面改革政治,调整人事,叫楚国的大权不再全掌握在令尹手里;一面招兵买马,训练军队,打算跟晋国争争霸主的地位。就在这几年里头,楚庄王征服了南边的许多小部族。到了当国君的第六年(公元前608年),楚国打败了宋国。第八年,他亲自率领大军打败了陆浑(在今河南省栾川、嵩县、伊川三县境;浑hún;嵩sōng)的戎族。陆浑在洛阳的南边,楚庄王顺便在周朝的边界上阅兵示威,吓得天王赶快派人去慰劳他。

楚庄王阅兵回来,到了半路,前面有军队拦住去路,要跟他作战。原来令尹斗越椒早就有了造反的心思。楚庄王分了他的权力以后,他更加生气。这回一瞧楚庄王率领大军去打陆浑,好比老虎离了山头,斗越椒就发动本族的人马,占领了郢都(楚国的都城,在今湖北省江陵县西北;郢yǐng),随手又发兵想去消灭楚庄王。

楚庄王假装退兵,暗地里把大军四下里埋伏好,只叫一队兵马去把斗越椒引过来。斗越椒过了一条河,接着去追楚庄王。等到斗越椒发觉中了计,赶紧回去,那河上的大桥已经被拆去了,弄得他反倒丢了阵地。他瞧见河那边有个大将嚷着说:"大将乐伯在此,斗越椒快投降吧!"斗越椒叫士兵们隔河射箭。

乐伯手底下有个小军官叫养由基,他大声地对斗越椒说:"这么宽的河,乱射箭有什么用呐?您是个射箭的好手,咱们俩就走得靠近点儿,站在桥头上,一人三箭,赌个输赢。不来的不是好汉。"斗越椒说:"要比箭,我得先射。"养由基就让他先动手。

斗越椒的箭是百发百中的,他还怕一个小兵吗?他就使劲地把箭射过去。养由基用自己的弓轻轻地一拨,那支箭就掉在河里了。接着第二支箭又来了。他把身子一蹲,那支箭从他头顶上擦过去。斗越椒嚷着说:"不许蹲,不许蹲!"养由基说:"好,这回我就不蹲了,您只有一箭了。"说完了就瞧见第三箭又到了。养由基不慌不忙,伸手一抓,把那支箭接在手里,说:"大丈夫说话当话,赖的不是好汉。"说着拉开弓"嘣"的一声,斗越椒赶快往左边一躲。养由基笑着说:"别忙,我就拉拉弓,箭还在手里呐。"接着他又把弓弦拉了一下,斗越椒赶快又往右边一躲。养由基就在他往右边躲的那一下子,射了一箭,正射中了斗越椒的脑门子。他那高大的身子好像被锯断了根的大树,挺沉地从桥头上倒下去了。树倒猢狲散,斗家的兵马逃的逃,投降的投降。楚庄王打了胜仗。因为养由基一箭消灭了敌人,楚国人就管他叫"养一箭"。他成了有名的神箭手。

楚庄王平了令尹斗越椒的叛乱以后,就请了本国的一位隐士为令尹。那位隐士姓芣（wěi）名敖，字孙叔，人家都管他叫孙叔敖。小时候，他听见人说谁见了两头蛇就活不了，很害怕。有一天，孙叔敖哭着回来，跟他妈说："妈，我活不了啦！"他妈问他："你怎么啦？"他说："我真见了两头蛇了！"他妈又问："在哪儿？蛇呐？"他说："我想这种害人的东西，我已经见了，只好死，别人见了也得死。我就拿锄头把它砸死，埋了。"他妈说："好孩子，你别怕！蛇没咬着你，怎么能死呐？再说，像你这么好心眼儿的孩子更死不了。"这会儿孙叔敖做了令尹，他就着手改革制度，整顿军队，开垦荒地，挖掘河道。为了免除水灾旱灾，孙叔敖动员楚人开掘一条楚国最大的河道，他自己也亲自到工地上去鼓励老百姓。这一条河道修好以后，灌溉一百多万亩庄稼，每年多打了不少粮食。

没有几年工夫，楚国更加富强起来了，终于能跟晋国争夺霸主的地位了。公元前597年，楚国跟晋国大战一场。这时候晋成公和赵盾都去世了，晋景公做了国君。楚庄王把晋景公的军队打得落花流水，拼命逃跑。有人请楚庄王追上去，把晋人赶尽杀绝。楚庄王说："楚国自从城濮之战以后，一直抬不起头来。这回打了胜仗，已经把以前的羞耻擦去了。晋国灭不了楚国，楚国也灭不了晋国。两个大国总得讲和，才是道理。何必多杀人呐？"他立刻下令收兵，让晋国的人马逃了回去。

有人对楚庄王说:"把晋人的尸首堆起来,造成一座小山,一来可以留个纪念,二来也可以显显威风。"楚庄王听了,瞪着眼睛说:"偶然打个胜仗,有什么值得纪念的?再说杀人杀得多,也不是什么光彩的事,还表什么功?把尸首全埋了吧!"

这位一鸣惊人的楚庄王也做了霸主。这样,从齐桓公起,接着宋襄公、晋文公、秦穆公到楚庄王,这五个国君先后做了霸主,在中国历史上就称为"春秋五霸"。

搜孤救孤

晋国被楚国打败以后，不敢往南方扩张势力。晋景公就向西边去夺地盘。刚巧邻近的潞国（在今山西省长治市东北）发生了内乱。晋景公趁着机会把它兼并了。秦国原来打算把潞国当作秦晋两国之间的一个屏障，这会儿一听到潞国给晋国灭了，就发兵来争这块地盘，没想到打了败仗。

晋景公打败了秦国，后来又打败了齐国，自以为当上了中原诸侯的领袖，两只眼睛慢慢地挪到脑门子上去了。这一类国君总是喜欢奉承的。那些老的大臣像士会他们，接连着去世了。这么一来，那个顶会奉承的屠岸贾，可就又得了宠。

屠岸贾本来跟赵家有仇。他当初屡次三番想谋害赵盾，可是都没办到。后来赵盾虽然死了，赵朔、赵同、赵括、赵游他们的势力很大，屠岸贾没有法子，不敢得罪他们，背地里可跟赵家以外的几家人连成一气。现在他得到了国君的宠用，可就横挑鼻子竖挑眼地专找赵家的毛病了，盼着晋景公惩办赵家。

晋景公眼看着赵同、赵括等宗族强盛，势力大，本来就很担心了。他也早想找个因由儿把他们治罪，可就是不敢动手。现在屠岸贾排挤赵家，正合了他的心意。他就对屠岸贾说："惩办他们也得有个名义。"屠岸贾说："当初赵盾使出赵穿来，在桃园里把先君灵公刺死，这个罪名还小吗？主公没治他们的罪，倒也罢了，反倒让这种乱臣贼子的子孙弄得满朝廷都是，坐享荣华富贵。主公这样纵容他们，难怪赵家招收门客，暗藏兵器，又在那儿转念头了！"

晋景公心里同意，可是嘴里还不敢说出来。他怕的是孤掌难鸣，就偷偷地探听探听别的几家大夫的意见。有几家大夫都想建立自己的势力，就因为赵家压在上头，伸展不开，要是能够把赵家灭了，也就是增强自己的势力。朝廷上的大臣，除了司马韩厥以外，多一半都怕赵家的势力，谁还肯替他们说情呐？晋景公有了几家大夫做他的后盾，胆子可就壮起来了。他找了个碴儿，吩咐屠岸贾去查抄赵家。

屠岸贾得了命令，亲自带领军队把赵家的各住宅全都围上，当时就把赵同、赵括、赵朔、赵旃和他们各家的男女老少抓住，杀得一干二净。这就是所谓"满门抄斩"。屠岸贾检查赵家被杀的人名，发现单单少了赵朔的媳妇儿庄姬。那庄姬是晋成公的女儿，晋景公的妹妹。这时候，她正怀着孕，躲在她母亲的宫里。屠岸贾请求国君让他上宫里去杀她。晋景公说："母亲最喜欢我这个妹妹，算了吧。"屠岸贾说："她倒不妨免罪，可是听说她快生孩子了，万一生个小子，给赵家留下逆种，将来必有后患。"晋景公说："要是生个小子的话，再把他杀了也不晚。"

屠岸贾天天探听庄姬的消息。赵家的两个门客也在暗中探听消息。那两个人还是去世的老相国赵盾的心腹，一个叫公孙杵臼（chǔ jiù），一个叫程婴。他们两个人想救这孤儿的心正跟屠岸贾要杀这孩子的心一样着急。后来宫里传出话来，说庄姬生了个姑娘。公孙杵臼一见程婴来了，就哭着说："唉，完了！赵家算全完了！一个丫头可有什么用呐？赵朔曾经跟咱们说过：'要是生个小子，起名叫赵武，武人能够报仇；要是生个姑娘，叫赵文，文的没有用。'现在赵家连个报仇的人都没有了。天呐，多冤枉啊！"

程婴安慰他说："也许宫里要救这孩子的命，故意说是姑娘也难说。我再去打听打听吧。"他就想办法请宫女给庄姬通个信儿。庄姬得到了她母亲的保护，宫里的人全都帮她。宫女偷偷地把个字条传给程婴。程婴拿来一瞧，上头只有一个字。他急忙跑到公孙杵臼的家里,两个人四只眼睛死盯着那个字,真是个"武"字。两个人高兴了一阵。可是一想到赵武的危险,又难受起来了。屠岸贾哪儿能轻易放过这孩子呐?

　　果然,屠岸贾不信赵家孤儿是女的。他打发一个奶妈子到宫里去瞧一瞧,探听到底是姑娘还是小子。奶妈回来报告,说真是个姑娘,才生下来就死了。屠岸贾更起了疑。他得到了晋景公的许可,亲自带了手下的人上宫里去搜查孤儿。可是搜来搜去,怎么也搜不出来。他断定那个孩子早就给人偷出去了,就出了一个通告,说:"有人报告赵家孤儿的信儿的,赏黄金一千两。谁敢偷藏的,全家死罪。"同时,他派了好些人上各处去搜查。凡是有婴儿的人家,他们都进去调查,有可疑的男孩子,就干脆杀掉。吓得程婴和公孙杵臼没处藏,没处躲。程婴想不出别的办法,只好亲自去见屠岸贾,向他报告了孤儿的下落。

　　程婴很坦白地对屠岸贾说:"小人跟公孙杵臼是赵家的门客。这回,庄姬添了一个儿子。当时打发一个奶妈把他抱了出来,叫我们两个人偷着喂养。小人怕日后给人家告发,只好出来自首。"屠岸贾着急地说:"好!你有赏!孤儿在哪儿?"程婴说:"现在还在首阳山(在今山西省永济市西南)的后头。因为没有奶吃,婴儿正病着,已经瘦得不像样儿了。立刻就去,准保搜得着。要是再过两天,他们可要逃到秦国去了。"屠岸贾说:"你跟着一块儿去。搜到了,死的活的都要,赏你千金。要是你冤我,就有死罪。"程婴磕个头,说:"小人不敢!"他就领着屠岸贾跟一队武士上首阳山去了。

一队人马弯弯扭扭地走了好些山道,直到山背后,瞧见松林缝里有几间草棚。程婴指着说:"就在这里头。"他们到了草棚面前,程婴先去敲门。公孙杵臼出来,一见外边有武士,就想藏起来。屠岸贾说:"跑不了啦!好好地把孤儿献出来吧。"公孙杵臼假装挺纳闷地问他:"什么孤儿?"屠岸贾就叫武士们搜查。他们进去一瞧,小小的几间草棚,简直没有可搜查的地方,就退出来了。屠岸贾亲自进去,也瞧不出什么来。仔细一看,后面还有一间屋子,锁着门。他劈开了门,一瞧,黑咕隆咚的不像住人的样子。他瞪着眼睛往里瞧,慢慢地发现了一些东西,隐隐约约好像有一个竹榻,上头搁着一个衣裳包。他拿起衣裳包一瞧,原来是一个绣花绸缎的小被窝,裹着一个婴孩。

屠岸贾得着了仇人的命根子,赶紧提了出来。公孙杵臼一见,挣扎着过去就抢,可是两旁有人架着,不能动弹。他急得扯散了头发,提高了嗓门儿骂程婴说:"程婴,该死的东西!你还有天良吗?是你自己跟我约定救护孤儿,谁知道你贪生怕死,丢了主人,丢了朋友,丢了良心!你为了贪图千金重赏,变成了畜生!对你说:这金子是血铸成的,是赵家的冤魂铸成的！我不怕死，可是你，你怎么对得起天下的人呐？"

程婴不敢开口，只管低着头流眼泪。公孙杵臼又指着屠岸贾骂："你这个小人，为非作歹，横行霸道，瞧着你能享几天富贵……"屠岸贾不许他再开口，立刻吩咐武士把他砍了。他又倒提着那个小衣包，看个明白，一条小性命早已给他提溜死了，还怕再活转来，就往地下一摔，让他死个透。

屠岸贾回来，拿出一千两金子赏给程婴。程婴流着眼泪说："小人只想自己免罪，实在并不是为了贪图重赏。要是大人体谅小人的苦处，请大人把这一千两金子作为掩埋赵家和公孙杵臼的尸首用，小人就感恩不尽了。"屠岸贾说："就这么办吧。"程婴磕了三个头，收下金子，急忙忙去办理掩埋尸首的事。

害死朋友、害死孤儿的程婴，虽然没贪图金子，早就给人家背地里指着脊梁骨骂够了。只有司马韩厥一个人真正佩服他，因为只有他一个人知道程婴和公孙杵臼的计策。原来公孙杵臼和程婴把孤儿赵武从宫里接出来，藏好以后，知道了屠岸贾要搜查的事。公孙杵臼就问程婴："扶助幼儿跟慷慨就义哪一件难？"程婴说："死倒是容易，扶助幼儿可就难了。"公孙杵臼说："那么，请你担任那件难事，容易的让给我吧。"刚巧程婴自己有个才生下来的儿子，他横了横心，就把自己的儿子交给了公孙杵臼，换出了赵武，也救了许多无辜婴儿的性命。他骗过了屠岸贾，安安停停地带着赵武投奔他乡，隐居起来了。

晋景公死了之后，他的儿子即位，就是晋厉公。晋厉公暴虐得很，杀了几个他看着不顺眼的大臣。别的大臣唯恐自己的命也保不住，就联合起来把他杀了。这些人共同立孙周（晋襄公的曾孙，晋文公的玄孙）为国君，就是晋悼公。晋悼公倒是个有才干的国君。他非常信任韩厥，拜他为中军大将。韩厥抓住机会提起当年赵衰、赵盾对晋国的功劳，提起后来赵家被灭门的冤屈。

晋悼公正担心着屠岸贾五朝元老，势力太大，就打算借着替赵家申冤的名义把他压下去。他说："我也想到这回事，可不知道赵家还有没有后辈？"韩厥说："当初屠岸贾搜查孤儿，非常紧急。老相国赵盾的两个心腹公孙杵臼和程婴想法子把孤儿赵武救出来了。现在赵武练成一身武艺，已经十五岁了。"晋悼公说："哦，原来他也长大了！快去把他找来。"

韩厥亲自去接赵武和程婴。晋悼公把他们藏在宫里，自己装病不去临朝。大臣们听说国君不舒服，都上宫里去看望，屠岸贾也在里头。晋悼公一见大臣们都到齐了，就说："你们也许不知道我得的是什么病吧？我为了一件事情不明白，心里非常难受。当初赵衰、赵盾为国家立过大功，谁都知道他们一家忠良。怎么忠良的大臣会没有一个接代的人呐？"大伙儿听了，都叹着气说："赵家在十多年前已经灭了族了，哪儿还能有后辈呐？"

晋悼公就叫赵武出来，向大臣们行礼。大伙儿忙问："这位少年是谁？"韩厥说："他就是赵氏孤儿赵武。当初那个被害的小孩儿是赵氏的家臣程婴的儿子。"屠岸贾听了，吓得魂儿都没了，立刻瘫在地下，直打哆嗦。晋悼公说："不把屠岸贾杀了，怎么平得了民愤呐？"他立刻吩咐武士们把屠岸贾砍了，又吩咐韩厥和赵武带着士兵抄斩屠岸贾全家。赵武把屠岸贾的脑袋拿去祭奠他父亲赵朔。

全晋国的人听说国君把屠岸贾治了罪，起用了赵武，都挺高兴。晋悼公不光替赵家申了冤，报了仇，把国家大事也干得很不错。他下令减少劳役，开矿开荒，操练兵马，这些事都做得很好。邻近的诸侯全都归顺了他。这么一来，晋国就又强大起来了。

晏子使楚

晋国自从晋悼公起用了赵武以后，又做了中原的霸主。到了他儿子晋平公的时候，就慢慢地衰落下去了。公元前531年，楚庄王的孙子楚灵王进攻陈国和蔡国。这两个国家派使者向晋国求救，晋平公回绝了。这等于说晋国不再是中原诸侯的领袖了。齐国的国君齐景公（齐桓公第四代孙子）就打算接着晋国来做霸主。他听说楚灵王进攻陈国、蔡国，吓得晋国不敢出兵去救，特意打发使者到楚国去观察一下，想看一看这个"蛮子国"到底有多大的实力。齐国的大臣晏平仲做了使者。晏平仲，姓晏名婴，字平仲，是齐国顶聪明的人。

楚国君臣见齐国派使臣到这儿来，成心要把齐国的使臣侮辱一番，显一显楚国的威风。他们知道晏平仲是个小矮个儿，就在城门旁边开了一个五尺来高的窟窿，叫他从这个窟窿钻进去。晏平仲看了这个窟窿，听了招待的人说的话，觉得又好气又好笑。他说："这是狗洞，不是城门。要是我上狗国来，就得钻狗洞。要是我来访问的是人国呐，就应当从城门进去。我在这儿等一会儿，烦你们先去问个明白，楚国到底是个人国还是狗国？"招待他的人立刻把晏平仲的话告诉了楚灵王。楚灵王没说的，只好吩咐人大开城门，把他迎接进来。

那些个迎接他的楚国大臣们说了好些个难听的话，故意讥笑齐国和晏平仲，可是全都给他拿话驳回去。他们再不敢随便张嘴了。

楚灵王见了晏平仲，取笑他说："难道齐国没有人了吗？"晏平仲说："这是什么话？临淄城里挤满了人。大伙儿把袖子一举起来，就能够连成一片云；大伙儿甩一把汗，就能够下一阵雨；走路的人肩膀擦着肩膀，脚尖碰着脚跟。大王怎么说齐国没有人呐？"楚灵王说："那么，为什么打发你来呐？"晏平仲打着哈哈说："大王您这一问哪，我实在不好回答。撒个谎吧，又怕犯了欺君之罪；实话实说吧，又怕大王生气。大王，您说我该怎么办呐？"楚灵王说："实话实说，我不生气。"晏平仲拱了拱手说："敝国有个规矩：访问上等国，就派上等人去，访问下等国呐，就派下等人去。我最没出息，就被派到这儿来了。"说着他故意笑了笑。楚灵王也只好赔着笑。

到了座席吃饭的时候，武士们拉着一个囚犯从堂下过去。楚灵王问他们："那个囚犯犯了什么罪？哪儿的人？"武士回说："是个土匪，齐国人！"楚灵王笑嘻嘻地跟晏平仲说："齐国人怎么那么没出息，做这路事情？"在场的楚国大臣们得意扬扬地笑了起来，以为这一下子晏平仲可丢了脸了。哪知晏平仲脸不变色，正经八百地说："大王怎么不知道哇？淮南的橘柑，又大又甜。可是这种橘柑，一种到淮北，就变成了又小又苦的枳（zhǐ）。为什么橘柑会变成枳呐？还不是因为水土不同吗？同样的道理，齐国人在齐国能安居乐业，好好地干活儿，一到了楚国，就当上土匪了，也许是水土不同吧？"楚灵王只好赔不是说："我原来想取笑大夫，没想到反倒给大夫取笑了！是我不好，请别见怪。"楚国的大臣们都觉得自己不是晏子的对手，对他不得不尊敬起来。

晏子使楚回来，对齐景公说："楚国虽说城墙坚固，兵马强盛，可是国君狂妄自大，文武大臣中没有了不起的人才。咱们没有什么怕他们的地方。主公只要整顿内政，爱护百姓，提拔有才干的人，远离小人，齐国就能强盛起来。"他把当时称得起数一数二的兵法家田穰苴（又叫司马穰苴；穰苴 ráng jū）推荐给了齐景公。后来晋国发兵侵犯齐国的

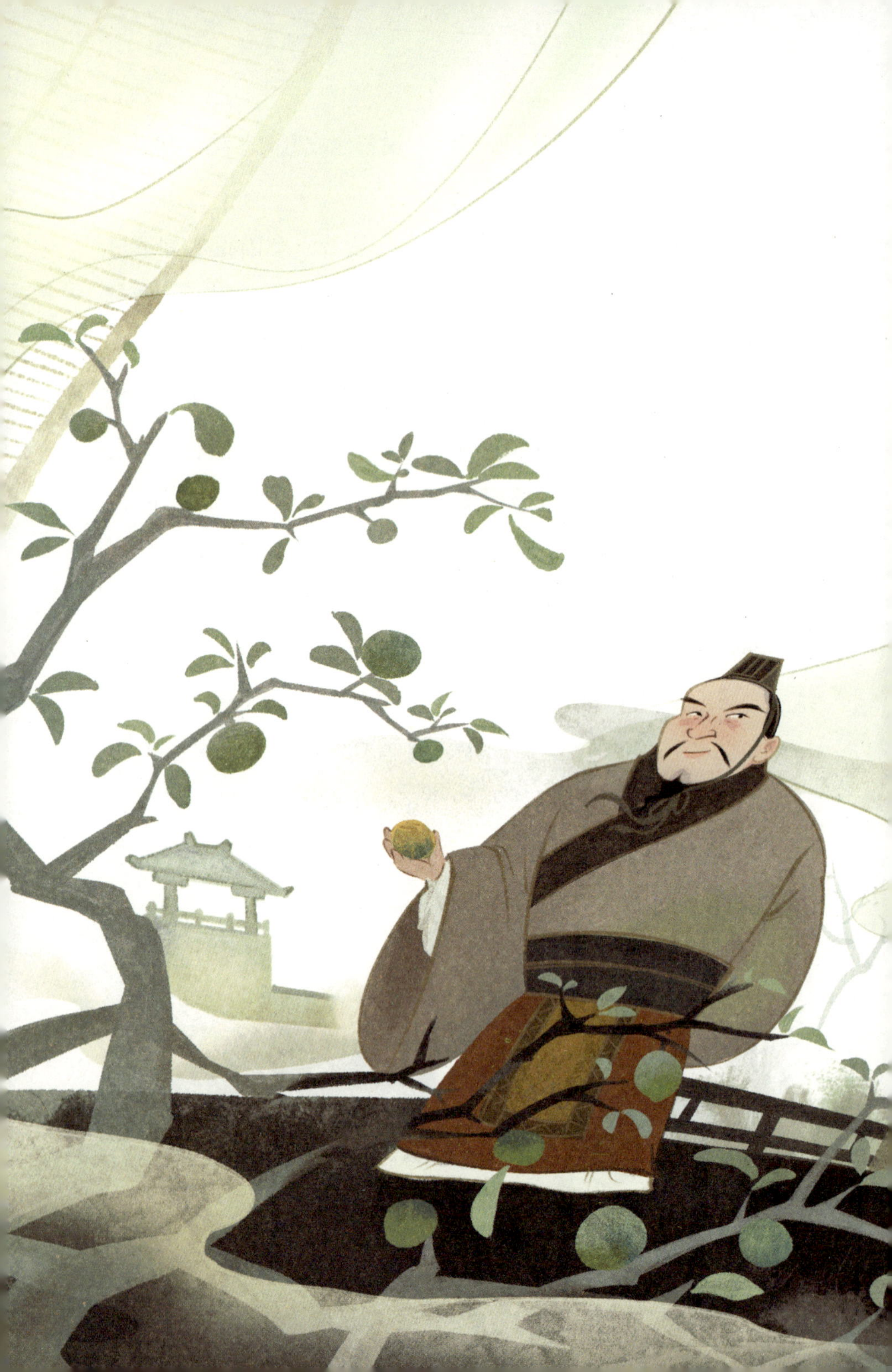

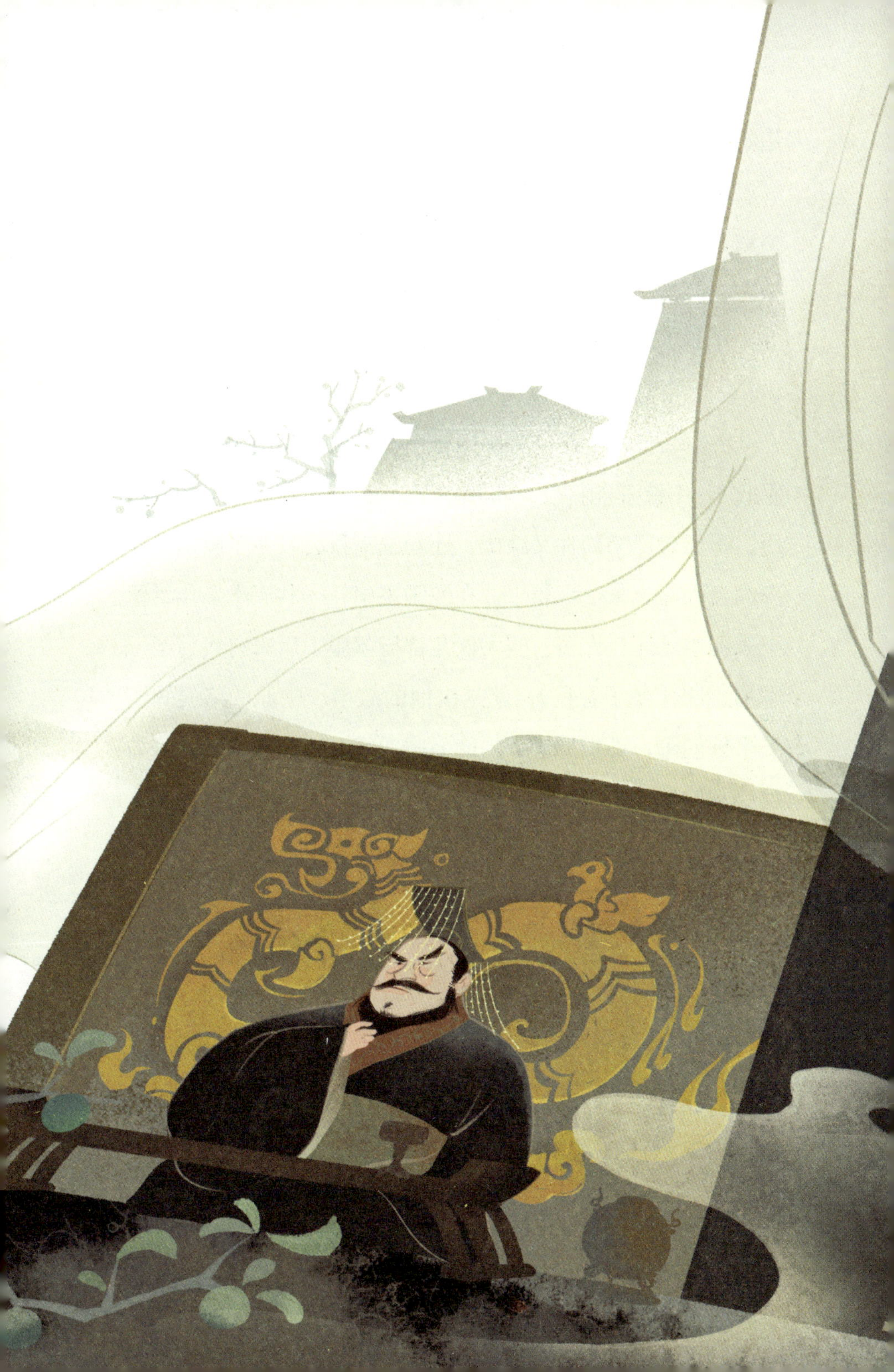

边疆，夺去了几座城，燕国也趁着机会来侵略。齐国的军队经过田穰苴的训练，跟以前大不相同，纪律很好，士兵们很勇敢，晋国和燕国的兵马远远地望见就给吓跑了。田穰苴率领着大队兵马一直追下去，杀了好些个敌人，收复了给敌人夺去的那几座城。晋国和燕国没别的办法，只得来跟齐国讲和。

　　齐景公任用晏平仲为相国，田穰苴为大司马（官名，管军政）。田穰苴能打仗，不用说了。晏平仲更是出了名的贤臣，不但自己又简朴又谦虚，还劝说齐景公改革了政治，使齐国又强盛起来了。晏平仲在齐国主事，一共五十多年，留下来的事迹还有许多，叫大伙儿都挺佩服。后来有人写了一本书，叫《晏子春秋》，就是讲他的故事。中原的诸侯知道晏平仲能干，不由得对齐国就另眼看待。晋国的名声和势力反倒不如齐国了。

混出昭关

这时候，南方的吴国（原来封于梅里，在今江苏省无锡市，后来扩展到淮河泗水以南和今浙江省嘉兴市、湖州市等地区）突然起来跟楚国争夺霸权。北方的晋国想利用吴国去牵制楚国，特地派人去帮助吴国，教吴人用兵车打仗。吴国学会了用兵车打仗，收服了好些个邻近的小国和部族，又开垦了不少荒地，就越来越强大了。

楚国受了吴国的牵制，好像给人扯住了后腿一样，不敢再到中原去跟晋国争地位了。再加上当时的国君楚平王不明是非，宠用小人，楚国就开始衰弱下去。这时候，楚平王的朝廷里有个最会拍马屁的人，叫费无极（又叫费无忌）。那一年，楚平王的太子（名建）要娶媳妇了，女方是秦国的一位姑娘。费无极被派去接新娘。他接回来以后，对楚平王说："秦国的姑娘长得可美了，您可以自己娶她，再给太子另找一个。"原来，太子建一向瞧不惯费无极，跟他关系不好。费无极就出了个乱伦的坏主意，要害太子建。楚平王也是个没德行的，果然自个儿娶了秦国姑娘，不久生了个儿子，取名珍。费无极又劝他改立儿子公子珍为太子。这一来，原来的太子就活不了啦。

公元前522年，楚平王准备下道命令把太子建废了。费无极说："不能这么来。太子正镇守城父（在今安徽省亳州市，原属陈国，名夷，后归楚，更名城父；亳bó），有的是兵马，还有他的师傅伍奢帮着他。大王要是把他废了，他万一发兵打到郢都来，那就麻烦了。"楚平王说："那该怎么办好呐？"费无极小声说："不如先叫伍奢回来，太子就没有帮手了，再派人去治死太子，这就省事。"楚平王依了费无极的话，叫伍奢回朝。

伍奢见了楚平王还没开口，楚平王就问他："太子在城父操练兵马，打算造反，你知道吗？"伍奢听了，生了气，他说："大王怎么又听了小人的坏话，胡乱猜疑自己的骨肉呐？一个人总得明辨是非啊！"费无极插嘴说："伍奢这是骂大王不明是非，已经证明他跟太子一条藤儿，恨上大王了。"伍奢还想分辩几句，早给武士们推到监狱里去了。

楚平王听了费无极的主意，一面派大臣去杀太子建，一面叫被押在监里的伍奢亲笔写信给他的两个儿子——伍尚和伍员（yún），让他俩快到京城来，要一块儿杀了。伍奢只好照着费无极的意思写："我得罪了大王，被押在监里。现在大王看在咱们祖宗过去的功劳，把我免了死罪，又听了大臣们的解劝，加封你们的官职。你们弟兄俩见了这封信，赶紧回来给大王谢恩。要不然，大王也许又要治我的罪。"

过了几天，城父那边报告说，太子建和他的儿子公子胜已经逃到别的国去了。又过了两天，那个送信的人带着伍尚回来了。楚平王把伍尚和他父亲关在一起。伍奢瞧见伍尚一个人来，又是高兴又是难受。他说："我知道你兄弟是不会来的。"伍尚说："我们明知道那封信是大王逼着父亲写的，可是我情愿跟着父亲一块儿死。兄弟说，他要留着这条命给咱们报仇，他已经跑了。"

楚平王叫费无极押着伍奢和伍尚上了法场。伍尚骂费无极说："你这个诱惑君王、杀害忠良、祸国殃民的奸贼，看你作威作福，能享受几天富贵！你这个猪狗不如的小人！"伍奢拦住他说："别骂啦。忠臣奸臣自有公论，咱们何必计较呐。我只担心员儿，要是他回来报仇，不是要连累楚国的老百姓吗？"父子二人就不再开口。费无极把他们杀了。

费无极对楚平王说："伍员这小子虽然跑了，一时跑不了多远。咱们应当赶紧派人追上去。伍奢不是说怕他回来报仇吗?这小子准得回来报仇。斩草不除根,必有后患。"楚平王一面打发人去追伍员,一面下了一道命令:"拿住伍员的,赏粮食五万石(dàn),封为大夫;窝藏伍员的,全家死罪。"他又叫画像的人画了伍子胥(伍员,字子胥)的像,挂在各关口,嘱咐各地方的官员仔细盘问出关的人。这么一来,伍子胥就是长了翅膀也难飞啦。

伍子胥从楚国跑出来,一心想往吴国去借兵。后来听说太子建已经逃到宋国,他就往宋国去。到了半路上,只见前头来了一队车马,吓得他连忙躲在树林子里,偷偷地瞧着。赶到一辆大车过来,瞧见车上坐的好像是楚国使臣,细细地一瞧,原来是他的好朋友申包胥。伍子胥这么躲躲闪闪,申包胥可已经瞧见了,就叫过来问他:"你怎么一个人跑到这儿来了?"伍子胥还没开口,眼泪像下雨似的掉下来,把一家人遭难的经过说了一遍,末了他说:"我要上别国去借兵,征伐楚国,活活地咬昏君的肉,剥奸臣的皮,我才能解恨!"

申包胥劝他说:"君王虽然无道,可怎么能这样对待君王呐?我劝你还是忍着点儿吧。"伍子胥说:"夏朝的桀(jié)王,商朝的纣(zhòu)王,不是也给臣下杀了吗?后代谁不称赞成汤和武王?君王无道,失去了君王的身份,谁都可以杀他。再说我还有父兄的大仇呐!要是我不能把楚国灭了,誓不为人。"申包胥反对说:"成汤杀了夏桀,武王杀了商纣,是为了百姓除害，并非为了自个儿报私仇哇！这点你得分清楚。再说，你的仇人只是楚王和费无极，楚国的百姓可并没有得罪你呀！你怎么要灭父母之邦呐？"伍子胥说："我可管不了这些个了，我非把楚国灭了不可！"申包胥看劝不回头他，就说："你如果灭了楚国，我一定要尽我的力量把楚国恢复起来。"两个好朋友就这么分手了。

伍子胥到了宋国，见了太子建，两个人抱头大哭。不料宋国起了内乱，有人向楚国去借兵。伍子胥得到了这个消息，就带着太子建和公子胜偷偷地到了郑国。这时候郑国已经脱离楚国，归附了晋国，就把太子建收留下来了。太子建和伍子胥每回见了郑定公，总是哭着，诉说自己的冤屈，请他帮他们报仇。郑定公说："郑国可比不得先前啦！我虽然挺同情你们，可是我没有力量。我想你们还是上晋国去商量商量吧。"没想到太子建瞒着伍子胥，私通晋国，暗地里收买勇士，准备谋害郑定公，想霸占了郑国再打回楚国去。他这样以怨报德，终于因为事机不密，自己给郑定公杀了。

伍子胥对太子建的行动很不放心，天天打发人暗中跟着他。得到了太子建被杀的信儿，他立刻带着太子建的儿子公子胜跑出郑国去了。他们白天躲着，晚上逃跑，千辛万苦地到了陈国。陈国是楚国的属国，他们当然不能露面，只好藏藏躲躲，往东逃去。这时候，只要能够过了昭关（在今安徽省含山县北），就能够照直地上吴国去了。那昭关是两座山当中的一个关口，本来就有官兵守着。楚平王和费无极料着伍子胥准得上吴国去，特地派了大将蘧（wěi）越带着军队等在那儿。关口上挂着伍子胥的画像。伍子胥哪儿知道这些，他一心想带着小孩子公子胜偷出关口。

他们到了历阳山，离昭关不远了，就在树林子里的小道上走着。好在那儿只有小鸟儿叫唤的声音，没有来往的人。伍子胥正想歇会儿，忽然从拐弯的地方出来了一个老头儿，开口就说："伍将军上哪儿去？"吓得伍子胥差点儿转身就逃，他连忙回答说："老先生别认错了人，我不姓伍！"那个老头儿笑眯眯地说："真人面前别说假话啦！我东皋（gāo）公当了一辈子大夫，在这儿也有点小名望。人家得了病，眼瞧着快要死了，我还千方百计要把他救活才好呐！你又没有病，好好的一个男子汉，我哪儿能害你呐？"伍子胥说："老先生有什么指教？您的话我可不大明白。"东皋公说："还是大前天呐，昭关上的蘧将军有点不舒服，叫我去看病。我在关口上瞧见你的画像。今天一见你，就认出来了。你这么跑过去，不是自投罗网吗？我就住在这山背后，你还是跟我来吧！"伍子胥瞧那位老先生挺厚道，只好跟着他走了。

走了三五里地，瞧见一带竹篱笆，三五间小草房，后面是绿茵茵的一个大竹园子。东皋公领着他们进了竹园子，里面有一间屋子，竹床几案，安置得还挺整齐。东皋公请伍子胥坐在上首里，伍子胥指着公子胜说："这位是我的小主人，楚王的孙子。我哪儿敢坐上位？"东皋公就请公子胜坐在上首里，自己跟伍子胥坐在下首里。伍子胥把楚平王杀害他父兄，轰走太子建，连太子建死在郑国，这些经过都说了一遍。东皋公叹息了一会儿，劝解他说："这儿没有人来往，将军可以放心住下，等到我有了办法，再送你们君臣过关。"伍子胥千恩万谢地给他磕头。

东皋公天天款待着伍子胥，一连过了七八天，可没提起过关的事。伍子胥苦苦地央告说："我有大仇在身，天天像滚油煎似的难受，待一个时辰就像过了一年。老先生总得可怜可怜我吧！"说着又哭了起来。东皋公说："我还要去找帮手呐。等我找到了帮手，就能送你们过关了。"伍子胥只得再住下去。他怕日子一多会走漏消息；要闯出去，又怕给蘧越拿住。真是进退两难，愁得他一连几夜睡不着觉。

又过了几天，东皋公带着一个朋友，叫皇甫讷（nè），回来了。他一见伍子胥，就吓了一跳，说："哎呀，你怎么胡子跟头发都白了！病了吗？"伍子胥要了一面镜子，拿过来一照，就大哭起来，说："天哪！我的大仇还没报，怎么已经老了！"东皋公一边叫他安静点，一边把皇甫讷介绍给他，又对他说："头发、胡子是你愁白的！这倒好，人家不容易认出你来。"接着他们就商量过关的办法。第二天，天还没亮，他们准备动身。

把守昭关的蓬越吩咐士兵们细细盘问过关的人，还要照着画像一个个地对照一下，才放过去。那一天，士兵们瞧见有人慌里慌张地过来，疑心他是个逃犯，细细这么一瞧，果然是伍子胥，士兵就把他逮住，拉到蓬越眼前。蓬越一见，就说："伍子胥，你瞒得过我吗？"就把伍子胥绑了，准备解到郢都去。士兵们因为拿住了伍子胥，得了大功，非常高兴。这时候过关的人也多了，老百姓也都要瞧一瞧那个久闻大名的逃犯。他们说："咱们为了他，进出多不方便，如今可好了，咱们以后过关就不再那么麻烦了。"

过了一会儿，东皋公来见蓬越，说："听说将军逮住了伍子胥，我老头子特地来道喜。"蓬越说："士兵们拿住了一个人，脸庞倒是真像，可是口音不对。"东皋公说："对对画像，就能认出来了。"蓬越叫士兵们把他拉出来。那个伍子胥一见东皋公就嚷起来说："你怎么到这时候才来？害得我莫名其妙地受着欺负！"东皋公笑着跟蓬越说："将军拿错人啦。他是我的朋友皇甫讷，跟我约好了在关前见面，一块儿出去玩儿，怎么把他逮了来呐？"蓬越连忙赔不是说："士兵们认错了，请别见怪！"东皋公说："将军为朝廷捉拿逃犯，我怎么能怪您呐？"蓬越放了皇甫讷，又叫士兵们重新留神查问过关的人。士兵们那一团高兴变成了一场空，嘟嘟哝哝地说："早就有好些人出关了。也许真的伍子胥混在里头呐。"蓬越一听着急起来，立刻派一队兵马追下去。

鱼肚藏剑

伍子胥趁着士兵们拿住皇甫讷,正在乱哄哄吵吵的当儿,混出了昭关,带着公子胜急忙向前跑。走了几个时辰,一瞧前面,有一条大江拦住了去路。正在无法可想的时候,后面飞起一片尘土,好像千军万马追了上来。他抱起公子胜,慌忙顺着江边跑下去,找到有芦苇子的地方藏起来了。往四面一瞧,瞧见一个打鱼的老头儿,划着一只小船过来。伍子胥急忙嚷着说:"渔丈人,请把我们渡过江去!渔丈人,请行个好!"那个老头儿把小船划过来,说:"芦中人,你就上船吧!"伍子胥跟公子胜上了小船,不到半个时辰,船快到对岸,他们这才放了心。

到了这时候,那个打鱼的老头儿才开口说:"将军想必就是伍子胥吧?您的画像挂在关口,我也见过几回。听说楚王把您父兄杀了,这儿的人都替您担心。今儿个我把您渡过来,我也放心了。将军,您苍老得多啦,可是看上去挺有精神。"伍子胥感激万分,就说:"难得老人家一片好心,救了我这受难的人。将来我伍员要是有点出息,都是您老人家的恩典。"说着他就摘下身边的宝剑,交给老头儿说:"这把宝剑是先王赐给我祖父的。上头镶(xiāng)着七颗宝石,至少值一百多斤金子。我只有这么点礼物送给您,好歹表表我的心意。"那个老头儿笑着说:"楚王出了重赏要逮您。我不要五万石的赏,也不要大夫的爵位,怎么倒贪图您这宝剑呐!再说,这宝剑对我没有什么用处,对您可是少不了的。"

伍子胥大大地受了感动,问他说:"请问您的尊姓大名?让我以后也好报恩。"没想到这句话引起了老头儿的火儿来了。他指着伍子胥说:"我瞧着您有危难,才把您渡过来了。您倒开口说'一百斤金子',闭口说'将来报恩',真太没有大丈夫的气派了!"伍子胥连忙赔罪说:"您当然不要酬劳,可是我怎么能忘了您呐?您把姓名告诉我,也可以让我记住您呐。"那老头儿说:"我是个打鱼的,今儿个在这儿,明儿个在那儿,您就是知道了我的姓名,也找不着我。要是咱们还有相逢的日子,那时候,我叫您'芦中人',您叫我'渔丈人',不是一样的吗?"伍子胥只好收了宝剑,拜谢了一番,走了。

伍子胥带着公子胜进了吴国的边界,又走了三百里地,才到了吴国的都城。他把公子胜藏在城外,自己穿上破衣裳,披散着头发,打扮成要饭的样子,手里拿着一根箫在街上要饭。他一会儿吹箫,一会儿唱曲,要引起吴国人注意。

伍子胥在大街上吹箫要饭,果然引起了当地人的注意,知道他不是一般人物。吴王的哥哥公子光听说以后,就派人把他请了去。两个人谈起天下大事,越说越亲热。公子光请客人留在自己身边,伍子胥答应了,就投在他门下,做了他的心腹,暂时还住在城外。

有一天,公子光私自见了伍子胥,开门见山地说:"先生在楚国跟在这儿一定有好些朋友吧。先生遇见过有才能的勇士没有?"伍子胥说:"有。我有个好朋友,叫专诸,是个勇士。他家离这儿不远,明天我叫他来拜见您。"公子光说:"哪儿能叫他来呐?先生辛苦一趟,陪我去拜访他吧。"他们就一同去见专诸。专诸见伍子胥同着一位公子进来,赶紧迎了上去。伍子胥给他引见说:"这位就是吴国的大公子,久仰兄弟大名,特地来拜见你,要跟你交个朋友。你可别推辞。"专诸向公子光拜见问好。公子光拿出好些礼物,作为见面礼。专诸不收,经伍子胥再三劝说,才收下了。打这儿起,他们三个人交上了朋友。

有一天,公子光自己去看专诸。专诸很过意不去,说:

"我是个粗鲁人,受了公子恩典,叫我怎么报答呐?我猜想公子一定有什么为难的事要我去干吧。"公子光说:"我有极大的冤屈。我想请你替我报仇,去把吴王僚刺死。"专诸说:"这从哪儿说起!吴王僚是先王的儿子,正正式式继承王位,公子叫我去害他,这不是造反吗?"公子光说:"先王的王位按理应当由我来继承。我说给你听一听,你就明白了。"公子光就把吴国君王传位的事说了出来。

原来在公元前585年,吴国寿梦开始称王。吴王寿梦有四个儿子。弟兄四个都很不错,可是寿梦认为小儿子季札顶贤明。他在临死的时候对四个儿子说:"你们弟兄之中又贤明又能干的要算季札了。要是他能做国王,吴国准能被治理得很好。我要立他为太子,可是他一死儿不依。既然这样,我给你们一个命令,我死了之后,王位就传给老大,老大再传给老二,老二再传给老三,最后由老三传给季札。你们要记住,你们的王位必须传给兄弟,千万别传给自己的儿子。这样,季札虽说是小兄弟,他也有做国王的份儿了。不是我偏疼季札,这可是为了咱们国家的好处。谁要是不服从我这个命令,就不是我的儿子。"嘱咐完了,寿梦咽了气。

老大立刻要把王位传给季札。季札是要他的命也不干。他说:"父王在世的时候,我不愿意做王,父王归了天,我倒来抢哥哥的王位,您想我能这么办吗?哥哥要是硬逼着我,我只好上别国躲着去了。"老大拗(niù)不过他,只好自己即了位。他想："我要是活到老才死，然后把王位传给老二，老二传给老三，三弟之后才轮到四弟，那四弟还能做王吗？我得另想主意。"他亲自带着士兵去打楚国，成心让自己死在战场上。结果他打了一个胜仗，可是他自己给敌人射死了。大臣们照着寿梦的命令，立二公子为吴王。老二说："哥哥并不是真死在敌人手里，他是故意去寻死的，为的是要把王位让给四弟。"他也出去打仗，死在了外面。三公子就把王位让给季札，季札宁可死去，不愿做王。老三只好做了吴王。

到了公元前 527 年，老三得了重病。他临死前要季札接他的王位。可季札偷偷地跑了。这么一来，王位让给谁呐？公子光是老大的长子。据他说，他爷爷的命令到季札做王为止。季札既然走了，这王位就该轮到他了。没想到老三的儿子公子僚继承了王位。公子光一心要把吴王僚刺死，为的是重新继续长子即位的传统。

专诸听了这一段话，就答应下来了。他问公子光："吴王僚平日最喜欢的是什么？得先知道他的脾气，再想法子去亲近他。"公子光想了想，说："他顶爱吃鱼。"专诸就上太湖边一家饭馆里专门去学做鱼，天天琢磨着怎么样能烧出最好吃的鱼来。他一心一意地学了三个月，居然学会了，然后去给公子光当厨子。

有一天，公子光趁着吴王僚高兴的时候，对他说："我有一个从太湖来的厨子，专烧大鱼。他做的鱼比什么都好吃。哪天请大王上我家去尝尝口味怎么样？"吴王僚一听吃鱼，就挺痛快地答应了。

吃鱼那一天，吴王僚怕人行刺，在王袍里面穿上铠甲，带着一百名卫兵上公子光家里去吃饭。那一百名卫兵好像铜墙铁壁似的，保卫着吴王僚。厨子每上一道菜，先得给搜查一遍，然后由卫兵跟着他端上去。赶到专诸端上一条糖醋鲤鱼的时候，吴王僚忽然站起来，大声地说："好，好，好！你真有一套！"公子光吓得脸都白了，竭力装出挺镇静的样子，眼睛瞧着专诸。

卫兵把专诸浑身上下搜了一遍，才让他上去。接着吴王僚又说："我一闻见味儿，就知道这鱼烧得不错！"专诸端着那盘大鲤鱼走到吴王僚面前，刚要把那盘鱼放下，突然从大鱼的肚子里抽出一把短刀叫"鱼肠剑"，使劲地照着吴王僚的胸脯扎过去。那鱼肠剑刺透了铠甲，穿出脊梁。吴王僚大叫一声，立刻断了气。卫兵们拥上去把专诸砍成了肉泥烂酱。就在这个当儿，公子光和伍子胥带着自己的士兵把吴王僚的卫兵杀散，然后就去占领王宫。紧接着，伍子胥带着士兵保护着公子光上了朝堂，召集了大臣，对他们说："吴王僚不遵守先王的命令，霸占了王位，照理早就应该治死。"公子光接着说："我暂且管理朝政，等叔叔（指季札）回来，就把王位让给他。"公子光就这么做了吴王，改名为阖闾（hé lú）。这是公元前515年的事儿。

子胥报仇

伍子胥帮着阖闾坐了王位，可没忘了自己的事。为了带兵进攻楚国，给他父亲报仇，他推荐了当时的大兵学家孙武给阖闾。孙武本是齐国人，打小就爱钻研兵法，琢磨打仗的事。他把自己的想法写成了十三篇文章，就是有名的《孙子兵法》。后来齐国发生内乱，他就离开齐国，到了吴国。

阖闾听说孙武来了，从朝堂上跑下来迎接他，接着就问他用兵的法子。孙武把自己写的十三篇兵法献给他。阖闾叫伍子胥从头到尾一篇一篇地念，讲的原来是怎么用计谋，怎么定战略，怎么行军，怎么进攻，怎么利用地形，怎么使用武器，讲得头头是道，非常透彻。伍子胥每念完一段，阖闾不住嘴地称赞。他对伍子胥说:"这十三篇兵法又扼要又仔细,真是好极了。可有一样,吴国没有那么些个士兵,怎么办呐?"孙武说:"有了兵法,只要大王有决心,不光男子,就是女子也行。男男女女,全能够打仗,还愁什么人马不够吗?"阖闾笑着说:"女人哪儿能打仗呐,这不是笑话吗?"孙武一本正经地说:"大王要是不信的话,请先拿宫女们试一试。我要是不能把她们训练得跟士兵一样,情愿认罪受罚。"阖闾就派了一百五十名宫女,叫孙武去训练。

孙武请阖闾挑出两个心爱的妃子当队长。阖闾也答应了。末了,孙武请求说:"军队中最要紧的是纪律。虽说拿宫女们试试,也得有纪律。请大王派个执掌军法的人,再给我几个武将做助手。不知道大王答应不答应?"阖闾全都答应了。

一百五十个宫女都穿上军衣,戴上头盔,拿着兵器,到操场上集合。孙武先出了三道军令:"第一,队伍不许混乱;第二,不许吵吵闹闹;第三,不许存心违背命令。"跟着,他就把宫女们排成队伍,操练起来了。哪儿知道那两个妃子队长还以为她们穿上军衣,拿着长枪短刀,是出来玩儿玩儿的,先就嘻嘻哈哈地不听号令。别的宫女一见领队的这个样儿,跟着笑成一团,有的坐着,有的蹲着,有的学着姿态,有的还来回奔跑,乱七八糟,简直不像一回事。孙武就传令,叫她们归队立正。其中还有人说说笑笑,不听命令。孙武传了三回令，谁知道那两个妃子队长和宫女们还是嬉皮笑脸地不听话。她们都是阖闾所宠爱的，孙武敢把她们怎么样？高兴了，操练着玩玩，不高兴就回宫去，怕什么！

孙武可忍不住了。他大声地对那个执掌军法的人说："士兵不听命令，不服管，按照军法应当怎么处罚？"军法官赶紧跪下说："应当砍头！"孙武就发出命令，说："先把队长正法，做个榜样。"武士们就把那两个妃子绑上。这一下吓得宫女们全都变了脸色。

阖闾在高台上远远瞧着她们操练，忽然瞧见两个妃子给武士绑了，立刻打发一个大臣传令去救。那个大臣急急忙忙地见了孙武，传出阖闾的话说："大王已经知道将军注重纪律的道理了。看在这两个妃子头一次犯错误，饶了她们吧！"孙武说："操练军队不是闹着玩儿。要是不把犯法的人办罪，以后谁还能指挥军队呐？"他就下令叫武士把那两个队长砍了。宫女们全都吓得直打哆嗦，一声也不敢言语了。孙武又挑了两个宫女当队长，重新操练起来。这一回，大伙儿都规规矩矩的，按照命令操练了。这批宫女经过孙武那么严厉的训练，居然练成了一支很像样的军队。

公元前506年，阖闾拜孙武为大将，伍子胥为副将，派自己的亲兄弟公子夫概为先锋，发兵六万向楚国进攻。吴军有了孙武的指挥，打得别提多顺了，把楚国的军队打得一败涂地，连都城都给丢了。那时候楚平王已经死了，他儿子楚昭王眼瞧着郢都难保，匆匆忙忙地逃到别的国去了，楚国从来没败得这么惨。

孙武、伍子胥和别的将士们护卫着阖闾进了郢都。吴国的君臣就在楚国的朝堂上开了个庆功大会。

伍子胥劝阖闾把楚国灭了，可是孙武不同意。他劝阖闾废黜楚昭王，立太子建的儿子公子胜为楚王。他说："楚人大多替太子建抱不平，大王立他的儿子为楚王，楚人准会感激大王，列国诸侯也必定佩服大王，公子胜更忘不了您的大恩。这么一来，楚国就是大王的属国，这是名利双收的办法。"阖闾贪图楚国的地盘，没照着孙武的主张办，而是听了伍子胥的话，决定把楚国灭了。伍子胥为了替父兄报仇，咬牙切齿地痛恨着楚平王，可是楚平王已经死了，怎么办呐？他请求阖闾让他去刨楚平王的坟。阖闾说："你帮了我不少的忙，这点小事，你自己瞧着办吧。"

伍子胥打听出楚平王的坟修在东门外的寥（liáo）台湖。他就带着士兵上湖边去找。白茫茫的一片，谁也不知道坟在哪儿。伍子胥捶着胸脯，哭了起来，说："天呐，天呐！我父兄的大仇为什么报不了呐？"正在这个时候，来了个老头儿。他对伍子胥说："昏王自己知道仇人多，怕将来有人刨他的坟，做了好几个空坟。他又怕做坟的石工泄露机密，在完工之后，把石工全杀了。我就是当时做活儿里头的一个，碰巧逃了一条活命。今儿个将军替父兄报仇，我也正想要替被害的伙伴们报仇呐。"

伍子胥就叫这老石工领路，找着了坟地的地界。大伙儿拆了石头坟，凿开了棺材，里头只放着楚王的衣裳和帽子，连一根骨头都没有。伍子胥又哭了。那老头儿说："这穴坟是假的，真的还在底下呐。"他们拆了底板，再往下挖，又露出了一口棺材。

据说楚平王的尸首是用水银制过的。打开棺材一看，尸首没烂。伍子胥见了楚平王完整的尸首，当时怒气冲天，立刻把他拉出来，抄起钢鞭，一气打了三百下，打得尸首的骨头也折了。他把钢鞭戳进楚平王的眼眶里，说："你生前有眼无珠，看不清谁是忠臣，谁是奸贼。你听信小人的话，杀害忠良。今天你再死在我手里，也不解我的恨。"他流着眼泪，越骂越气，把尸首的脑袋砍了下来。

伍子胥鞭打尸首以后，又对阖闾说："必须把楚王杀了，楚国才能算灭了。"阖闾就让他带领一队兵马去找楚昭王。伍子胥打听不到楚昭王的下落，很不痛快。后来听说楚国的令尹跑到郑国去了。他想，楚王也许跟令尹在一起，再说，郑国杀了太子建，这个仇也得报。他带领兵马一直向郑国进攻。

郑国人可就慌了神了。全国上下没有不埋怨楚国的令尹的，逼得他走投无路，只好自杀了。郑献公派人把令尹的头献给伍子胥，说楚王确实没到郑国来过。伍子胥还是不依不饶，非要灭了郑国不可。郑国的大臣们主张跟吴军拼个你死我活。郑献公说："拿郑国这点兵力来说，哪儿能跟楚国比呐？楚国都给他打败了，别说咱们这个小国了。"他只好下了一道命令："谁能叫伍子胥退兵的，就有重赏。"可是谁有这样的本领呐？命令出了三天，就是没有一个应征的。

到了第四天早上，有个打鱼的小伙子来见郑献公。他说，他有办法叫伍子胥退兵。郑献公问他需要多少兵车。他说："光凭这个划船的桨就能把好几万的兵马打退。"谁信他这个话呐？可是大伙儿没有法子，就让他去试试吧。那个打鱼的上吴国兵营去见伍子胥，一边唱着歌，一边拿着那根桨打拍子。他唱着：

芦中人，芦中人，
渡过江，谁的恩？
宝剑上，七星文，
还给你，带在身。
你今天，得意了，
可记得，渔丈人？

伍子胥一听，吓了一跳，连忙问他："你是谁呀？"他说："您没瞧见这根桨吗？我爸爸全靠它过日子，当初也全靠它救了您。"伍子胥一想起芦花渡口的情形和那个打鱼的老大爷的恩德,不由得掉下眼泪来,就问他:"你怎么会上这儿来的?你父亲呐?"他说:"我们打鱼的向来没有一定的地方。这回又因为打仗,才到了这儿。国君下了命令,谁要能请将军退兵,就有重赏。我爸爸已经死了。不知道将军能不能看我死去的爸爸的情面,饶了郑国?"伍子胥很感激地说:"我能够有今天,全都是你父亲的恩德。我哪儿能把他忘了呐?"当时他就下令退兵。打鱼的小伙儿欢天喜地地去向郑献公报告。这一下子,郑国人都把他当作大救星。郑献公封给他一大片土地。郑国人差不多全叫他"打鱼的大夫"。

伍子胥离开郑国,回到楚国,把军队驻扎下来,打发人上各处去探听楚昭王的下落。有一天,他接到一封信,是他朋友申包胥寄来的,劝他说:"你的仇也报了,气也出了,还是早点带着吴国的兵马回去吧。你大概还记得我说的话吧——你要是灭了楚国,我一定要尽我的力量把楚国恢复起来。请你再思再想。"伍子胥念了两遍,低头想了一想,跟送信的人说:"我忙得厉害,没工夫写回信。烦你带个口信回去,就说我积了十八年的仇恨,到了今天也许有点不近人情,这实在没有办法。"

送信的人回去把这话告诉了申包胥。申包胥知道已经不能跟伍子胥讲什么理了。他想起来,楚平王的夫人是秦哀公的女儿,楚昭王是秦哀公的外孙,就连夜动身上秦国去借兵。他没黑天带白日地走，脚指头走得都流血了，就把衣裳撕下一条来，缠上脚再走。到了秦国，他见着了秦哀公，说："吴王是个贪心不足的暴君。他想并吞诸侯，独霸天下。今儿个灭了楚国，明儿个还想打到秦国来。现在您的外孙东奔西跑，命还不知道保得住保不住。求您出兵把楚国恢复过来，我们情愿永远做您的属国。"秦哀公说："你先歇歇去，让我跟大伙儿商量商量。"

哪儿知道秦哀公不愿意跟吴国打仗。申包胥两次三番地跟他哀求，他老是敷衍着，不想出兵。申包胥就站在朝堂上一个劲儿地哭。大伙儿都散了，他还是不走。到了晚上，人家都睡了，他还站在那儿哭。据说他一连气哭了七天七夜，秦哀公到了儿被他哭得感动了，就派两员大将，带领五百辆兵车，去打吴国的大军。

两国的大军在楚国的边界上对起阵来。没想到这当儿，阖闾的弟弟夫概带着自己的一队兵马，偷偷地回到吴国抢王位去了。他一面自立为王，一面打发使者上越国（那时候，越国包括现在的浙江省杭州市以南，东到海边的地方，以后扩展到江苏、浙江两省和山东省的南部，都城在会稽，就是现在的浙江省绍兴市）去借兵，应许送五座城给越王当谢礼。

吴王阖闾得知这个消息，只好答应跟秦国讲和，也不灭楚国了。他自己赶回去对付夫概和越国的兵马。伍子胥还没退兵，接到了申包胥的一封信，信上说："你灭了楚国，我恢复了楚国。你我应当顾念自己的国家，别再连累百姓。你请吴国退兵，我也请秦人回去，好不好？"伍子胥和孙武答应退兵，不过要求楚国派人到吴国去迎接公子胜，封给他一块土地。楚国那方面也答应了。吴国的将士就把楚国库房里的财宝全都运到吴国去，又把楚国的老百姓一万多户迁移到吴国去，叫他们住在人口稀少的地方。

阖闾回到吴国，消灭了夫概的乱党，自己仍旧做了吴王，可是他把越王恨透了，发誓迟早得报这个仇。这次打了胜仗，他把第一大功归给孙武。孙武不愿意做官，一定要回到乡下去。伍子胥一再挽留他，他反倒劝伍子胥说："我不光是要保全我自己，还想保全你。你已经替父兄报了仇，还是跟我一块儿躲开这地界，省得将来受人家的气。"伍子胥还想帮助吴王建立霸业，没听他的，孙武就自己走了。

夹谷之会

公元前500年,齐景公打算联络鲁国和别的诸侯国,把齐桓公当年的霸主事业重新干一下。他写信给鲁国的国君鲁定公,约他到两国边界的夹谷(在今山东省济南市莱芜区)开个会议,准备订立盟约。那时候,诸侯开会,还得有个大臣做重要助手。这种国君的助手称为"相礼"。这会儿,鲁定公问大臣们:"我去夹谷开会,谁当相礼呐?"有一位大夫推荐大司寇(官名,管司法)去做相礼。这位鲁国的大司寇就是鼎鼎大名的孔夫子。

孔夫子简称孔子。他父亲是个地位并不高的武官,叫叔梁纥(姓孔,名纥,字叔梁;纥 hé)。孔子出生之前,叔梁纥已经有了九个女儿和一个儿子。他儿子的脚有毛病,也许是个瘸子。叔梁纥虽然上了年纪,可是还想生个文武全才的儿子。他又娶了个小姑娘叫颜征在。他们曾经在曲阜东南的尼丘山上求老天爷赐给他们一个儿子,后来果然生了个儿子,以为是尼丘山上求来的,就给他取名叫孔丘,又叫仲尼("仲"就是"老二"的意思)。

孔子三岁上死了父亲。母亲颜氏受人歧视,孔家的人连送殡都不让她去。后来,娘儿俩被孔家轰出来了。颜氏很有志气,带着孔子离开老家,搬到曲阜去住,日日夜夜辛勤操劳,靠着双手来抚养孔子。孔子小时候,没有什么可以玩儿的东西,只见过他母亲每逢父亲的生日或去世的周年,总是摆上一些酒食盘儿祭祀一番,静悄悄地哭一顿。他也就老摆上小盆小盘什么的,玩着祭天祭祖那一套东西。

孔子十七岁那一年,母亲也死了。因为他父亲下葬的时候,孔家的人不许他母亲送殡,娘儿俩一直不知道他父亲的坟在哪儿,孔子只好把他母亲的棺木埋在曲阜。后来有一位老太太告诉他,说他父亲葬在防山(在今山东省曲阜市东),孔子才把母亲的坟移到那边。

那一年,鲁国的大夫季孙氏请客,招待读书人,说是只要有学问,谁都可以去。孔子想趁着机会露露面,认识认识当时的名人,也去了。季孙氏的家臣阳虎瞧见了这位没有地位的青年人,就作威作福地骂了他一顿,还说:"我们这儿请的都是知名人士，你来干吗？"孔子只好红着脸，别别扭扭地退了出去。他受了这番刺激，格外刻苦用功，一定要做个有学问有道德修养的名士。他住在一条叫达巷的胡同里，学习六艺，就是礼节、音乐、射箭、驾车、书写、计算等六门课程。这是当时一个全才的读书人所应当学的六种本领，所以叫"六艺"。达巷里的人都称赞他，说："孔家小子真有学问，什么都会。"孔子很谦虚地说："我会什么呐？我总算学会了赶大车。"

孔子在二十六七岁的时候，担任了一个小小的职司叫"乘田"，工作是管理牛羊。他说："我一定把牛羊养得肥肥的。"果然，他所管理的牛羊都很肥壮，又繁殖得快。后来他做了"委吏"，干的是会计工作。他说："我一定把账目弄得清清楚楚。"果然，他的账目一点不出差错。孔子快到三十岁的时候，名声大起来了。有人愿意拜他为老师。他就办了一个书房，招收学生，贵族学生、平民学生，他都收。过去只有给贵族念书的"官学"，孔子办了"私学"以后，贵族独占的文化教育也多少可以传给一般人了。孔子一面教学生，一面留心国家的事，主张用礼的一套管理国家，希望有机会做个官。

鲁国的大夫孟僖（xī）子嘱咐他的两个儿子孟懿子和南宫适（kuò）到孔子那儿去学礼。后来南宫适向国君鲁昭公请求派他和孔子一同去考察周朝的礼乐。鲁昭公给了他们一辆车、两匹马和仆人,让他们到周朝的都城洛邑去。

那一年,孔子正好三十岁(公元前522年)。他早听说都城那里有个特别有学问的老人,管理着周朝的藏书室。老人姓李名耳,字聃(dān),大伙儿敬重他,都叫他老子。孔子就想借这个机会拜会老子,向他请教。到了洛邑,他特地送了一只大雁给老子作为见面礼,向他请教礼乐。老子的年纪比孔子大得多。他见孔子向他虚心求教,很喜欢,还真拿出老前辈的热心肠,很认真地教导了孔子一番。孔子对老子佩服得没法儿,见人就说:"我不知道龙是怎么样驾云升天的,这回见到老子,他也许就是龙吧!"

孔子在三十五岁的时候,鲁昭公被大夫季孙氏轰走了。鲁国有三家最有势力的大夫,孟孙氏、叔孙氏和季孙氏,互相争权,把鲁国闹得很乱。孔子对他们很不满,听说齐景公正想继承齐桓公做一番事业,他就到了齐国,想实现自己的理想。齐景公待他很客气,也许还打算用他。他先探听探听晏子的意见。晏子虽然很佩服孔子的人品和学问,可是两个人的主张不同,合不到一块儿去。晏子对孔子的态度是:恭敬他,可是不接近他。齐景公见晏子不那么热心,到底没用孔子。

孔子在齐国待了将近三年,又回到了鲁国。他把全副精力放在教育上。据说他的门生之中成就最高的就有七十二人。他们之间好像一家人那么亲密,大伙儿对孔子非常尊敬，把他当作自己的父亲一样。

到了公元前 501 年，孔子已经五十一岁了。他在鲁国做了中都宰（中都，鲁国大城，在今山东省汶上县；宰，官名，就是长官的意思）。第二年，他做了司空（官名，管生产建设），又由司空做了大司寇。这回，齐景公约鲁定公到夹谷去开个会议，鲁定公就请孔子当相礼，准备一块儿到齐国去。

孔子对鲁定公说："齐国仗着兵力强盛，屡次侵犯我边疆，这次约会讲和，也得有兵马防备着。从前宋襄公开会的时候，没带兵车去，到了儿受了楚国的欺负。这就是说，光讲和平没有武力可不行。请把左右司马都带去。"鲁定公听了他的话，请他去安排。孔子就让鲁定公派申句须和乐颀（qí）两员大将带领五百辆兵车跟着上夹谷去。

到了夹谷，两员大将把军队驻扎在离会场十里地的地方，自己带着几个随身的卫士跟着鲁定公和孔子一同上会场去。开会的时候，齐景公有晏子当相礼，鲁定公有孔子当相礼。举行了开会仪式之后，齐景公就对鲁定公说："咱们今天聚在一起，实在不容易，我预备了一种很特别的歌舞，请您看看。"说话之间，他就叫乐工表演土人的歌舞。一会儿，台底下打起鼓来，有一队人扮作土人模样，有的拿着旗子，有的拿着长矛，有的拿着单刀和盾牌，打着呼哨，一窝蜂似的拥上台来，鲁定公吓得脸都白了。

孔子立刻跑到齐景公跟前，反对说："中原诸侯开会，就是要有歌舞表演，也不应该拿这种土人打仗的样子当作歌舞。请快吩咐他们下去吧！"晏子也说："是啊！我们可不爱看这种歌舞。"他哪儿知道这是齐国的大夫黎弥和齐景公两个人使的诡计。他们想拿这些"土人"来吓唬吓唬鲁定公，好叫他在会议上让些步。给晏子和孔子这么一说，齐景公也觉得怪不好意思的，就叫他们下去。

黎弥躲在台下，本想叫这些"土人"上去之后，等他们一动手，自己准备在台下带着士兵一齐闹起来。没想到这个计策没办到，只好另想办法。散会以后，齐景公请鲁定公吃饭。正在宴会的时候，黎弥叫了一班抹粉搽胭脂的乐工来，在齐鲁两国的君臣跟前唱着下流的歌儿，表演下流的动作，侮辱鲁国的君臣。

孔子气得拔出宝剑来，瞪圆了眼睛，对齐景公说："这种下贱人竟敢戏弄诸侯，应当办罪！请贵国的司马立刻把他们杀了！"齐景公没言语，乐工们继续唱着演着。孔子忍不住了，就说："齐、鲁两国既然和好，结为弟兄，那么鲁国的司马就跟齐国的司马一样可以执行处分。"跟着他就扯开了嗓门向堂下说："鲁国的左右司马申句须和乐颀在哪儿？"那两员大将一听见孔子叫他们，跑上去就把那两个领头的乐工拉出去了。别的乐工吓得慌慌张张地全跑了。齐景公吓了一大跳，晏子很镇静地请他放心。这时候，黎弥才知道鲁国的大将也在这儿,还听说鲁国的大队人马都驻扎在附近的地方,吓得他缩着脖子退出去了。

宴会之后,晏子狠狠地数落了黎弥一顿。他又对齐景公说:"咱们应当向鲁侯赔不是。要是主公真想做霸主,真心实意地打算和鲁国交好,就应当把咱们从鲁国霸占过来的汶阳地方的三块土地还给鲁国。"齐景公听了他的话,真的把三个地方都退还给鲁国。鲁定公向齐景公道了谢,带着孔子和随从人员回国去了。

孔子在夹谷会上给鲁国挣了面子,鲁定公和三家的大夫都信任孔子,请他主持管理朝政。鲁国自从让孔子治理以后,据说仅仅三个月工夫就变成了一个很像样的国家了。要是有人在路上丢了什么,他可以到原地方去找,准能找得着。不是自己的东西,就没有人捡。夜里敞着门睡觉,也没有小偷儿溜进去偷东西。这么一来,别的国看见鲁国强大起来,反倒担了一份心。尤其是毗邻的齐国,又是恨又是怕,就有人出来想法去破坏鲁国的内政。

晏子虽说不愿意跟孔子一块儿做事,也不赞成孔子的主张,可他并不干涉别国的事。等到晏子一死,齐国的大夫黎弥掌了权,他就变法儿想打击鲁国的势力。他劝齐景公给鲁定公和季孙氏送一班女乐去。这种女乐正合糊涂君臣的口味。要让孔子瞧见,他准得头疼。齐景公同意了,就送给鲁定公最漂亮的歌女八十名。

鲁定公挑了三十个赏给季孙氏，其余的歌女留在宫里。从此鲁定公和季孙氏就天天玩乐了。孔子未免劝他们几句，他们也就恭恭敬敬地躲着他了。孔子的弟子子路说："老师，鲁君不办正事，咱们还是走吧！"孔子也觉得再待下去没意思，就辞去了官职，到别的国家找自己理想的地方去了。

孔子离开鲁国的时候，已经五十五岁了。此后好多年，他带着门生周游列国。他到过卫国、曹国、宋国、郑国、陈国、蔡国、楚国。可这些国家的国君都不用他。他流浪了七八年，到卫国的时候，已经六十三岁了。卫国的国君想请他做官，他推辞了。正好鲁国派人来请孔子，孔子就回到本国，不打算再上各处去奔波了。晚年，他一心一意把精力放在编书上头。他编了几本书，其中最主要的一本叫《春秋》，记载从鲁隐公元年到鲁哀公十四年，就是公元前722年到公元前481年的大事。后来，这一段两百多年的时期，在中国历史上就叫"春秋时期"。

石屋养马

吴王阖闾为了当初越国不帮他去打楚国，反倒帮着夫概造反，一直怀恨在心，早想发兵去征伐了。公元前496年，越王死了，他的儿子勾践继承了王位。吴王就趁着越国有丧事，发兵去攻打。他叫伍子胥守住本国，自己带着伯嚭（pǐ）、王孙骆和专毅三个将军，率领三万精兵去攻打越国。越王勾践也亲自带着大将诸稽郢、灵姑浮他们出去抵挡。

阖闾万没想到，吴国的兵马在醉李（在今浙江省嘉兴市）这个地方中了越国的埋伏，来不及抵抗，就败下去了。勾践的大将诸稽郢和灵姑浮带着士兵见人就砍，凶猛极了，把吴王阖闾吓得从车上掉下来。灵姑浮提着刀赶上来就要杀他,阖闾赶紧往后一缩,他的右脚已经给砍了一刀。灵姑浮跟着又来一刀,可巧叫专毅架住。王孙骆和伯嚭赶到,一边抵挡,一边退兵,虽然救出了国君,可人马已经损失了一半。阖闾受了重伤,又搭着上了年纪,受不了那份疼痛,还没回到国里,就断了气。过了几天,专毅也因负伤过重死了。

　　阖闾死了以后,他的儿子夫差即位为吴王,拜伍子胥为相国。夫差决心要给他父亲报仇,早晚灭了越国。为了报仇的事,他叫人每天提醒自己几回。一清早起来,他手下的人就扯开了嗓子问他:"夫差!你忘了越王杀了你的父亲吗?"夫差流着眼泪说:"不,不敢忘!"吃饭的时候,临睡的时候,也这么一问一答地提醒他。他叫伍子胥和伯嚭在太湖操练水兵,自己在陆上操练兵车,一定要向越国报仇。

　　一晃儿两年过去了。公元前494年,吴王夫差拜伍子胥为大将,伯嚭为副将,亲自带领大队兵马,从太湖出发去打越国。越国的大夫范蠡(lí)和文种劝勾践向吴王赔不是,向他求和,往后再想办法。勾践说:"这哪儿行啊?吴国跟咱们辈辈有仇,他们既然打过来,咱们只好抵挡。如今两国还没交锋,咱们就先跟人家讲和认错,往后还有脸见人吗?"勾践就派三万壮丁去跟吴人拼个死活。

　　两国的水军在太湖打上了。吴军早有准备,一开始就占了上风。越国的大将灵姑浮他们都阵亡了,越国的水军差点儿给杀得全军覆没。勾践立刻叫范蠡和文种守住固城（在今江苏省高淳区东南），自己带着五千人跑到会稽山躲着去了。吴军不放松，紧跟着上了岸，不但屠杀越国的老百姓，还把快成熟的庄稼都烧了。接着，吴国的大军围住固城，右边是伍子胥的军队，左边是伯嚭的军队，两面夹攻，急得范蠡、文种只好向勾践请示办法。

勾践也拿不出好主意，愁眉苦脸的。文种劝勾践说："别再犹疑了！赶紧去跟人家讲和吧！"勾践说："都到这份儿了，夫差他还能答应吗？"文种说："只要大王立志报仇，什么委屈暂时忍受一下，他们一定会答应的。吴国的副将伯嚭向来跟伍子胥面和心不和。伍子胥办事周到严实，伯嚭怕他功劳太大，被他盖着，爬不上去。再说伯嚭又是个贪财好色的小人，只要咱们去拉拢他，他准能帮助咱们的。"勾践叫文种瞧着办去。

文种到了吴国的兵营，先去拜见了伯嚭，跪在地下说："越王勾践年幼无知，得罪了贵国。他如今太后悔了，情愿讲和，当个贵国的臣下。他怕吴王不答应，特地打发我来恳求您。勾践一向佩服您，让我奉上白璧二十双，金子一千斤，又从国里挑选了八个美女，送到这儿来伺候您。这点孝敬，请您先收下，以后还要不断地来孝敬您。您是吴王亲信的大臣，这些年来功劳最大，吴国的大事全都靠着您处理。只要您在吴王跟前为勾践说句好话，什么事没有不成的。"

伯嚭听了文种的话，浑身别提多舒坦了。可是他还装腔作势，显出满不在乎的样子，拿三个手指头捻着下巴颏儿底下几根长短不齐的松针胡子，说："越国眼看快完了，越国所有的全是吴国的了。你想拿这么点儿东西来哄我吗？"文种赔着笑，软里带着硬说："越国虽说打了一个败仗，可是多少还有点兵马守住会稽。要是再打败了的话，只得放火一烧，把库房里的财宝烧个精光，吴国休想得着什么。就算能抢到一些财宝，吴王也未必全都赏给您。我们不去恳求吴王，也不上右边兵营里去，偏偏来跟您求饶讲和，还不是为了您一向就比他们贤明吗？"伯嚭这才点了点脑袋，说："你们也知道我向来不欺负人。好，就这么办吧，明天我带你去见大王。"

当天晚上，伯嚭先把这事跟夫差说了一遍，夫差答应了。第二天，文种跪在夫差面前，把勾践请求讲和的意思说了一遍。夫差说："越王既然情愿当我的臣下，他们夫妇愿意不愿意跟着我上吴国去？"文种说："既然当了大王的臣下，理当伺候大王。"伯嚭插嘴说："勾践夫妇情愿上吴国来伺候大王，越国就是吴国的了。大王答应了吧。"夫差就答应了。

右边兵营里的伍子胥听说越国打发人来求和，赶紧跑到中军去见吴王夫差，劝他不可答应。可是他一个人顶不过夫差和伯嚭的决心。夫差很客气地说："相国先上后边去歇息歇息吧！"伍子胥只能唉声叹气地出来了。

他出来碰见了大夫王孙雄。伍子胥对他说："越国十年生聚，十年教训，二十年工夫就能把吴国灭了！"王孙雄冲他笑了笑，有点不信，气得伍子胥连连叹气。他弄得没有一个人能跟他同心合意的了。

文种回到会稽，报告了求和的经过。勾践召集大臣们，要把国家大事托付给他们经管。他见了他们，哭个没结没完，话也说不出来了。大伙儿劝解越王只管放心到吴国去，还说吴国打败越国，这个仇非报不可。他们都下了决心，一定在越国埋头苦干，想法子恢复越国当年的地位。勾践就拜托文种和别的大臣们管理国事，自己带着夫人和范蠡上吴国去。越国的大臣和老百姓沿路哭着给他送行。

勾践到了吴国，夫差让他们夫妇住在阖闾的大坟旁边的一间石头屋子里，叫勾践给他喂马。范蠡跟着他做奴仆的工作。夫差每次坐车出去，勾践总给他拉马。吴人老指着勾践说："瞧！咱们大王的马夫！"勾践当作没听见，随便让人家取笑。就这么过了三年。在这三年当中，勾践很小心地伺候着吴王，真是百依百顺，比别的使唤人还要驯服。文种还时常打发人给伯嚭送礼。伯嚭老在吴王跟前给勾践说情。

有一回夫差病了，好几天没出来。勾践托伯嚭带话，说他听说大王病了，挺惦记的，想来问候。夫差瞧他殷勤得怪可怜的，答应了。伯嚭带着勾践到了内房，夫差正要拉屎，勾践赶紧过去扶着他。夫差叫勾践出去等着。勾践说:"父亲有病,做儿子的应当服侍;大王有病,做臣下的也应当服侍。再说我还有点小经验,瞧见拉的是什么屎,就能知道大王的病是轻是重。"夫差只好让他扶着。拉完了之后,夫差觉得舒坦点。勾践背过身去,朝坑里看了看,回头向夫差磕个头,说:"恭喜大王!大王的病已经过了险劲儿了。要是没有别的变化,再待几天就完全好了。"夫差说:"你怎么知道的?"勾践说:"我刚才看了大王的屎,就知道肚子里的毒气已经发散出来了。"夫差倒觉得过意不去了,他说:"你待我不错。等我病好了,准放你回去。"

公元前491年,夫差决定放勾践回国,还亲自送他离开吴国。勾践夫妇拜谢了吴王,上了车。范蠡拉着缰绳,说了一声"再会",就一路回越国去了。

卧薪尝胆

勾践回到了越国，大臣们一见，又是高兴又是伤心。勾践对他们说："我是个国破家亡的奴才，要不是大伙儿这么尽心尽意地出力，我哪儿能有回国的一天？"范蠡说："这是大王的洪福，哪儿能算是我们的功劳呐？但愿大王从今往后，时时刻刻记住在坟头石屋里的苦楚，这样，越国才能出头，我们的仇准能报的。这是我们做臣下的和全越国人的愿望！"勾践说："我决不叫你们失望！"他就叫文种管理国家大事，叫范蠡训练兵马，自己很虚心地接受别人的意见，想办法救济穷苦的老百姓。这么一来，全国的人个个欢喜，恨不得把自己的能耐全都拿出来，好叫这受欺压的弱国改变成为一个强国。

勾践唯恐舒服的生活消磨了志气。他把软绵绵的褥子撤下去，拿柴草当作褥子。在吃饭的地方挂上个苦胆，每逢吃饭的时候，先尝一尝苦味。这就叫"卧薪尝胆"。因为这回遭了亡国之祸，百姓大批地被屠杀，人口减少了，他就订出几条奖励生养的条例来。例如：上了年纪的人不准娶年轻的姑娘做媳妇儿；男子到了二十岁，女子到了十七岁，还不成亲的，他们的父母要受一定的处罚；快要临盆的女人，必须报官，好派官医去照顾她；添个小子，国王赏她一壶酒、一条狗，添个姑娘，国王赏她一壶酒、一头猪；有两个儿子的，官家给养活一个；有三个儿子的，官家给养活两个。赶到种地的时候，越王亲自拿着锄头在地里干活儿，为的是让庄稼人好提起精神，加劲种地，多打粮食。越王的夫人也老出去，看望养蚕、缫丝、织布、纺线的妇女们。没事的时候，她自己也在官里织布。穿衣、吃饭，处处节省，为的是给吴王夫差进贡。夫差见勾践月月有东西送来，非常满意。

这时候，夫差正打算起造一座姑苏台（在今江苏省苏州市姑苏山上），好好享乐一番。越王趁着这个机会，预备了几根又长又大的木料，打发文种送去。夫差从来没见过这么大的木料，非常高兴。大材不可小用，姑苏台得照原来的设计加高一层，还得往大里扩展，才能够高矮合适。这么一来，工程可就大了。苦了吴国的老百姓，没黑天带白日地干

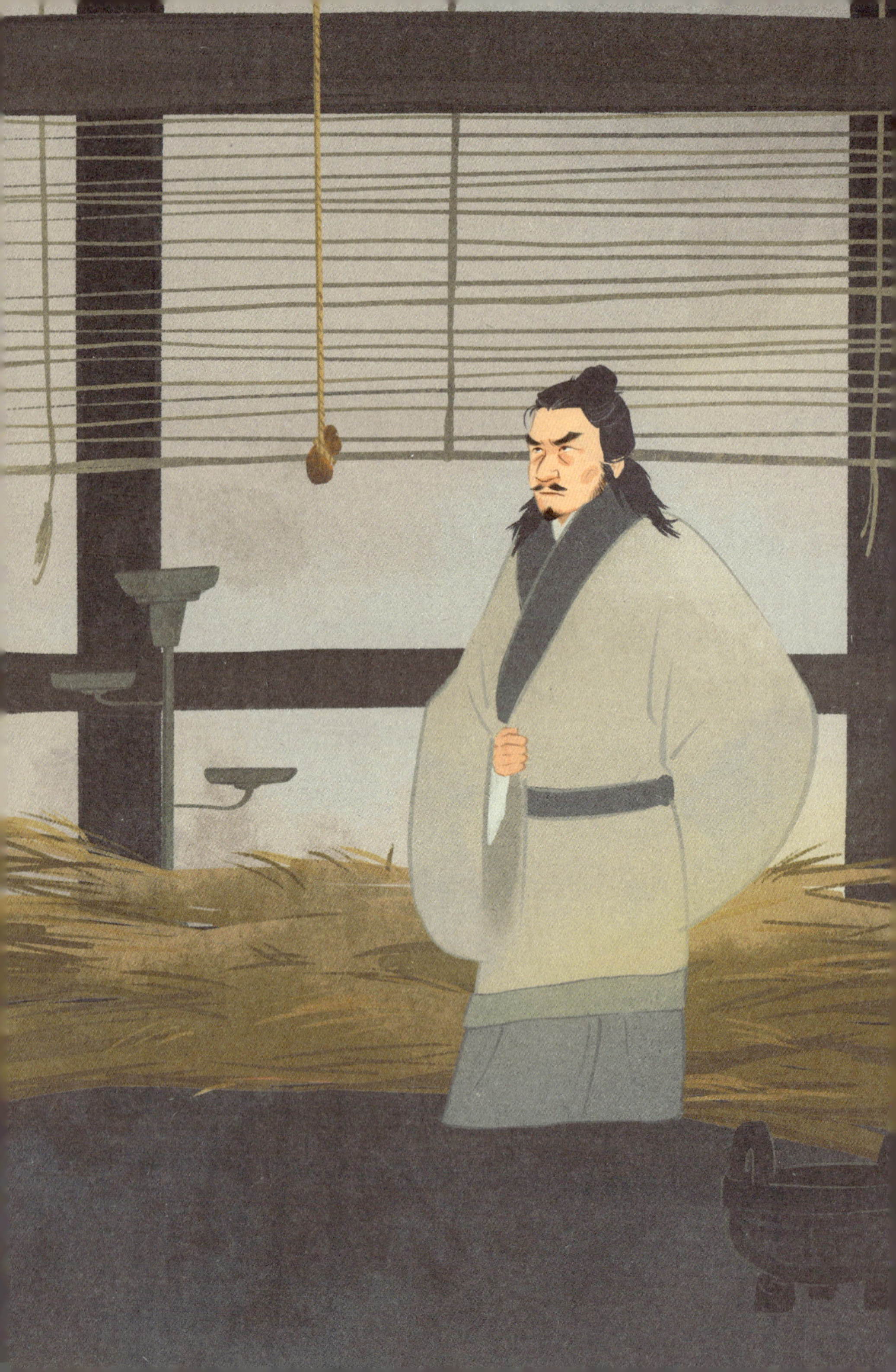

着,还得经常挨打受骂。

勾践又叫文种和范蠡向吴王进贡美人儿。范蠡说:"托大王洪福,我找着了一位又精明又懂大义的美人儿,她叫西施。她情愿舍出自己的身子,去给大王报仇。"越王就派他送去。夫差一见西施,把她当成了下凡的仙女。没有几天工夫,夫差就当了西施的俘虏。有一回,夫差对她说:"今天越国的大夫文种上这儿来借粮。他说,越国收成不好,打算借粮一万石,过年如数归还。你瞧应该怎么办?"不用说,西施劝他答应了。

文种领了一万石粮食,回到越国,把这些粮食全都分给穷人。这一来,全国的人没有一个不感激越王的。转过年来,越国年成丰收。文种就挑选了顶好的可以做种子的粮食一万石,亲自还给吴国。夫差见勾践不失信,更加高兴了。他把越国的粮食拿来一看,粒粒足实饱满,就对伯嚭说:"越国粮食的颗粒比咱们的大。咱们就把这一万石当作种子。这一来,咱们的庄稼就更好了。"

伯嚭就把越国的粮食分给农民,叫他们去种。到了春天,吴国的庄稼人下了种,天天等着新秧长出来。等了十几天了,还没出芽。他们想,好种子大概要比普通种子出得慢一点,就耐着心又等了几天。没想到全国撒下去的种子全霉烂了。他们没有了主意。末了,只好再用自己的种子,可是已经误了下种的时间。这一年的饥荒算是坐定了。吴国的老百姓都怪吴王和伯嚭不顾土地合适不合适，就冒冒失失地用了越国的种子。他们哪儿知道越国送去的粮食，原来都是已经蒸熟了又晒干了的呀！

越王勾践听见吴国闹饥荒，就想发兵。文种说："还早着呐！一来，伍子胥还在，那可是个有智谋的人；二来，吴国的兵马全部在国内，力量很强。咱们还得等个机会。"越王只好耐心等候机会，趁这时候扩大军队，操练兵马。

伍子胥听说越王勾践操练兵马，就去见夫差，劝他小心着勾践。夫差听了伯嚭的话，叫伍子胥别再多嘴。过不多久，夫差要出兵北上，去征伐齐国，争夺霸主地位。伍子胥又出来反对。夫差一心想当霸主，哪里肯听他的，亲自带兵进攻齐国，真就打了个胜仗。他得意地回到吴国，文武百官全都道贺。伍子胥反倒批评说："打败齐国，只是得了点小便宜；越国来灭吴国，那才是大灾祸。"这种泼冷水的话，夫差听也听不进去。他恨透了伍子胥，又经西施一撺掇，就派人给伍子胥送去一把宝剑，让他自杀。伍子胥长叹一声，只好从命。这么一来，正好称了越国君臣的心愿。

夫差杀了伍子胥，拜伯嚭为太宰，打算会合中原诸侯，当个霸主。公元前484年，夫差发兵联合鲁国又打败了齐国。公元前482年，夫差到了卫国的黄池（在今河南省封丘县西南），约会诸侯来开大会。晋国、卫国、鲁国都害怕了，承认夫差为首领，还订立了盟约。

没想到，夫差从黄池大会回国，到了半道上，一个跟着一个地接到了坏消息：越王勾践已经发大军打进吴国去了。吴国的士兵知道国内打了败仗，加上远道的劳累，已经没有打仗的精力了。越国的兵马是经过好几年训练的。两边一交手，吴国的兵马就像秋天的树叶子经大风一刮，给打得七零八落了。夫差没法儿，只好派伯嚭去跟越王求和告饶。伯嚭带着好些贵重的礼物跑到越国的兵营，跪在勾践面前，央告求和。范蠡低声对越王说："吴国现在还有实力，不是一下子就能灭了的。"勾践就答应了跟吴国讲和，跟着退兵回去了。

公元前473年（黄池大会之后九年），越王勾践带着范蠡、文种，亲自率领大军进攻吴国，要报仇雪恨。吴国的兵马打了几回败仗，伯嚭抵挡不住，领头投降了。吴王夫差被逼得走投无路，拿衣服遮住自己的脸说："我还有什么脸去见伍子胥呐？"说完就自杀了。吴国的将士到这会儿有的死了，有的逃跑了，剩下的都投降了越国。

越王勾践进了姑苏城，坐在吴王夫差的朝堂上。文武百官向他朝贺，吴国的太宰伯嚭也站在那儿，捻着几根七长八短的松针胡子，等着受封。勾践对他说："你是吴国的太宰，我哪儿敢收你做臣下呐？你怎么不跟着你的国君去呀？"伯嚭臊得脸通红，低着脑袋退了出去。勾践派人把他杀了。

勾践大赏功臣，单单短了个范蠡。原来他埋名隐姓，跑到别国去了，临走还给文种留下一封信，劝他说："飞鸟打光了，弓箭就没有用了；兔子打光了，就轮到猎狗给煮来吃了。大王在患难的时候，用得着咱们，对你我挺好。现在他得了势，只怕咱们的威信超过了他，祸事就来了。您也赶快走吧！"文种不怎么相信他的这些话，可是心里很不舒坦，就害起病来。有一天，勾践亲自去探望文种，临走前留下了一把宝剑。文种拿起来一瞧，嗬！原来就是当初夫差叫伍子胥自杀的那把宝剑。他这才后悔没有听范蠡的话，只好自杀了。据说范蠡是带着西施一同跑的，后来经商发了大财。那个有名的大商人陶朱公就是范蠡。

越王勾践灭了吴国，接着带领大队人马渡过淮河，在徐州（在今山东省滕州市）会合了齐国、晋国、宋国、鲁国的诸侯。当初中原诸侯最怕的是楚国，自从楚国给吴国打败了以后，就转过来怕吴国。如今吴国又给越国灭了，他们只好听从勾践的了。这么着，越王勾践做了霸主。春秋时期在齐桓公、宋襄公、晋文公、秦穆公、楚庄王五霸之后，又兴起了吴越二霸，就是吴王夫差和越王勾践。

三家分晋

越王勾践"卧薪尝胆",发愤图强,不但灭了吴国,而且率大军渡过淮河,当上了中原诸侯的领袖,做了霸主。一向称为霸主的晋国(在今山西省),到了这时候,实际上已经不是一个统一的诸侯国了。有势力的大夫各人割据一块地盘,把晋国分成了好几个小国。它们之间互相攻打,互相兼并。在这种情况下,晋国怎么能跟强大的越国对敌呐?

晋国的大夫当中,势力最大的原来有六家,后来有两家被打散了,晋国的大权可就归了四家:智家、赵家、魏家、韩家。那时候,列国的大夫占有着大量的土地,他们直接统治农民,比国君富裕得多。农民生活在大夫的手下,也比在国君的统治下要好过一些。有不少农奴受不了国君的压迫和虐待，还情愿逃到大夫的封地里去做佃农。各国大夫的势力因而越来越大。像晋国那样，土地和人民实际上都落在这四家大夫手里了。

这四家——智伯瑶（yáo）、赵襄子、魏桓子、韩康子——其中，智伯瑶的势力最大。他对赵、魏、韩三家说："咱们晋国一向当着中原的霸主。没想到吴王夫差和越王勾践先后起来，夺去了霸主的地位，这是咱们晋国的耻辱。如今只要把越国打败，晋国仍然能够当上霸主。我主张每家拿出方圆一百里的土地和户口来归给公家。公家的收入增加了，壮丁增加了，实力才会增强，才能够重新当上霸主。"

这三家大夫早就知道智伯瑶想独吞晋国。他所说的"公家"，其实就是"智家"。可是他们三家心不齐，没法儿跟智伯瑶闹翻。智伯瑶派人去向韩康子要方圆一百里的土地和户口，韩康子如数交割了。智伯瑶派人向魏桓子要方圆一百里的土地和户口，魏桓子也如数交割了。智伯瑶就这么增加了方圆二百里的土地和户口。跟着，他又派人去找赵襄子，要方圆一百里的土地和户口，赵襄子可不答应。他说："土地是先人的产业，我怎么也不能送给别人。韩家、魏家他们愿意送，不干我的事，我可没法儿依！"来人回去把赵襄子的话向智伯瑶报告，智伯瑶气得鼻子呼呼地响。他让韩、魏两家和自己一同发兵去打赵家，还答应他们灭了赵家之后，把赵家所有的土地和户口三家平分。

公元前455年,智伯瑶自己率领中军,韩家的军队担任右路,魏家的军队担任左路,三队人马直奔赵家。赵襄子知道寡(guǎ)不敌众,就带着赵家的兵马退到晋阳(在今山西省太原市)城里,打算在那儿死守。这个晋阳城是赵家最坚固的一座城。当初由赵家的家臣董安于一手经营,里面盖了很大的宫殿,宫殿的围墙内部全用苇箔(bó)、竹子、木板做成,外面再用砖和石头砌上。宫殿里的大小柱子全是上等的铜铸成的。所有的建筑又结实又好看。董安于之后,赵家又派家臣尹铎(yǐn duó)治理晋阳城。尹铎注意减轻刑罚,减少官差,因此很得人心。赵襄子一见晋阳城很严实,粮草又充足,老百姓也乐意跟他在一起,他就放心多了。

没有多少日子,三家的兵马就把城围上了。赵襄子吩咐将士们坚决守城,不准交战。每逢三家攻打的时候,城上的箭就好像雨点儿似的,唰唰地落下来,让智伯瑶他们没法儿打进去。晋阳城就这么仗着弓箭守了半年多。可是箭都使完了,怎么办呐?赵襄子为了这个,闷闷不乐。他手下的谋士张孟谈对他说:"听说当初董安于在宫殿里准备了无数的箭,咱们找找去。"这一下可提醒了赵襄子。他立刻叫人把围墙拆去一段,果然里面全是做箭杆的现成材料。又拆了几根大铜柱子,铸成无数的箭头。有了这么多的箭,再使几年也使不完。赵襄子叹息着说:"要是没有董安于,如今上哪儿找这么些兵器去？要是没有尹铎，老百姓哪儿能这么不怕死地守住这座城呐？"

三家的兵马把晋阳城围困了两年多，还没打下来。到了第三年，有一天，智伯瑶正在察看地形的时候，看到晋阳城东北的那条晋水，心里就有了主意了：晋水是由龙山那边过来，绕过晋阳城往下流去；要是把晋水一直引到西南边来，晋阳城不就淹了吗？他就吩咐士兵们在晋水旁边另外挖一条河，一直通到晋阳城，又在上游那边造了一个很大的蓄水坑。在晋水上筑起坝来，拦住上游的水。这时候正赶上雨季，一连下了几天大雨，蓄水坑里很快就满了。智伯瑶叫士兵们开了个豁（huō）口，大水就直冲晋阳城，灌到城里去了。不到两天工夫，城里的房子多半给淹了。老百姓跑到房顶上和高地上避难。竹排、木头板子都当了筏子。烧火、做饭都在城头上。可是全城的老百姓宁可淹死，不肯投降。

赵襄子叹息着对张孟谈说："民心固然没变，可要是水势再高涨起来，咱们不就全完了吗？"张孟谈说："我总觉得韩家和魏家决不会甘心情愿地把自己的土地让给智家。他们也是出于无奈。依我说，主公多准备小船、竹排、木筏子，再跟智伯瑶在水上拼个死活。我先想办法去见韩康子和魏桓子，探探他们的口气，也许会有办法。"赵襄子当天晚上就派张孟谈偷偷地去跟两家相商，约他们反过来，一同去打智伯瑶。要是韩康子和魏桓子能够同意的话，赵襄子就有救了。

第二天，智伯瑶命令下来，叫韩康子和魏桓子一同去察看水势。他指着晋阳城挺得意地对他们说："我用不着交战就会得胜，我能够叫这条晋水替我消灭赵家。你们看，晋阳不是就快完了吗？早先我以为晋国的大河像城墙一样可以拦住敌人。照晋阳的情形来看，水能灭国，大河反倒是个祸患了。你们看看：晋水能够淹晋阳，汾水就能淹安邑（魏家的大城，在今山西省夏县西北），绛水也就能淹平阳（韩家的大城，在今山西省临汾南），是不是？哈哈哈！"韩康子和魏桓子连连答应着说："是，是，是。"智伯瑶见他们答话有点儿慌里慌张，好像挺害怕的样子，自己才觉得说漏了嘴。他忙赔着不是说："我这个人呐，是个直心眼儿，有一句说一句，你们可别多心！"他们两个人又点头哈腰地说："是，是！您是顶天立地的英雄。我们能够跟着您，蒙您抬举，真是非常荣幸了。"他们嘴里尽管这么说，心里可恨透了智伯瑶，决定要跟着赵襄子干了。

第三天晚上，约莫四更天，智伯瑶正在自己的营里睡着，猛然间听见了一片喊杀的声音。他连忙从卧榻上爬起来，衣裳和被子已经湿了，兵营里全是水。他还以为堤坝开了口子，大水灌到自己营里来了，赶紧叫士兵们去抢修。不大会儿工夫，水势越来越大。智伯瑶的家臣豫（yù）让带着水兵，扶着智伯瑶上了小船。

智伯瑶在月光下回头一瞧，就见士兵们在水里一起一沉地挣扎着，这才明白敌人把水放过来了。正在惊慌不定的时候，四面八方都响起了战鼓声。赵家、韩家、魏家三家的士兵都驾着小船、竹排、木筏子，一齐冲杀过来，见了智家的士兵就连打带砍，一点儿不放松。当中还夹杂着喊叫的声音："别放走了智伯瑶！拿住智伯瑶的有赏！"智伯瑶对豫让说："原来那两家也反了！"豫让说："别管他们反不反，主公赶紧杀出去，上秦国去借兵！我留在这儿豁出死命对付他们。"说着，他跳上木筏子，杀散敌人，叫大将智国保护着智伯瑶逃跑。

智国保护着智伯瑶，坐着小船一直向龙山那边划去。这一带没有追兵，智伯瑶才喘了口气。他们好不容易把船划到了龙山跟前，急急忙忙爬上了岸。幸亏东方已经发白了，他们顺着山道走去，跑了一阵子，略略宽了宽心。不料刚一拐弯儿，迎头就碰见了赵襄子！赵襄子早就料到智伯瑶准从这条路上跑，预先带领一队兵马在那边埋伏着。他当时就逮住了智伯瑶，砍下他的脑袋。智国自己抹脖子自杀了。

三家的兵马合到一块儿，把沿着河边的堤坝拆了。大水仍旧流到晋水里去，晋阳城又露出旱地来了。赵襄子安抚了晋阳居民之后，向韩康子和魏桓子道谢。他们宣布智伯瑶的罪恶，就照古时候的习惯，把智家的男女老少杀得一个不剩。韩家和魏家的方圆一百里土地和户口，当然由各人收回去。智家的土地和户口，他们就三家平分了。

韩康子、赵襄子和魏桓子三家灭了智伯瑶，都想趁着这个时候把晋国分了，可是这么大的事情也不能说干就干，总得找个恰当的时机才好。到了公元前438年，晋国的国君晋哀公死了，儿子即位，就是晋幽公。韩康子、赵襄子、魏桓子他们见新君软弱无能，就商定了平分晋国的办法。他们把晋国的绛州和曲沃（wò）两座城给晋幽公留着，别的地界三家私下就瓜分了。这一来，韩、赵、魏三家就称为"三晋"，各自独立。晋幽公只好在三晋的势力之下凑合活着。他不但不能把三晋当作晋国的臣下看待，反倒要一家一家地去朝见他们，地位就这么颠倒过来了。

公元前425年，赵襄子得重病死了。就在这一年，韩康子和魏桓子也都病死了。这三家的继承人叫赵籍、韩虔（qián）和魏斯。他们合在一起商量，打算撇开晋国，自己正式做诸侯。

公元前403年，韩、赵、魏三家打发使者上成周（周天王住的地方，在今河南省洛阳市东北）去见周威烈王，要求他把他们三家加在诸侯的名册上，还说："韩虔、赵籍、魏斯都因为尊敬天王，才来禀告。只要天王正式封他们为诸侯，他们就能辅助天王。"周威烈王一想，不认可也是没用，就封韩虔为韩侯，魏斯为魏侯，赵籍为赵侯。

这新起来的三个诸侯马上就宣布了天王的命令，各自立了宗庙,向列国通告。各国诸侯都来给他们贺喜。只有秦国因为不跟中原诸侯来往,中原诸侯还是把它当戎族看待。秦国当然就没派人来。

晋幽公之后,到了他孙子的时候,三晋干脆把这个挂名的国君也废了,让他去做个老百姓。从此,晋国的统治系统就断了,以后只有韩、赵、魏三国,连晋国这个名称也不用了。

用人不疑

"三晋"立国以后，开始最强盛的要算魏国了。魏文侯魏斯一个劲儿地搜罗人才，兴修水利，改进耕种的方法，还实行粮食平籴（tiào），就是逢到熟年，公家把粮食照平价买进；逢到荒年，公家把粮食照平价卖出。这么一来，不管年成好不好，粮价总是平稳的，农民生活比以前安定了，生产发展就比较快。

魏国渐渐强盛起来，魏文侯就决心要去收服中山国（今河北省定州市）。中山国在魏国的东北边，原来是晋国的属国。自从三家分晋之后，中山国向谁也没进贡。魏文侯怕赵国或是韩国把中山国夺过去，就打算先下手。再说中山国国君荒淫无道，对待老百姓非常凶暴，魏文侯更觉得有理由发兵去征伐。有人推荐一个文武双全的人叫乐（yuè）羊，说请他当大将，一定能够把中山收过来。可是另外有些人反对说："不行！乐羊的儿子乐舒，如今正在中山做大官。咱们不能叫他去打中山，太不让人放心了。"魏文侯就派人去探听，才知道乐羊很有见识。他儿子乐舒曾经奉了中山国国君的命令去请他。乐羊不但不去，还叫他儿子离开中山国，说中山国的国君荒淫无道，跟他在一块儿必然自取灭亡。魏文侯没再犹豫，就派人把乐羊请了来。

魏文侯对乐羊说："我打算派你去征伐中山国，可是听说你的儿子在那边，怎么办呐？"乐羊说："大丈夫为国立功，决不能为了父子的私情不顾公事。我要是不能把中山国收服过来，情愿受处分！"魏文侯挺高兴地说："你这么有把握，好极了。我就用你，相信你。"乐羊很感激国君这么信任他，要求马上发兵。

公元前408年，魏文侯拜乐羊为大将，西门豹（姓西门，名豹）为副将，率领五万人马去进攻中山国，中山国国君姬窟（kū）派大将鼓须带领一大队兵马迎上来，不让魏兵过去。两边打了一个多月，也没见胜败。后来乐羊和西门豹拿火攻的法子把鼓须打败了，一直追到中山城下。

中山国大夫公孙焦对姬窟说："乐羊是乐舒的父亲，主公不如叫乐舒去要求乐羊退兵。"姬窟就叫乐舒去说。乐舒推辞说："早先我奉了主公的命令去请我父亲，他坚决不肯来。如今我们父子两个各有主人，他决不会答应我。"姬窟逼着他去说，还吓唬他说："你不去，我先要了你的命！"乐舒只好上了城门楼子，请他父亲跟他见面。乐羊一见乐舒，就骂他："你就知道贪图富贵，不知道进退，真是没出息的奴才！赶快去告诉昏君早点儿投降，他还能活命，你还能见我。要不然，我先把你杀了。"乐舒央告说："投降不投降在于国君，我不能做主。我只求父亲暂时别再攻打，让我们商量商量。"乐羊说："这么着吧，给你一个月的期限，你们君臣早点儿打定主意。"乐羊下令把中山城围住，不许攻打。

姬窟认为乐羊心疼自己的儿子，决不会急着攻城。他仗着中山城结实，城里粮草又充足，不打算投降。一晃儿，一个月过去了。乐羊就准备再攻城。姬窟又叫乐舒去求情，再宽限一个月。他还想到外边去请救兵。可是乐羊把中山城围了好几层，城里的人没法儿出去。就这么打也不打，降也不降，只叫乐舒一再请求乐羊放宽期限。

几个月又过去了，魏国朝廷里有不少人议论纷纷，说乐羊为了儿子不加紧攻打，中山国就别想收服了。魏文侯不说话，只接连不断地打发人去慰劳乐羊，还告诉他，国君正在替他盖房子，预备等他得胜回朝的时候，送给他住。乐羊非常感激，可就是按兵不动。西门豹也着急起来了，对乐羊说："将军还打算不打算攻打中山国？"乐羊说："没有的话。我两次三番答应中山国国君放宽期限，让他两次三番失信，为的是让老百姓知道谁是谁非。我可不是为了乐舒一个人，为的是要收服中山国的民心。"西门豹听了，这才放心。

又过了一个月，中山国国君还不投降。乐羊可就开始攻城了。姬窟眼瞧着中山城守不住，就叫公孙焦把乐舒绑在城门楼子上，准备杀他。乐舒朝城下嚷着说："父亲救命！"中山国的大夫公孙焦对乐羊说："赶快退兵，你儿子还能活命；你要是再攻城，我们可就要拿他开刀了！"乐羊骂乐舒说："你当了大官，不能劝告国君改邪归正，又没法儿守城，投降又不投降，抵御又不抵御，还像个吃奶的孩子叫唤什么？"他拿起弓箭来，准备射上去。公孙焦叫人把乐舒拉下来。他对姬窟说："乐舒的父亲向咱们进攻，乐舒也不能说没有罪呀。"姬窟就下令把乐舒杀了。

公孙焦看着乐舒的尸首，想出了一个主意来。他对姬窟说："咱们把乐舒的尸首煮成肉羹（gēng），给乐羊送去。他见了儿子的肉羹，必定难受，也许悲伤得神魂颠倒，就没有心思再打仗了。"姬窟依了公孙焦的话，打发人把乐舒的肉羹给乐羊送去，还对他说："小将军不能退兵，我们把他杀了，做了一罐肉羹送给你！"乐羊气得头顶冒火儿，指着瓦罐骂着说："你侍奉无道昏君，早就该死！"他把瓦罐狠狠地往地下一摔，嚷着说："你们会做肉羹，我们的兵营里也有大锅，正候着你们的昏君呐！"

乐羊恨不得把中山城一口吞下肚去。他命令将士加紧攻城，等到撞开了城门以后，他带头冲了进去。姬窟急得没有办法，只好自杀了。公孙焦出来投降，乐羊数说他的罪恶，把他杀了。接着，乐羊安抚了中山的百姓，废除了姬窟定下的一些暴虐的法令，叫西门豹带着五千人留在中山，自己率领大队人马回魏国去了。

乐羊到了魏国的都城安邑城外，就瞧见魏文侯在那儿等着他。魏文侯慰问他说："将军为了国家，舍了自己的儿子。我真过意不去。"乐羊献上中山国的地图和战利品。大伙儿都称赞乐羊，魏文侯请他到宫里去喝酒。乐羊因为立了大功，谁都向他表示钦佩，他不由得显出有些骄傲的神气来了。宴会完了，魏文侯赏他一只箱子，箱子上下封得挺严。乐羊一看，心里想不是黄金，就是白玉。他想，大概魏文侯怕别人见了引起忌妒，才这么封着。他越想越得意，当时就叫手下的人很小心地把箱子搬到家里去。

乐羊赶紧回到家里，打开箱子一瞧，愣了。箱子里装的不是什么宝贝，全是朝廷里大臣们的奏章！他随便拿起一份奏章来瞧瞧，上面写道："乐羊连打胜仗，中山眼看就能攻下来了，但是为了乐舒的一句话就不再攻。父子私情，于此可见。"他又拿起一份奏章，上面写着："主公如不召回乐羊，恐怕后患难防。"其余的奏章大都写着："再让乐羊留在中山，怕是连五万大军也要断送了。""当初拜乐羊为大将，已经错了主意。""人情莫过于父子，乐羊怎么能忍心伤害自己的骨肉？"乐羊一边看一边掉着眼泪，心说："想不到朝廷中有这么些人在背后毁谤我！要是主公不能坚决地信任我，我哪儿能成功呐？"

　　第二天，乐羊上朝谢恩。魏文侯要封他，乐羊再三推辞说："中山能够打下来，全是主公的力量。我有什么功劳可说？"魏文侯说："倒也是，除了我，没有人能够这么信任你；可是除了你，也没有人能够这么收服中山。你辛苦了。我封你为灵寿君。"乐羊谢了国君，就动身到封地灵寿（原属中山国，在今河北省灵寿县西北）去了。

河伯娶妇

魏文侯想起中山离着本国太远，必得派自己人去守才放心。他就封太子为中山侯，去把西门豹替换回来，要西门豹去守另一个重要的地方——邺城（在今河北省临漳县西南；邺 yè）。邺城夹在韩国和赵国当中，西边是韩国的上党（在今山西长治），北边是赵国的邯郸（在今河北省邯郸市；邯郸 hán dān）。这么重要的地方非派个像西门豹那样有本领的人去管理不可。

西门豹到了邺城，一瞧那地方非常荒凉，人口也挺少，好像刚打过仗，逃难的居民还没回来似的。他就把当地的父老们召集到一块儿，跟他们随便聊聊天。他问："这地方怎么这么荒凉？老百姓一定很苦吧？"父老们回答说："可不是嘛。河伯娶妇，害得老百姓快逃光了。"西门豹摸不清是怎么回事，忙问："河伯是谁？他娶媳妇儿，老百姓干吗要跑呐？"父老说："这儿有一条大河叫漳河，漳河里的水神叫河伯，他最喜爱年轻的姑娘，每年要娶一个媳妇儿。这儿的人必须挑选模样好的姑娘嫁给他，他才保佑我们。要不然，河伯一不高兴，就兴风作浪，发大水，把这儿的庄稼全冲了，还淹死人呐。您想可怕不可怕？"西门豹说："这是谁告诉你们的？"大家说："还有谁呐？就是这儿的巫婆。她手底下有好些女徒弟，当地的里长和衙门里的差役又跟她连在一起，出头给河伯挑媳妇办喜事，每年要我们拿出好几百万钱。喜事办下来，大概也得花二三十万，其余的就全都装到他们的腰包里去了。"

　　西门豹听了很生气，可是他故意装作不明白的样子，说："那也用不着逃跑哇。"父老又解说给他听。他们说："要是单单为了这笔花费，老百姓还不至于逃跑。最怕的是每年春天，我们正要耕种的时候，巫婆打发她手下的人挨门挨户地去看姑娘。瞧见谁家的姑娘长得好一点儿，就说：'这姑娘应当给河伯做新媳妇儿。'这个小姑娘就送了命了！有钱的人家可以拿出一笔钱来赎身。没钱的人家哭着求着，至少也得送他们一点儿东西。实在穷苦的人家只好把女儿交出去。每年到了河伯娶妇那一天，巫婆把选来的那个姑娘打扮起来，把她搁在一只用苇子编成的小船上。那时候岸上还吹吹打打，挺热闹的。然后把小船送到河里，由它随着风浪漂去。大概漂了几里地，连船带新媳妇儿就让河伯接去了。为了这档子事，好些有女儿的人家都搬走了，城里的人当然就越来越少。"

西门豹问："你们这儿老闹水灾吗？"他们说："全仗着每年给河伯娶媳妇儿，还算没碰上大水灾。有时候夏天缺雨，庄稼旱了倒是难免的。要是巫婆不给河伯办喜事，那么，除了旱灾，再加上水灾，日子就更过不了啦。"西门豹说："这么说来，河伯倒是挺灵的。下回他娶媳妇儿的时候，你们早点儿告诉我一声，我也去给河伯道个喜。"

到了河伯娶亲的日子，西门豹带着一队武士跟着父老去"送亲"。当地的里长和办理婚礼的人，没有一个不到的。西门豹还派人去通知一些过去把女儿送给河伯的人家，邀他们都来看看今年的婚礼。远远近近的老百姓都来看热闹，一时聚了好几千人。里长带着巫婆来见西门豹。西门豹一看，原来是个三分像人七分像鬼的老婆子。在她后面跟着二十来个女徒弟，手里拿着香炉、蝇甩什么的。西门豹挺郑重地对巫婆说："烦你叫河伯的新媳妇儿上这儿来，让我瞧瞧怎么样。"巫婆就叫她的女徒弟去把新媳妇儿领来。只见她们搀着一个十四五岁的小姑娘走了过来。小姑娘不停地哭，脸上搽的胭脂花粉有不少已经给眼泪冲掉了。

西门豹对大伙儿说："河伯的媳妇儿必须挑个特别漂亮

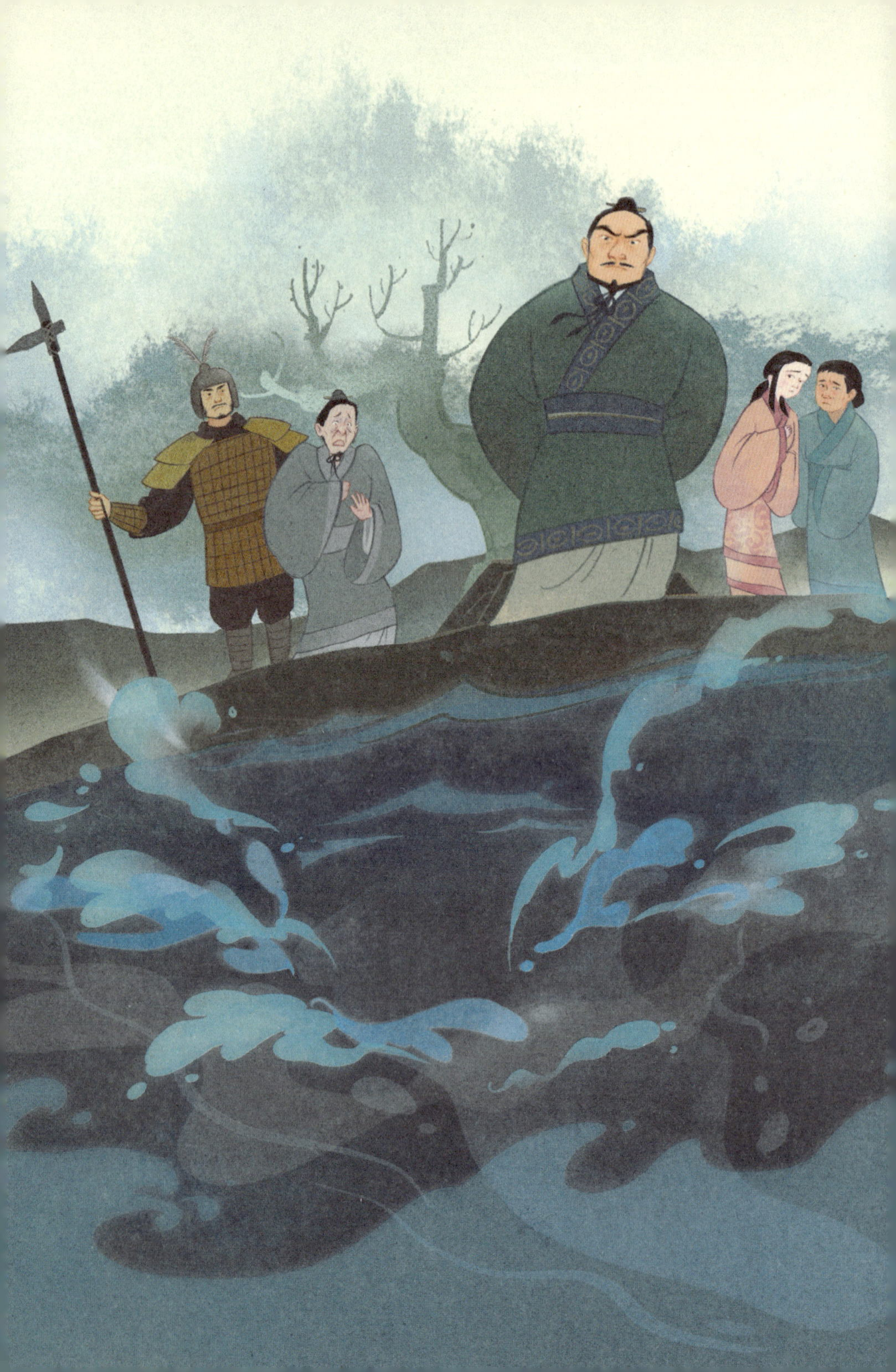

的美人儿。这个小姑娘我瞧还配不上。烦巫婆劳驾,先去跟河伯说:'太守打算另外挑选一个更好看的姑娘,明天就送去。'请你快去快回,我这儿等你回信。"巫婆听了,大叫一声:"我不行啊!"转身就跑。西门豹叫武士们追上去,抄起那个巫婆,"扑通"一声扔到河里去了。岸上的人吓得连大气都不敢出。那个巫婆在河里挣扎了一会儿后,沉下去了。西门豹站在河岸上,恭恭敬敬地等着。站在岸上的人都张着嘴,顺着西门豹的视线望着河心。好几千人都没有声音,只有河里的流水声儿。

过了一会儿,西门豹说:"巫婆上了年纪,不中用,去了这么半天还不回来。你们年轻的女徒弟去催她一声吧!"接着"扑通、扑通"两声,两个领头的女徒弟又给武士们扔到河里去了。大伙儿笑了一声,喊喊喳喳地议论开了。他们一会儿望望河心,一会儿望望西门豹的脸。又过了一会儿,西门豹说:"女人不会办事,还是烦出头办事的善士们辛苦一趟吧!"那几个经常向老百姓勒索的里长正想逃跑,早被一群老百姓拦住,一个一个都给武士抓住了。他们还想挣扎,西门豹大喝着说:"快去,跟河伯讨个回信,赶紧回来!"武士们左推右拽(zhuài),不由分说,把他们都推到水里,一个个喊了一声,眼看都活不成了。旁边看的人有的笑了,有的手指头指着河心,直骂这几个坏蛋。西门豹向大河行个礼,挺恭敬地又等了一会儿。看热闹的人当中有的害怕,有的高兴,有的咬牙，可是谁也不愿意走开，都要看个究竟。

西门豹回头又说："这些人怎么这么久还不回来？我看还是派差役去催一催他们吧！"那一班衙门里的差役听了，吓得脸上连一点儿活人的颜色都没有了，哆里哆嗦地跪在西门豹跟前直磕响头，有的把脑门子都磕出血来了。西门豹大声对他们说："什么地方没有河？什么河里没有水？水里哪儿有什么水神？你们瞧见过吗？罪大恶极的巫婆造谣骗人，这几个里长跟她勾结在一起，搜刮老百姓的钱财，杀害了许多姑娘的性命。你们这些人还跟着他们兴风作浪，助长这种野蛮的风俗！你们害了多少人？应该不应该偿命？"老百姓听了，都高声嚷着说："对，太应该了！这些该死的坏蛋，早就该治罪了。"那一班差役连连磕头，推说都是巫婆干的勾当。西门豹说："如今害人的巫婆已经治死了。往后谁要再胡说八道什么河伯娶妇，就叫他先上河里去跟河伯见面！"大伙儿一起嚷着说："对呀！把他扔到河里去！"

西门豹把巫婆和里长他们的财产都分给老百姓。打这儿起，谁也不敢再提给河伯娶妇的事儿。以前离开邺城的人，听说害人的人给处死了，都纷纷回来了。

西门豹叫水工测量地势，带领邺城一带的百姓开了十二条水渠，用漳河的水灌溉庄稼。这一来，有不少荒地变成了良田，一般的水灾、旱灾很少发生，老百姓安心耕种，收成比以前什么时候都好。邺城安定了，魏国也就越来越富强了。

起死回生

魏文侯叫乐羊收服中山国,叫西门豹治理邺城,这是新兴的魏国两件很成功的大事情。接着,魏文侯又拜当时很出名的一位兵学专家吴起为大将,去镇守西河(地名,不是河名,在今陕西省华阴市、白水县、澄城县一带;位于黄河西边,所以叫西河)。吴起跟孙武同样以兵法出名,所以咱们有时候把他们两个人连着叫"孙吴",他们的兵法也连着称为"孙吴兵法"。

吴起到了西河,立刻下令修理城墙,训练兵马。为了防备秦国,他还修了一座很重要的城,叫吴城。他不但挡住了秦国的进攻,而且转守为攻,打到秦国的地界去,夺了河西的五座城，吓得秦人不敢再到河西这边来。这一来，魏国的名声可就大了。韩国、赵国、齐国都派使者来祝贺，尤其是齐国的相国田和，特别尊重魏文侯，把他当作新起来的霸主。

田和这么尊重魏文侯，有他自己的算盘，他想仗着魏国的势力作为靠山，夺取齐国的统治权。齐国几代国君，对待老百姓非常残酷，剥削重，刑罚严。齐国百姓一年劳动的收入，倒有三分之二都给国君夺去，只能勉强过着半死不活的日子。老百姓要是发些牢骚，怨恨朝廷，动不动就受到砍脚的刑罚。齐国有一种专门卖给被砍了脚的人穿的鞋，叫作"踊"（yǒng）。因为被砍了脚的人实在太多了，市场上卖踊的生意比卖鞋的还好，踊的价钱比鞋的价钱涨得快。老百姓怎么能不痛恨国君呐？

齐国掌权的大夫有五家，就数田家（也叫陈氏，因为古代"田"字和"陈"字是可以通用的）势力最大。从田和的曾祖父手里起，田家为了收买人心，把粮食借给百姓，借出的时候用大斗，收回的时候用小斗。田家还把自己封地里出产的树木、鱼、盐、海螺、蛤蜊等运到各地卖给人家，补贴运费，价钱跟出产地一样。齐国百姓因为痛恨国君，好多人都归向了田家。田家尽力搜罗人才，因此在大夫中占了极大的优势，就把其余的四家大夫都灭了。到了田和做相国的时候，他看时机已经成熟，国内的人都拥护他，国外魏文侯肯尽力帮他的忙，他就干脆把国君齐康公放逐到一个海岛上去了。

齐国整个儿归了田和以后，田和又托魏文侯替他向天王请求，依照当初"三晋"的例子封他为诸侯。那时候周威烈王已经死了，他的儿子即位，就是周安王。周安王答应了魏文侯的请求，在公元前386年，封田和为齐侯，就是田太公。他是新齐国的第一个国君。

田太公做了两年国君，死了。他的儿子田剡（yǎn）即位。后十年，田剡被他的兄弟田午杀害，田午即位，就是齐桓公（和春秋五霸之一的齐桓公小白称号相同）。桓公午第六年，有一位非常出名的民间医生叫扁鹊，回到本国来，桓公午把他当作贵宾招待。扁鹊原来是上古时代黄帝时期（黄帝是传说中的一个帝王）的一位医生。桓公午招待的这位扁鹊是齐国人，姓秦，名越人，比上古的那位扁鹊晚生了两千多年。因为秦越人治病的本领特别大，人们都尊称他为"扁鹊"。后来谁都叫他扁鹊，他原来的名字秦越人，反倒很少人知道了。

扁鹊治病的方法是多种多样的。医药、针灸、按摩都采用，看情况而定。他周游列国，替老百姓治病。到了赵国的都城邯郸，他看到那边的人一般都重视妇女，他就做了妇科大夫，给妇女治病。到了周天王的都城洛邑，他看到那边的人一般都尊敬老年人，他就做了耳目科和治疗神经麻痹

（bì）、风湿病的大夫，给老年人治病。到了秦国的咸阳，他看到那边的人一般都爱护儿童，他就做了小儿科的大夫，给儿童治病。总之，他到了哪儿，哪儿的人最需要看什么病，他就治什么病。

有这么一回事：一家死了人，尸首搁了几天了。扁鹊过去一看，又问明白了病人临死时候的情况，就断定这不是死，而是一种严重的昏迷。扁鹊给"死人"扎了几针，居然把他救活了，又给他吃了些药，把他的病也治好了。人家就都称赞扁鹊，说他能起死回生。他可不同意这个说法。他说他也不能叫死人活转来。他说："这个人本来没有死，生命还在他身上。我不过帮助他把受着压制的生命兴起来就是了。"话虽这么说，人们还是说他治病有起死回生的本领。

这一次，扁鹊见了桓公午，看了看，就对他说："主公有病，病在皮肤，要是不及时医治，病就会厉害起来的。"桓公午挺一挺胸脯，使劲地弯了弯胳膊，说："我没有病。"他送出了扁鹊，对左右说："做医生的就想赚钱，人家没有病，他也想治。"过了五天，扁鹊再见了桓公午，说："主公有病，病在血脉，要是不医治，病准会严重起来的。"桓公午摇摇头说："我没有病。"他有点儿不大高兴。又过了五天，扁鹊特地再来看桓公午。他加重语气说："主公有病，病到了肠胃里，再不医治，病还会加深。"桓公午很不高兴，干脆不搭理他。扁鹊只好退出去了。又过了五天，扁鹊再来看桓公午。他见了桓公午，一句话也没说，就退出去了。桓公午叫人去问他，他说："病在皮肤，用热水一焐（wù）就能好；病到了血脉里，还可以用针灸治疗；病到了肠胃里，药酒还能治好；现在病进了骨髓（suǐ），没法儿治了。"到了第二十天，桓公午真的病倒了。他赶紧派人去请扁鹊，可哪儿也找不到他。桓公午躺了几天就死了。

扁鹊注重医学和治病的经验。他最反对用巫术给人治病。他说："一个人相信巫术，不相信医药，那个病就没法儿治。"这么有本领的民间医生，受到方士和巫婆们的攻击，不必说了，因为他们把扁鹊看成死对头。最气死人的是：他还遭到了大医官的忌妒。秦国有个大医官叫李醯（xī），他知道自己的技术比不上扁鹊，怕扁鹊的名声比自己大，怕自己的名望和地位受到影响，就派人偷偷地跟着扁鹊，把他刺杀了。

桓公午不听扁鹊的话，害病死了。他的儿子田因齐即位，就是齐威王。公元前379年，齐康公死在海岛上，恰巧他没有儿子，原来的齐国断了线。齐国君主本来姓姜，是姜太公的后代。打这儿以后，齐国虽然还叫齐国，可是已经是新兴的田家的齐国了。

不受蒙蔽

齐威王自称"王",而不是以前的"公",也不是"侯"。可他有点儿像当初楚庄王一开头时候的派头,一个劲儿地吃喝玩乐,不把国家大事搁在心上。人家楚庄王"三年不飞,一飞冲天;三年不鸣,一鸣惊人"。可是齐威王呐,一连九年也不飞不鸣。在这九年当中,韩国、赵国、魏国时常来侵犯齐国,齐威王也不着急,打了败仗也无所谓。他还不准大臣们去劝告他。

有一天,有个琴师求见齐威王。他说他是本国人,叫驺(zōu)忌,听说齐威王爱听音乐,特来拜见。齐威王一听是个琴师,就叫他进来。驺忌拜见了国君之后,把琴放好，调好弦儿像要弹的样子，可是他把两只手搁在琴弦上不动了。齐威王问他："你调了弦儿，怎么不弹呐？"驺忌说："我不光会弹琴，还懂得弹琴的一套大道理。"齐威王虽说也能弹琴，可是不知道弹琴还有什么道理，就叫他细细地讲讲。

驺忌就开始讲起了弹琴的一番理论，讲得天花乱坠，越讲越玄（神秘的意思）了。这些话齐威王有听得懂的，也有听不懂的。他听着听着，不耐烦起来了，对驺忌说："你说得挺好、挺对，可是你为什么不弹给我听听呐？"驺忌说："大王瞧我拿着琴不弹，有点儿不乐意吧？怪不得齐国人瞧见大王拿着齐国这张大琴，九年来没弹过一回，都有点不乐意了！"齐威王站起来说："原来先生拿着琴来劝告我。我明白了。"他叫人把琴拿下去，就和驺忌谈论起国家大事来了。驺忌劝他搜罗人才，重用有能耐的人，增加生产，节省财物，训练兵马，好建立霸主的事业。齐威王听得非常高兴，就拜驺忌为相国，让他帮助自己加紧整顿朝廷的事务，管好全国各地的官吏。

齐威王用驺忌做了相国，果然很快就把齐国治理得井井有条。全国上下都说他是个英明的君主。齐威王非常得意，驺忌心里可暗暗担忧。他怕齐威王从此骄傲起来，就想找个词儿提醒提醒他。

有那么一天，驺忌早上起来，穿好衣服，戴上帽子，对着镜子瞧瞧，觉得自己长得很漂亮，心里很得意。他就问他的妻子说："我跟城北的徐公比起来，哪个漂亮？"原来那位徐公漂亮出了名，全国的人都把他当作美男子。听驺忌这么一问，他的妻子说："徐公哪儿比得上您呐！"驺忌不大相信，又问他的小妾："我跟徐公比，到底哪个漂亮？"那个小妾说："徐公怎么能跟您比呐？当然是您漂亮了。"

过了一会儿，来了一位客人，两个人就坐着谈天。那位客人是来向驺忌借钱的。谈话当中，驺忌问他："我跟徐公比，哪个漂亮？"那个客人说："您漂亮，徐公比不上您！"

第二天，巧极了，城北徐公来访问驺忌。驺忌一看徐公，愣了。天下真有这么漂亮的男子！他觉得自己比不上徐公。他偷偷地照照镜子，再瞅瞅徐公，照照瞧瞧，越发觉得自己比徐公差得远了。

到了晚上，驺忌躺在床上琢磨来琢磨去，到底给他悟出了一个道理来。第二天一清早，他去见齐威王，把他是怎么问的，妻子、小妾、客人是怎么答的，自己怎么和徐公比美，说了一遍。齐威王听得笑了起来，问驺忌说："那么你自己说说看，你跟徐公相比，到底谁漂亮呐？"驺忌说："我哪儿比得上徐公呐！我的妻子说我美，是因为她偏向着我；我的小妾说我美，是因为她平日怕我；我的朋友说我美，是因为他有事情向我要求。"齐威王点点头："你说得很对。听了别人的奉承话，是得好好想一想，要不就可能受到蒙蔽。"驺忌说:"是呀,我想齐国有一千多里土地,一百二十个城邑。王宫里的美女和伺候大王的人,没有一个不想讨大王喜欢的;朝廷上的臣下,没有一个不害怕大王的;全国各地的人,没有一个不想得到大王的照顾。从这些情况来看,大王是很容易受到蒙蔽的。"

齐威王听了驺忌的话,觉得很有道理。他立刻下了一道命令:"不论朝廷大臣、地方官吏,还是老百姓,能当面指出我的过错的,得上等赏;能用书面指出我的过错的,得中等赏;就是在背后议论我的过错,也给他下等赏。"

驺忌不但这么规劝齐威王,还细心查问各地的官吏,要弄清楚他们办事办得怎样。朝廷里的很多官员回答他说:"中等的太多了,不知道从哪儿说起。我们只知道太守里头最好的是阿城(在今山东省阳谷县东北)大夫,最坏的要数即墨(在今山东省平度市东南)大夫了。"驺忌就照样告诉了齐威王。齐威王问起自己的左右,也有不少人说阿城大夫是太守里头数一数二的好人,说那个即墨大夫是太守里头的败类。齐威王只怕受到蒙蔽,暗地里派人到阿城和即墨去实地调查,到了儿让他知道了真实情况。

过了不久,齐威王把阿城大夫和即墨大夫召回来。朝廷上的大臣们一琢磨,这还用说吗,一定是叫阿城大夫来领赏,叫即墨大夫来受处分。那些给阿城大夫说好话的都暗暗高兴,阿城大夫升了官,他们也有好处。那个不懂人情世故、默默无闻的即墨大夫，准得被撤职查办了。

就在那天，文武百官都来朝见齐威王。齐威王叫即墨大夫上来。众人瞧见殿上放着一口大锅，烧着满满一锅开水，都静悄悄地站着，替即墨大夫捏着一把汗。齐威王对即墨大夫说："自从你到了即墨，天天有人告你，说你怎么怎么不好。我就派人上即墨去调查。他们到了那边，就瞧见地里长着绿油油的庄稼，老百姓安居乐业。这都是你治理即墨的功劳。你一心一意办事，不来跟这儿的大官们联络，也不送礼给这儿的人，他们就天天说你的坏话。像你这种老老实实、勤勤恳恳、不吹牛、不拍马屁的大夫，咱们齐国能找得出几个呐？今天我特意叫你来，加封你一万家户口的俸禄！"

那些说即墨大夫坏话的人，都觉得自己脸上热乎乎的，脊梁骨冒着凉气，恨不得钻到地底下去。

齐威王回头对阿城大夫说："自从你到了阿城，天天有人夸奖你，说你怎么怎么能干。我就派人到阿城去调查。他们到了那边，就瞧见庄稼地里长满了野草，老百姓面黄肌瘦，连话都不敢说，只暗地里叹气。这都是你治理阿城的罪恶！你为了欺压小民，装满自己的腰包，接连不断地给我手下的人送礼，叫他们替你说好话。他们就恨不得把你捧上天去。像你这种专仗着行贿（huì）、巴结上司的贪官污吏，要是再不惩办，国家还成体统吗？把他扔到大锅里去！"

武士们就把阿城大夫扔到大锅里煮了。这么一来，吓得那些受过阿城大夫好处的人好像自己也给扔到大锅里一样，一个个站不住了。他们一会儿换换左脚，一会儿换换右脚，一会儿擦擦脑门子上的汗珠，一会儿挠挠脖颈（gěng），愁眉苦脸地站在那儿。

齐威王回头叫那些平日颠倒是非的人过来，责备他们说："我在宫里怎么能知道外边的事情？你们就是我的耳朵、我的眼睛。可是你们贪赃受贿，昧着良心，把坏的说成好的，把好的说成坏的。这不是比堵住了我的耳朵更坏吗？你们简直是打算扎瞎我的眼睛！我要你们这些臣下干什么？快把他们都给我煮了吧！"

这十几个人吓得跪在地下直磕响头，苦苦地哀求着。齐威王就挑了几个最坏不过的，把他们办了罪。这么一来，贪官污吏都害怕了。他们担心国君暗地里派人来调查，怕自己给扔到大锅里去。有的确实不敢再为非作歹了；有的不敢再在齐国待着，跑到别国去了。

驺忌又对齐威王说："从前齐桓公、晋文公当霸主，都是借着天王的名义号召列国诸侯的。当今周室虽说是衰弱了，可是还留着天王的名义。大王要是去朝见天王，奉了他的命令去号令诸侯，就能当上霸主了。"齐威王撇着嘴说："我已经称为王了，哪儿还能去朝见另一个王呐？"驺忌说："他是天王啊。只要在朝见的时候，您暂且称为齐侯，天王必然高兴，您还不是要怎么着就怎么着吗？"齐威王就亲自上成周去朝见了周烈王。周烈王果然挺高兴的,赏给他几件珍宝。齐威王从成周回来,沿路都是称赞他的,乐得他满面笑容,装着一肚子的得意回到齐国。

商鞅变法

　　三家分晋，兴起了魏、赵、韩三个诸侯国；田氏做了诸侯，姓姜的齐国变成了姓田的齐国。这四个国家都是新起来的诸侯国。这前后，有好些个小国都给大国兼并了。宋国和鲁国虽说没被兼并，可默默无闻的，自己也承认是弱国。越国自从勾践死了之后，慢慢地衰败了，在南方的地位又给楚国夺了去。到这时候，有实力的大国只剩下七个，就是：齐、楚、燕、秦、赵、魏、韩。历史进入了战国时期，这七国称为"战国七雄"。

　　齐威王朝见了天王之后，楚、魏、赵、韩、燕五国公推他为霸主。只有秦国在西方，中原诸侯还是把它当作戎族看待,没跟它来往。秦国在政治、经济、文化各方面也确实比中原诸侯国落后,又让新兴的魏国夺去了河西一大片地方。这种形势逼得秦国人着了急,不得不进行改革了。

公元前362年,秦国的新君秦孝公即位。秦孝公打算向中原扩张势力。他首先搜罗人才,就下了一道命令说:"不论是本国人还是外来的客人,谁要是能想办法叫秦国富强起来,就重用他,封给他土地和户口。"这么一来,不少有才干的人跑到秦国来找出路了。

秦孝公这道搜罗人才的命令,吸引了一个卫国的贵族叫卫鞅(yāng)的。他跑到秦国,托人引见,得到了秦孝公的重用。卫鞅对秦孝公说:"一个国家要打算富,必须注重农业;要打算强,必须奖励将士;要打算把国家治好,必须有赏有罚。有赏有罚,朝廷才有威信,改革也就容易了。"秦孝公完全同意,就叫他制订改革制度的计划。

秦国的贵族和大臣们一听到秦孝公重用卫鞅,打算改革制度,要把农民和将士的地位提高,都起来反对,弄得秦孝公很为难。他完全赞成卫鞅的办法,但是反对的人这么多,自己刚即位,怕闹出乱子来,只好把改革制度的事暂时搁一搁再说。过了两年多,他越想越觉得改革制度对秦国有好处,自己的君位也坐稳了,就拜卫鞅为左庶长(秦国官职名;庶shù),对大臣们说:"从今天起,改革制度的事全由左庶长拿主意。谁违抗他,就是违抗我!"那些反对的人听了这道命令，脖子短了一截，不敢再说话了。

公元前359年（秦孝公三年），卫鞅起草了一个初步改革的法令，送给秦孝公看。秦孝公完全同意，叫他去发布告，让全国的人都依着新法令办事。卫鞅只怕老百姓不信任他，不把新法令当作一回事儿，就叫人在南门立了一根木头，出了一个命令："谁能把这根木头扛到北门去，赏他十两金子。"

一会儿工夫，南门口围上了一大堆人，大伙儿交头接耳，议论纷纷。有的说："这根木头谁都拿得动，哪儿用得着十两金子？"有的说："这大概是左庶长成心跟咱们开玩笑。"大伙儿瞧瞧木头，又瞧瞧别人，都想瞧瞧谁有这傻劲儿去上当。卫鞅听说净是瞧热闹的，没有一个肯扛的。他一下子就把赏加成五倍，说："谁能把这根木头扛到北门去，赏他五十两金子。"没想到赏金越高，看热闹的人越觉得不近情理。大伙儿对这根木头连碰都不敢碰，更别说扛了。

正在大伙儿疑神疑鬼的时候，忽然人群里钻出一个人来。他歪着脑袋打量打量那根木头有多沉，就说："我扛得动，我去扛！"他真把木头扛起来就走。大伙儿闪开一条道儿，好像小孩儿们看耍猴儿似的，嘻嘻哈哈跟在后头，一直跟到北门。卫鞅叫人传话，对扛木头的说："你听从朝廷的命令，真是个奉公守法的好人。"当时就赏给他五十两黄澄澄的金子，一两也不少。瞧热闹的人一见他真得了赏，都愣了。他们都后悔刚才没扛,错过了机会。要是明天再有木头,傻蛋才不扛呐!这件新闻立刻传了开去,一下子全国都知道了。老百姓都说:"左庶长真是说到哪儿应到哪儿,他的命令就是命令。"

第二天,大伙儿又跑到城门口去看有没有木头。这回换了个新花样,木头没有了,在立木头的地方立着一个挺大的告示。他们都不认得字,看了也不懂,好在有个小官儿念给他们听。念出来的东西也有听得懂的,也有听不懂的,有的话觉得很好,有的话不怎么好。可是他们知道左庶长的命令就是命令,都得服从。新的法令一共就三条:

一、实行保甲制度。每五家人家编为"一伍",十家编为"一什"。一伍一什互相监督。一家有罪,其余九家应当告发。不告发的和罪人同样有罪,告发的和杀敌人同样有功。每个居民必须领取居民凭证,没有凭证的不能来往,不能住店。

二、奖励杀敌立功。官职的大小和爵位的高低,拿杀敌多少和立功大小作为标准。杀一个敌人记功一分,升一级。功劳大的地位高。田地、住宅、车马、奴婢、衣服等,随地位的高低分等级享受。没有在军事上立过功的人,就是有钱也不得铺张。贵族也得看打仗的功劳定爵位的高低。

三、奖励农业生产。老百姓多生产粮食和布帛(bó)的,免除官差;凡是为了做买卖和因为懒惰而贫穷的,连同妻子、儿女一概没入官府为奴婢。弟兄到了成年就应当分家,各立门户,各交各的人头税。不愿分家的,每个成人加倍付税。

新法令公布之后,秦国发生了老大的变化。首先是没有军功的贵族领主失去了特权,他们即使有钱,也不过是个富户,在政治上没有地位。立军功的有赏,最高的赏是封侯。但是封了侯也只能在封地里征收租税,可不能直接管理老百姓。这么一来,贵族领主制度的秦国,从此以后变成了地主制度的秦国了。这么巨大的变化不能不引起贵族领主的反对。秦孝公坚决地信任卫鞅,分别处罚了那些反对新法的大臣。

这么过了三年,老百姓开始认识到新法的好。生产增加了,生活也有所改善。老百姓最满意的是增加生产可以免除官差这一条。大家宁可多努力耕种和纺织,多生产粮食和布帛,谁也不愿意离开家庭、田园、妻子、儿女,被征发到远地去当差。将士们呐,因为提高了待遇,立了军功就能升级,谁都愿意做个勇敢的战士。

秦国自从卫鞅变法以后,农业生产增加了,军事力量强大了,连着进攻魏国的西部,从河西打到河东,把魏国的都城安邑也打了下来。公元前350年,原来算是头等强国的魏国不得不跟秦国讲和。秦孝公为了进一步变法,也愿意让些步,和魏惠王开了个会议,订立了盟约,把河西大部分的地方和安邑退还给魏国。秦孝公用的这是长线放远鹞（yào）的手段。魏惠王认为秦孝公心眼儿好，真够朋友，就不再担心秦国来侵犯了。

秦孝公看变法的初步计划取得了成功，跟魏惠王订立盟约之后，他就叫卫鞅实行更大规模的改革，最重要的有下列三项：

一、开辟阡陌（qiān mò）封疆。"阡陌"本来是供兵车来往的田间大路。春秋时代打仗多用兵车，到了战国时代，各国打仗大都用步兵、骑兵，很少用兵车了。因此，东方各国早已陆续把阡陌开成了田地。这会儿，秦国除了田间必要的走道以外，把宽阔的阡陌一概铲平，也种上庄稼。"封疆"是贵族领主作为划分疆界和防守用的土堆、荒地、树林、沟渠等等。现在把这些土地也都开垦起来，作为耕种地。谁开垦的土地，归谁所有。田地可以自由买卖。这么做，农业就发展起来了。

二、建立县一级的统治机构。除了领主贵族所占领的封邑以外，在没有建立县的地区，把市镇和乡村合并起来，组织成大县。每县设置一个县令，主管全县的事；县令还有助理，叫县丞。县令和县丞都由朝廷直接任命。这种由朝廷直接统治的地方机构，一共建立了四十一个。

三、迁都咸阳。为了便于向东发展，把国都从原来的雍城（在今陕西省宝鸡市凤翔区；雍 yōng）迁移到了渭河北面的咸阳。

这第二步的大改革当然也有人反对。据说有一回,在一天之内,秦国就杀了七百多个反对改革的人,血把渭河的水都变红了。没想到第四年,太子也犯了法,他居然也批评起新法来了。这真叫卫鞅为难。他对秦孝公说:"国家的法令必须上下一律遵守。要是上头的人不遵守,底下的人可就不信任朝廷了。太子犯法,他的师傅应当替他受罚。"秦孝公叫卫鞅瞧着办去。卫鞅就把太子的两个老师都治了罪:公子虔被割了鼻子,公孙贾的脸上被刺了字。这一来,其余的大臣更不敢批评新法了。

秦国土地广,人口不太多,临近的"三晋"土地少,人口密。卫鞅就请秦孝公出了赏格,叫邻国的农民到秦国来种地,给他们田地和住房。秦国本地人必须服兵役,轮流应征,兵力还有富余。外来的人只要专力于耕种和纺织,完全免服兵役。原来秦国各地的尺有长有短,斗有大有小,斤有轻有重,卫鞅把全国的度(尺的长短)、量(斗的大小)、衡(斤的轻重)规定了一个标准。这样一统一,老百姓交税、纳租、做买卖,都方便多了。

秦国变法之后,仅仅十几年的工夫,就变成了挺富强的国家。周朝的天王周显王打发使者去慰劳秦孝公,封他为"方伯"(一方诸侯的首领)。中原诸侯一看秦国既然富强了,不能再把人家当作戎族看待,就都向秦国贺喜。秦孝公不用说怎么高兴了,对卫鞅更加信任,封卫鞅为侯,把商於(wū)(在今河南省淅川县西南;淅 xī)一带十五个城封给他,称他为商君。卫鞅就叫商鞅了。

那些有心要做霸主的诸侯眼见秦国用了一个卫鞅,变了法,就变成了强国,也学起秦国来,到各处去搜罗人才。

孙膑下山

"三晋"里头的魏国，本来挺强盛。这会儿看秦国超过了自己，魏惠王也学秦孝公的样儿，打算找个"卫鞅"。他花了好些财物来招待天下豪杰。有个本国人叫庞涓（páng juān）来求见魏惠王。他是鬼谷子的门生。这个鬼谷子是个隐士，谁也不知道他的真名。因为在鬼谷隐居，就得了这个怪名字。鬼谷子很有学问，好多人去拜他为师，跟他学习。除了庞涓以外，还有一个叫孙膑的，是孙武的后代，对兵法特别有研究。

庞涓见了魏惠王，把自己的学问和用兵的法子说了一说。魏惠王对他说："咱们的东边有齐国，西边有秦国，南边有韩国、楚国，北边有赵国、燕国。四周都是大国，怎么能在列国之中站得住脚呐？"庞涓说："大王要是让我做将军的话，我敢说，就是把它们灭了也不难，还用得着怕它们吗？"魏惠王很高兴，就拜他为大将。庞涓的儿子庞英和侄儿庞葱、庞茅全当了将军。

这一批庞家将倒是人人卖力气，天天操练兵马，准备跟列国打仗。魏惠王听了庞涓的话，先从软弱的卫国和宋国下手，一连气打了几个胜仗，吓得卫国、宋国、鲁国都去朝见魏惠王，向他低头服软。只有齐国很不服气，不但不去朝见，反倒发兵来攻打魏国。庞涓把齐国的兵马打了回去。打这儿起，魏惠王更加信任庞涓了。

正在这时候，墨子的门生禽滑厘云游天下，到了鬼谷。孙膑像伺候老师似的招待着他，他心里已经很喜欢了，又听了孙膑的谈论，看了他的举动，更觉得他是个人才。墨子一派的人是反对战争的。禽滑厘想：要是孙膑能够下山去做个将军，劝国君注意防守，不让别国打进来，打仗的事就能够减少。他就对孙膑说："你的学问已经很有根底了，就该出去做事，不该老待在山上。"孙膑说："我的同窗好友庞涓初下山的时候跟我约定，他有了事情做，一定替我引见。听说他已经到了魏国，我正等着他的信呐。"禽滑厘惊奇地说："庞涓已经做了魏国的大将，怎么还不来叫你呐？我到了那边给你打听打听吧。"

禽滑厘到了魏国，跟魏惠王说起了孙膑的学问。魏惠王就对庞涓说："听说将军有位同学叫孙膑，有人说他是兵法家孙武的后代，只有他知道十三篇兵法的秘诀。将军为什么不把他请来呐？"庞涓回答说："我也知道孙膑的才能。可有一样，他是齐国人，亲戚本家全在齐国。就算咱们请他来做将军，怕的是他先给齐国打算，那怎么办呐？"魏惠王说："这么说来，不是本国的人就不能用了吗？"庞涓不好意思再反对，就说："大王要叫他来，那我就写信给他吧。"

魏惠王派人拿了庞涓的信去请孙膑，孙膑很高兴地下了山来到魏国，先见过庞涓，感谢他推荐的好意。庞涓就留他住在一起。第二天，他们一块儿去朝见魏惠王。魏惠王和孙膑谈论之后，就要拜他为副军师，跟正军师庞涓一同执掌兵权。庞涓觉得不太妥当。他说："孙膑是我的兄长，再说他的才能比我强。他哪儿能在我的手底下呐？我说，不如暂且委屈他做个客卿，等他立了功，有了威望，我就让位，情愿当他的助手。"魏惠王就请孙膑为客卿。拿职务来说，客卿并没有实权；按地位来说，客卿比臣下要高一等。孙膑非常感激庞涓替他安排得这么周到。两个同窗好友就这么都在魏国做事。

庞涓背地里对孙膑说："你一家人都在齐国，你怎么不把他们接来呐？你既然在这儿做了官，一家人总该团聚在一起。"孙膑掉着眼泪说："你我虽是同学，可是你哪儿知道我家里的事啊！我四岁的时候，母亲死了，九岁的时候，父亲又死了，从小由叔父养大。叔父孙乔当过齐国的大夫，后来田太公把国君送到海岛上去，一些旧日的臣下死的死了，杀的杀了，轰走的轰走了。我们孙家的人也就这么分散了。后来我叔父带着我的叔伯哥哥孙平、孙卓连我一块儿逃到洛阳。谁知道到了那边又赶上了荒年，我只好给人家当使唤人。末了，我叔父和叔伯哥哥也不知道上哪儿去了。我就独个儿流落在外头。直到现在，我是个孤苦伶仃的光杆儿，哪儿还找得到家里的人呐？"庞涓听了记在心里，还直叹气。

大约过了半年光景，有一天，有个齐国口音的人来找孙膑，孙膑问了问他的来历，他说："我叫丁义，一向在洛阳做买卖。令兄有一封信，托我送到鬼谷。我到了那边，听说先生已经做了大官，我才找到这儿来。"说着，拿出信来交给孙膑。孙膑一瞧，原来是他的叔伯哥哥孙平和孙卓来的信。大意说他们从洛阳到了宋国，叔父已经死了，如今齐王正在把旧日的臣下召回国去，他们准备回去，叫孙膑也回齐国去，重新创家立业，好让孙家一族的人团聚在一起。此外，还说了一些个流落外乡，好些年没上坟的话，真是一封悲伤的家信。

孙膑念完之后，哭了一场。丁义劝了他半天，又说："你哥哥告诉我，叫我劝你快点儿回去，大伙儿可以骨肉团聚。在这兵荒马乱的日子里，能够在一块儿，就是苦些也是值得的。"孙膑说："我已经在这儿做了客卿，哪儿能随便走呐？"他招待了丁义，写了一封回信，托他带回去。

没想到孙膑的回信给魏国人搜出来，交给了魏惠王。魏惠王对庞涓说："孙膑想念本国，怎么办呐？"庞涓说："父母之邦，谁能忘怀？要是他回到齐国，当了齐国的将军，就要跟咱们争高低。我想还是先让我去劝劝他。要是他愿意留在这儿的话，大王就重用他，加他的俸禄。万一他不干的话，那么，既然是我荐举来的，大王还是交给我去办吧！"

庞涓辞了魏惠王出来，立刻去见孙膑，问他："听说你接到了一封家信，有没有这回事？"孙膑说："有这回事。我叔伯哥哥叫我回老家去，可是我怎么能离开这儿呐？"庞涓说："你离家也有好些年了，怎么不向大王请一两个月的假，回去上了坟，马上回来，不是两全其美吗？"孙膑摇着头说："我不是没想过，可是我怕大王起疑，不敢提。"庞涓说："那怕什么？有我呐！"

孙膑听了庞涓的话，真就上了个奏章，说是要请假回齐国上坟去。魏惠王正怕他私通齐国，如今他果然要回齐国去，可见他有心背叛魏国了，当时就生了气，骂他私通齐国，叫左右把他押解到军师府庞涓那儿去审问。庞涓一见孙膑受了冤屈，直叨叨自己不该让他去上那个奏章，还安慰他说："大哥不要害怕，我这就给你说说去。"

庞涓当时就出去了。过了一会儿，他慌里慌张地回来，跺着脚对孙膑说："大王十分恼怒,非要把你定死罪不可。我什么话都说到了,再三再四地磕头求情,总算保全了大哥的性命,可是必须把膝盖骨剜（wān）掉,再在脸上刺字。这是魏国的法令,我实在不能再求了。"孙膑哭着说："虽然要受刑罚,总算免了死罪。你这么给我出力,帮我的忙,我一辈子也忘不了你的大恩。"

庞涓叹了一口气,吩咐刀斧手把孙膑绑上,剜去两块膝盖骨。孙膑大叫一声,昏过去了。刀斧手又在他的脸上刺了字。过了一会儿,孙膑慢慢地苏醒过来,只见庞涓愁眉苦脸地给他上药。接着,庞涓叫人把他抬到自己的屋里,一天三顿饭全由庞涓供给,还不断地给他上药、换药。这么过了一个多月,膝盖上的创口好了,可是从此他站不起来,只能爬着走了。

孙膑变成了残废,只好靠着庞涓过日子,心里老觉着对不起人家。有一天,庞涓对他说："大哥,你那祖传的十三篇兵法,能不能凭着记忆写出来？不但能给我拜读拜读,还能传留后世,给你孙家扬名。"孙膑恨不得做点儿事情,好报答报答庞涓。那十三篇兵法,据说是鬼谷先生从吴国得来传给孙膑的,孙膑早就背得滚瓜烂熟。庞涓这么一要求,他就满口答应了。

打这儿起,孙膑开始默写他祖先的兵书来了。可是那个时候,写东西是用漆写在竹简上的,不像现在用墨写在纸上那么方便。再说孙膑心里烦得慌,天天唉声叹气的,哪儿能专心默写呐？写了足有一个多月，还没写出几篇。伺候孙膑的那个奴仆叫诚儿，他见孙膑受了冤屈，倒挺可怜他的，时常劝他歇息，不要老坐着辛辛苦苦地写这个玩意儿。

有一天，庞涓把诚儿叫去，问他："孙膑每天写多少？"诚儿说："孙先生身子不好，躺的时候多，坐的时候少，一天只写三五行。我瞧着他在竹简上写字可费劲啦。"庞涓一听冒了火儿，骂着说："这么慢条斯理的，得要写到什么时候呐！你该催着他，叫他加紧点儿！"诚儿嘴里答应着，心里可不明白。他想："干吗一死儿催他呐？"可巧伺候庞涓的一个手下人来了，诚儿悄悄问他："嗨，小哥！我跟你打听件事儿。军师干吗老催着孙先生写那玩意儿？"那个手下人说："傻瓜，你还不知道吗？军师为了得到这部兵书，才留着他的命。赶到兵书写完，他的命也就完了。你可千万别跟人说！"

诚儿听了，替孙膑捏了一把汗。他就偷偷地告诉了孙膑。孙膑到了这时候才从梦里醒过来，自己遭的罪都是庞涓设计好的。他想："原来庞涓是这么一个人！我哪儿能把兵书传给他呐！唉，我真瞎了眼睛，交上了这么一个人面兽心的东西！"他又想："要是我不写，他一定会弄死我。这怎么办呐？"

他越想越气，越气越没有主意，急得直流眼泪，一下儿闭过气去。等到缓过气来，他瞪着两只大眼睛，连喊带叫，把屋子里的东西全扔在地下,把他写好了的兵书抽了好几片扔在火里烧了,就是有没烧的,可也没有一篇全的了。吓得诚儿赶紧跑去报告庞涓说:"不好了!孙先生疯了!"

庞涓亲自来看孙膑,就见他趴在地下哈哈大笑,笑完了又哭。庞涓叫了他一声,他就冲着他一个劲儿磕头,哭着说:"鬼谷老师,救命啊,救命啊!"庞涓说:"你认错人了,我是庞涓!"孙膑拉着庞涓的衣服不放,嘴里胡喊乱叫。庞涓怕他是装疯,就叫人把他揪到猪圈里。孙膑披头散发,趴在猪圈里睡着了。庞涓暗地里派人给他送饭。那个人小声地对他说:"孙先生,我知道您的冤屈。这会儿我瞒着军师,给您送点儿酒饭来,请吃吧。这是我的一点儿心意。"说着直唉声叹气,还挤出了几滴眼泪。孙膑伸了伸舌头,做着鬼脸,把送来的酒和饭都倒在地下,骂着说:"呸,谁吃这脏东西?我自己做的比你那个好得多了。"说着,他抓了一把猪粪,团成一个圆球,往嘴里塞。庞涓知道了这件事,说:"想不到他真疯了。"

打这儿起,孙膑住在猪圈里,哭一会儿,笑一会儿,有时候爬到外边晒晒太阳,到了晚上又爬到猪圈里去睡觉。庞涓叫人给他一点儿吃的,让他疯疯癫癫地爬进爬出。他还想等孙膑好起来给他写那部兵书呐。要是孙膑到街上去,就有人跟着他。后来庞涓嘱咐地面上的人天天把孙膑到哪儿的情形向他报告。人人都知道孙膑是个疯子,两条腿也不能走道儿,都挺可怜他的。有的人还给他吃的,他高兴了,就吃点儿,一不高兴,嘴里嘟嘟囔囔地唠叨一阵,把吃的倒在身上。他变成个迷离迷糊又脏又可怜的疯子了,知道他的人都替他可惜,说他当初还是不下山的好。

马陵道上

孙膑老躺在街上,有人跟他说话他也不理。有一天,天已经黑了,他觉得有人揪他的衣服。那个人低声地说:"我是禽滑厘,你还认得我吗?我已经把你的冤屈告诉了齐王。齐王打发淳于髡(淳 chún;髡 kūn)到魏国访问,实际是来救你。我们都安排好了,一定把你偷偷地带回齐国去,给你报仇。"孙膑一听禽滑厘来了,眼泪好像下雨似的,吧嗒吧嗒掉下来。他小声说:"你们可得小心,庞涓天天派人看着我。"禽滑厘就给孙膑换上衣服,把他抱上车,那套脏衣服叫一个手下人穿上,让他假装孙膑,披头散发的,两只手捧着脑袋躺在那儿。

第二天，魏惠王招待了齐国的使臣淳于髡，送他一点儿礼物，叫庞涓护送他出境。那天庞涓已经得到了手下人报告，说孙膑还在街上躺着，他挺放心地送着齐国的使臣。淳于髡叫禽滑厘的车马先走一步，自己跟庞涓谈了一会儿天，然后才大大方方地辞别了庞涓，动身走了。过了两天，那个手下人脱去了孙膑的衣服，偷着跑回去了。庞涓手下一见那套脏衣服被扔在那儿，可孙膑不见了，赶紧去向庞涓报告，说是大概跳河死了。庞涓怕魏惠王查问，就说孙膑淹死了。

淳于髡、禽滑厘他们带着孙膑到了齐国，大夫田忌亲自到城外去接他。孙膑到了田忌家里，洗个澡，换了衣服，坐着软轷辘车跟着田忌去见齐威王。齐威王听他谈论兵法，真是只恨没早点儿见面，就要封他官职。孙膑推辞说："我一点儿功劳都没有，怎么能受封呐？再说，庞涓要是知道我回到了本国，一定会来找麻烦。我不如不露面，等大王有用得着我的地方，我一定尽力。"齐威王就让孙膑住在田忌家里。孙膑想去谢谢禽滑厘，哪儿知道他早走了。

孙膑打发人去打听叔伯哥哥孙平和孙卓，可到哪儿找这两个人去？他这才知道那个送信的人原来是庞涓派人冒充的。哪儿有什么家信和上坟的事，全是庞涓使的鬼主意。

公元前353年，魏惠王派庞涓进攻赵国，围住了赵国国都邯郸。赵国的国君赵成侯派使者到齐国去求救，齐威王知道孙膑的才能，要拜他为大将去救赵国。孙膑推辞说："不行。我是个带残疾的人，当了大将给敌人笑话。大王还是请田大夫为大将吧。"齐威王就拜田忌为大将，孙膑为军师，发兵去救赵国。孙膑对田忌说："目前魏国的兵马已经把邯郸围上了，赵国的将士又不是庞涓的对手。咱们此刻去救邯郸已经晚了，不如在半道上等着，传扬出去说是去打襄陵（魏国地名，在今河南省睢县西；睢 suī）。庞涓听到了，一定得往回跑。咱们迎头痛击他一顿，准保能把他打败。"田忌就按着这个计策去做。

果然，邯郸的守军抵挡不住庞涓，投降了。庞涓打发人去向魏惠王报告。忽然听说齐国派田忌打襄陵去了，他着急起来，立刻吩咐退兵。刚退到桂陵（在今山东省菏泽市东北）地界，正碰上齐国的兵马。两下里一开仗，魏兵就败了。庞涓正在心慌意乱的时候，忽然瞧见一面大旗，上面有个"孙"字。庞涓大叫一声："这瘸子果然在齐国，我上他的当了。"这一吓，差点儿把他从车上摔下来，幸亏庞英、庞葱两路兵马赶到，总算把他救了。庞涓逃了活命，可是损失了两万多兵马。齐国大军得胜而归，邯郸又归了赵国。

可是，齐国的相国驺忌怕田忌权力太大，会惹麻烦，就劝齐威王不可把兵权交给他。齐威王起了疑，派人在暗中察看田忌的行动。田忌知道了，索性告了病假，把兵权交了出来。孙膑也辞了军师的职位。

庞涓探听到了这个消息，又抖起精神来了。他说："如今我可以横行天下了。"那时候，韩国早就把郑国灭了，势力大了起来。赵国要报邯郸的仇，就跟韩国约定一块儿去打魏国。庞涓得到了这个消息，请魏惠王先发兵去打韩国。魏惠王仍旧叫庞涓为大将，把全国大部分的兵马都交给他去打韩国。

庞涓带领大军到了韩国，打了几回胜仗，眼瞧着要打到韩国的都城了。韩国接连不断地向齐国求救。公元前343年，齐威王重新起用田忌，拜田忌为大将，田婴为副将，孙膑为军师，发兵五万去救韩国。孙膑又使出他的老办法来了，他不去救韩国，直接去打魏国。

庞涓得到了本国告急的信儿，只好退兵赶回去。赶到他回到魏国的边境的时候，齐国的兵马已经进去了。庞涓看了看齐国军队扎过营的地方，发现了齐国的营盘占了很大的地方，叫人数了数地下做饭的炉灶，足够供十万人吃饭用的。庞涓吓得说不出话来，他想："齐国有十万大军进了魏国的本土，一时里怎么也不能把他们打出去。"

第二天，庞涓带领大军到了齐国的军队第二回扎过营的地方，又数了数炉灶，只有够供五万来人用的了。他想："这是怎么回事？"第三天，继续往回走，他们追到了齐国的军队第三回扎过营的地方，仔细数了数炉灶，就算出大约也就剩下两三万人了。庞涓这才放心了，他笑着说："还好，还好！齐国人都是胆儿小的。"庞涓的侄儿庞葱问他："您怎么知道他们胆小呐？"庞涓笑了笑说："什么事情都得仔细琢磨。我三次数了他们的炉灶，就全明白了。十万大军到了魏国，才三天工夫，就逃了一大半。田忌呀田忌！这回是你自己来送死，看你逃到哪儿去！上回桂陵的仇，这回可得报了。"他就吩咐大军整天整宿地按着齐国军队走的路线追上去。他们一直追到马陵（在今河北省大名县东南），正是天快擦黑的时候。马陵道在两座山的中间，山道旁边就是山涧。这时候正是十月底，晚上没有月亮。庞涓恨不得一步追上齐国的军队，就吩咐大军顶着星星往下赶。

忽然前面的士兵回来报告，说："前面山道给木头堵住了。"庞涓骂着说："这也值得喊叫吗？齐国人打算往北逃回本国去，怕咱们今天晚上追上他们，就堵住了道儿。大伙儿一齐动手把木头搬开不就结了？"庞涓上前亲自指挥士兵搬，就见道旁的树全被砍倒了，只留着一棵最大的没砍。他奇怪为什么单单留着这一棵呐，就上前细细瞧去。那棵树一面被刮去了树皮，露出又光又白的树瓤（ráng）来，上面影影绰绰（chuò）好像还写着几个大字，就是看不清楚。庞涓就叫小兵拿火来照。有几个小兵就点起火把来。庞涓在火光之下，看得非常清楚。上面写的是："庞涓死此树下！"庞涓心里一急，连忙说："哎呀！又上了瘸子的当了！"回头对将士们说："快退！快……"第二个"退"字还没说出来，也不知道有多少支箭，就像下大雨似的，冲他身上射过来，他就这么送了命。原来孙膑成心天天减少炉灶的数目，引诱庞涓追上来，早就算准了庞涓到这儿的时辰。他在左右埋伏着五百名弓箭手，吩咐他们说："一见树下起了火光，就一齐放箭。"

一会儿，山前山后，山左山右，全是齐国的士兵，把魏兵杀得连山道都变成血河了，直闹到东方发白，才安静下来。魏国的士兵不是投降了，就是跑了，那些没投降、没跑了的全都躺在地下，再也起不来了。齐国的军队带着俘虏和战利品从原道回去。走了一程，碰见了魏国后队的兵马，领队的将军正是庞涓的侄儿庞葱。孙膑叫人挑着庞涓的人头给他瞧，庞葱立刻下马跪着求饶。孙膑对他说："我让你一条活路，赶紧回去，叫魏王上表朝贡。要不然，魏国的宗庙也保不住啦！"庞葱连连磕头，捧着脑袋逃回去了。

魏惠王打了个大败仗，只好打发使者向齐国朝贡，韩国和赵国的国君更加感激齐国，都去朝贺。齐国的威名打这儿起就大了起来。相国驺忌告了病假，交出了相印。齐威王就拜田忌为相国，还要加封孙膑。孙膑不愿受封。他亲手把十三篇兵法写出来，献给齐威王，然后辞了官职，隐居起来了。

悬梁刺股

齐国用孙膑的计策大败魏军之后,过了五年(公元前338年),秦孝公得病死了。太子即位,就是秦惠文王。秦惠文王做太子的时候,因为反对过新法,给商鞅定了罪,割去他的师傅公子虔的鼻子,又把另一个师傅公孙贾脸上刺了字。如今他当上了国君,公子虔和公孙贾就得了势了。这一帮人都是商鞅的冤家对头,以前的仇恨可得清算一下。秦惠文王就给商鞅加了个谋叛的罪名,把他用车裂的法子杀了。

秦国杀了商鞅,可并没改变商鞅的法令。在战国七雄里边,最强盛的就数秦国。是联合起来抵抗秦国呢,还是联合秦国来保存自己,东方六国诸侯都不能不考虑这个事,于是出现了"合纵"和"连横"两种主张。"连横"就是说，中原诸侯应当跟秦国亲善，造成东西联盟的局面。从地理上看，东西连成一条横线，所以叫"连横"。"合纵"就是说，中原诸侯应当联合起来一同抵抗西方的秦国，造成南北联盟的局面。从地理上看，南北合成一条直线，所以叫"合纵"（"纵"就是"直"或"竖"的意思）。就在这种时势下，出来了一些"纵横家"，专门爱干这个事，像魏国的公孙衍，就挺有名气，曾经联络韩、赵、魏、燕、楚五国一起进攻秦国，得了胜。还有两个能说会道的政客，借着合纵连横的事儿，追名逐利，东游西说，闹得天下鸡犬不宁。

那个借着合纵出名的人叫苏秦。他是洛阳人，本来没有一定的主张，合纵也好，连横也好，他只打算仗着一张能说会道的嘴，弄到一官半职就行。不论哪个君王，只要给他官做，都可以做他的主子。他想先去见周天王，可是人家不给他在天王跟前推荐，他就改变了主意，上秦国去了。他见了秦惠文王，就说连横怎么怎么好，秦国这样强大，正好一步一步去兼并六国。谁知道秦惠文王自从杀了商鞅之后，就不大喜欢外来的客人。他听完了苏秦的话，挺客气地回绝了他，说："我的翅膀还没长得那么硬，哪儿能飞得高呐？先生的话挺有道理，可是我先得准备几年，等到翅膀硬了，再请教先生。"

苏秦碰了个软钉子，可并没死心，还想叫秦王用他。他费了好多工夫，写了一封长信，帮秦惠文王出主意，去并吞列国。他把这封长信献给秦惠文王。秦惠文王潦潦草草地看了看，就搁在一边。苏秦在秦国耐着性子等了一年多，家里带来的盘缠都花光了，身上的衣服也破旧了，眼瞧着再待下去，吃饭住店的钱也没有了，他只好回家去了。

苏秦回到家里，他的母亲见他这样儿，就责备他说："咱们这儿的人一向不爱做官，做个生意也能赚些钱。你偏不听我的劝，要去做官，花了这么多盘缠，如今怎么样？弄得人不人鬼不鬼地回来！"苏秦没话可说，回头瞧见他媳妇儿坐在机子上织帛，连头也不抬，好像没看见他似的。他只好央告他嫂子说："嫂子，我饿了，给我弄点儿什么吃的吧。"他嫂子翻着白眼儿说："没有柴火！"屁股一扭躲开了。苏秦难受得背过身去，掉了几滴眼泪，心想："一个人穷了，母亲不把他当儿子，媳妇儿不把他当丈夫，嫂子更不必说了。唉！我非争口气不可！"

打这儿起，苏秦就把自个儿关在屋里，天天用功读书。他琢磨着："秦国不用我，还可以去找六国。我拿利害去打动六国的君王，难道他们就没有一个肯用我的？"他一心想做官发财，就开始研究起兵法来了。有时候念书念累了，眼皮黏到一块儿怎么也睁不开。他气急了，骂自己没出息，拿起锥子在大腿上刺了一下（文言叫"刺股"），当时血都流出来了。这一下子，精神可来了，接着又念下去。据民间传

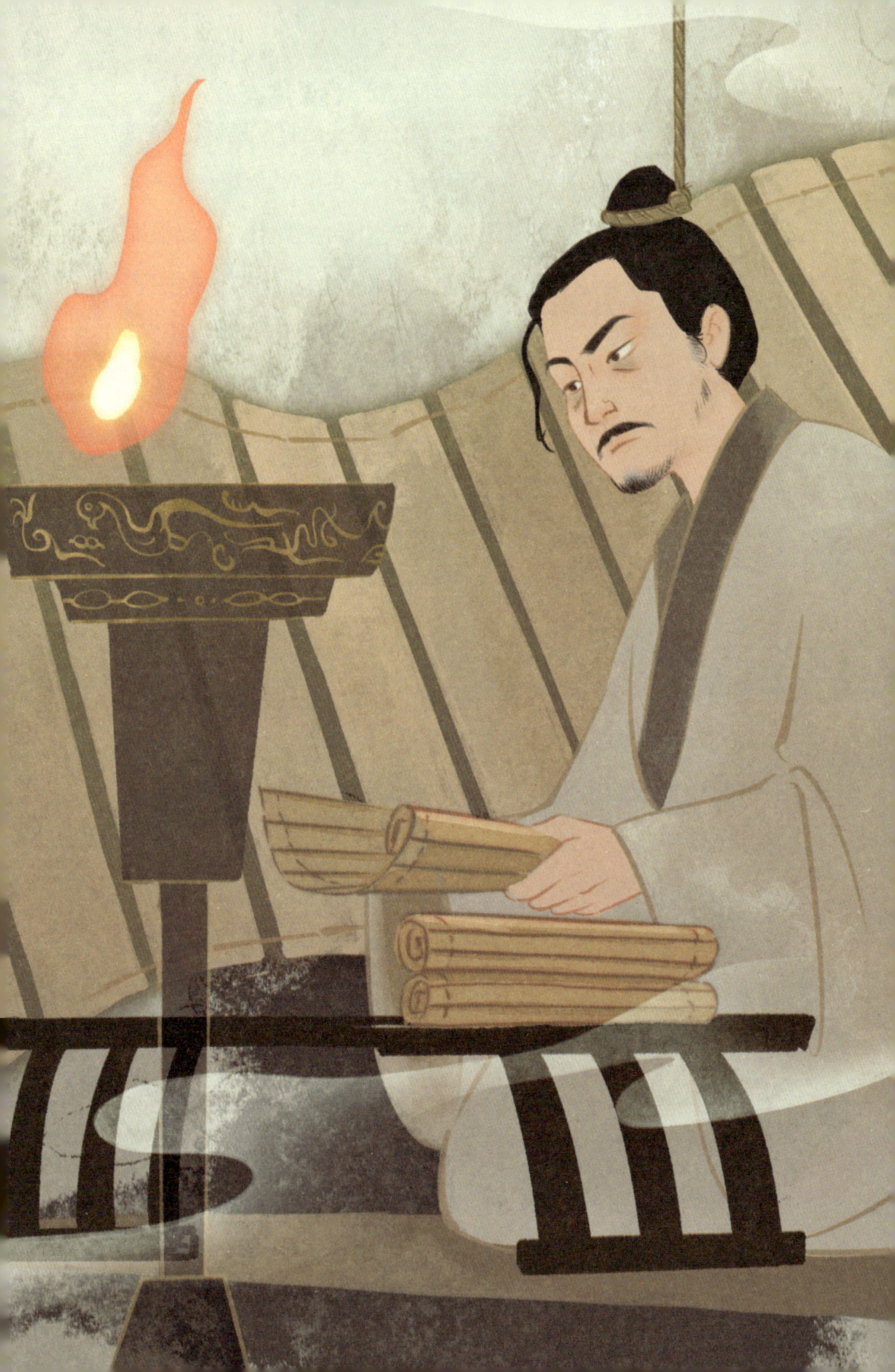

说，苏秦读书有时候太累了，就趴在案头上打起瞌睡。他想办法不让自己打瞌睡，就拿根绳子，一头吊在房梁上，一头拴住自己的头发。他犯了困，脑袋一扑到案头上去，那根绳子就把他揪住。这么脑袋一顿，头发一揪，就把他揪醒了（文言叫"悬梁"；据记载，苏秦曾经"刺股"，而"悬梁"是汉朝人的故事）。他这么悬梁刺股，苦苦地熬了一年多工夫，居然也读熟了姜太公的兵法，记熟了各国的地形、政治情况、军事力量。他还研究了各国诸侯的心理，将来当说客的时候好去迎合他们，说动他们重用自己。

过了些时候，苏秦觉得自己做官的本事准备得差不多了，就跟他兄弟苏代、苏厉商量说："我的学业已经成功了。天下的富贵只要我一伸手就能拿到。要是你们能给我凑点儿盘缠，让我能周游列国，等到我出头了，我一定推荐你们。"他又把姜太公的兵法和中原列国的形势讲给他们听。两个弟弟给他说服了，不光拿出钱来送他动身，他们自己也研究起苏秦的那一套学问来了。

苏秦到了燕国，见了国君燕文公，对他说："燕国虽说有方圆两千里土地、几十万士兵、六百辆兵车、六千多骑兵，可要是跟西边的赵国、南边的齐国一比，就显出力量不够来了。近几年来，赵国强大了，齐国强大了。可是强大的国家老打仗，弱小的燕国反倒太平无事。大王您知道这里头的缘故吗？"燕文公说："不知道。"苏秦说："燕国没受到秦国的侵略，是因为有赵国挡住秦国。秦国离燕国远，就是要来侵犯的话，必须路过赵国。因此，秦决不能越过赵国来打燕国。可是赵国要来打燕国，那就太容易了，早上发兵，下午就能到。大王不跟近邻的赵国交好，反倒把土地送给挺远的秦国，这种做法很不好。要是大王用我的计策，先去跟邻近的赵国订立盟约，然后再去联络中原诸侯一同抵抗秦国。这样，燕国才能够真正安稳。"燕文公很赞成苏秦的办法，就怕列国诸侯心不齐。苏秦说他愿意先去跟赵国商量。燕文公就供给他礼物、路费、车马和底下人，请他去跟赵国接头。

苏秦到了赵国，赵肃侯听到燕国有客人来，亲自去迎接。他对苏秦说："贵客光临，有何指教？"苏秦说："如今中原各国，最强盛的就是赵国，秦国最注目的也就是赵国。可是秦国不敢发兵来侵犯，还不是因为西南边有韩国和魏国挡住秦国吗？可有一样，韩国和魏国并没有高山大河可以防守，真要是秦国派大军去打韩国和魏国的话，这两国很难抵抗。如果韩国、魏国投降了秦国，赵国可就保不住了。我仔细研究了列国的地形和政治，中原列国的土地比秦国大五倍，列国的军队比秦国多十倍。要是赵、韩、魏、燕、齐、楚六国联合起来一同抵抗西方的秦国，还怕打不过它吗？为什么一个一个都断送自己的土地去奉承秦国呐？六国不联合起来，单独地向秦国割地求和，绝不是办法。要知道六国的土地有限，秦国的贪心不足。要是大王约会诸侯，结为兄弟，订立盟约，不论秦国侵犯哪一国，其余五国一同去帮它。这样，一个孤立的秦国还敢欺负联合起来的六国吗？我说咱们不如约会列国诸侯到洹水（又叫安阳河，从山西流到河南；洹 huán）来开个大会，商量共同抗秦的大事。"赵肃侯听了苏秦合纵抗秦的计策，完全同意。他就拜苏秦为相国，把赵国的相印交给他，又给了他一百辆车马、一千斤金子、一百双玉璧、一千匹绸缎，叫他去约会各国诸侯。

苏秦当上了赵国的相国，乐得轻飘飘的，好像在云端里似的。他准备到韩国和魏国去联络。刚要动身的时候，赵肃侯召他入朝，说有要紧的事商议。苏秦连忙去见赵肃侯。赵肃侯对他说："刚才边界上来了报告，说秦国进攻魏国，把魏国打败了，魏王向秦国求和，把河北的十座城割让给秦国了。万一秦国侵犯过来怎么办呐？"苏秦心里吓了一跳，他想：要是秦国军队到了赵国，赵国一定会像魏国一样割地求和，他那合纵的计策不就吹了吗？他做官发财的本钱不就没了吗？苏秦可没显出心慌的样子，很镇静地说："秦国的军队刚打了魏国，已经累了，一时不会打到这儿来的。万一来了，我也有退兵的办法。"赵肃侯说："既是这样，你先别出去。要是秦国的兵马不过来，到那时候你再动身吧。"苏秦只好留下，请赵肃侯加紧准备，防御敌人。

苏秦回到相府里着实担心。末了儿，他想出个法子来：

他要利用一个人，叫秦国不来攻打赵国。可有一层，那个人也非常机灵，哪儿能乖乖地让苏秦利用呐？苏秦必须使出很巧妙的高招儿来才行啊。

攻守同盟

苏秦打算利用的那个人，就是他的同学张仪。张仪是魏国人，也跟当初的苏秦一样，是个穷困潦倒的政客。他求见过魏惠王，魏惠王没用他。他就带着媳妇儿上楚国去求见楚威王。楚威王没见他。末了儿，他投在令尹（楚国的相国叫令尹）昭阳的门下，做了门客。

有一天，令尹昭阳陪同着客人、家臣们在池子旁边的亭子里喝酒。客人当中有一个说："听说咱们大王把无价之宝和氏璧赏给了令尹。令尹的功劳实在大，这份光荣没法儿说。您可不可以把和氏璧拿出来让我们见识见识呐？"昭阳挺得意，就把和氏玉璧交给在场的客人，叫他们挨个儿传看。凡是瞧见和氏璧的人没有一个不惊奇、不赞叹的。

正在传着瞧的时候，突然池子里扑棱一下子，蹦起了一条大鱼来，大伙儿都把着窗户瞧。那条大鱼又蹦起来，接着又有几条鱼在水皮儿上蹦。一会儿工夫，东北角起了一大片乌云，眼瞧着大雨快来了。昭阳怕客人们给雨截住，赶紧就叫散了席。谁知道那块玉璧没了，也不知道传到哪个人手里了。大伙儿乱了一阵子，到了儿也没找着。昭阳一肚子的不高兴，又不好意思得罪客人，只得让大家回去。

可是他自己的门客得搜一搜。昭阳手下的人见张仪这么穷，就说："偷和氏璧的不是他就没有别的人了。"昭阳也起了疑，叫手下的人拿鞭子打他，逼他招认。张仪哪儿能招认呐？他把眼睛一闭，咬着牙，让人打了好几百下，打得浑身没有一处好的，眼瞧着活不成了。昭阳见他被打成这个样儿，也就算了。旁边也有可怜张仪的，把他送回家去。张仪的媳妇儿一见自己的丈夫给人家打得不像样了，哭着说："你不听我的劝，如今给人家欺负到这步田地。要是不想去做官，哪儿能给人家打成这样呐？"张仪哼哼着问她："你瞧一瞧，我的舌头还在吗？"他媳妇儿啐了他一口，说："瞧你说的，给人家打成这个样儿，还逗乐呐！舌头当然还长着。"张仪说："好！只要舌头没掉，我就不怕，你也可以放心。"他调养了好些日子，回到本国去了。

张仪在魏国住了半年，听说苏秦在赵国当了相国，打算去投奔他，找个出路。正在这当儿，有个买卖人，人都管他叫贾舍人，恰巧赶着车马走到门口站住了。张仪出来一问，知道他是从赵国来的，就问他说："听说赵国的相国叫苏秦，真的吗？"贾舍人说："先生贵姓？难道您知道我们的相国？"张仪说："我叫张仪，是苏相国的朋友，我们还是同学呐。"贾舍人听了高兴起来，说："哦，失敬，失敬。原来是我们相国的自家人！要是您去见相国，相国准会喜欢，说不定会重用您呐。我这儿的买卖已经完了，正要回去。要是先生瞧得起我，车马是现成的。咱们在道上也好搭个伴儿。"张仪很喜欢，就跟他一块儿到赵国去了。

他们到了城外，刚要进城的时候，贾舍人说："我住在城外，就在这儿跟您告别了。离相府不远的一条街上，有一家客店，靠东有一棵大槐树，一找就找到。先生到了城里，可以上那儿住几天去，我得了工夫，一定去拜访您。"张仪千恩万谢地说了声"回头见"，独个儿进城去了。第二天，张仪就去求见苏秦，可是没有人给他通报。一直到了第五天早上，看门的才给他往里回报。那个人回来说："今天相国特别忙，他说请先生留个住址，他打发人去请您。"张仪只好留个住址，回到了客店。没想到一连等了好多天，半点儿消息也没有。张仪不由得生了气，他跟店里掌柜的唠叨了一阵子，就要回家去。可是掌柜的不让他走，他说："您不是说相国要打发人来请您吗？万一他来找您，您走了，叫我们上哪儿找去?"这真叫张仪左右为难了。他向掌柜的打听贾舍人家住哪里,他们都说不知道。

就这么又待了几天,张仪再去求见苏秦一面,苏秦叫人传出话来,说:"明天相见。"到了这时候,张仪的盘缠早花完了,身上穿的也该换季了。相国既然约定相见,自己总该穿得像样一点儿。他向掌柜的借了一套衣裳和鞋帽,第二天,摇摇摆摆地上相府去了。他到了那儿,满想苏秦会跑出来接他。谁知道大门关着,那个看门的叫他从旁边的小门进去。张仪就耐着性子低着头从旁门进去。他到了里边,刚往台阶上一走,就有人拦着他,说:"相国的公事还没办完,客人在底下等一等吧!"张仪只好站在廊子下等着。他往上一瞧,就瞧见有好些个大官正跟苏秦聊天呐。好容易走了一批,谁知道接着又来了一批。

张仪站得腿都酸了,看了看太阳都过了晌午了。正在气闷的当儿,忽然听见堂上喊着:"张先生有请!"两边对张仪说:"相国叫你呐!"张仪就整了整帽子,掸了掸衣服,向台阶走去。他想:苏秦见了我,一定跑下来。万没想到苏秦挺神气地坐在上边,一动也不动。张仪忍气吞声地跑上去,向苏秦作了一个揖(yī)。苏秦慢条斯理地站了起来,对他说:"好些年不见了,你好哇?"张仪气哼哼地也不搭理他。就有人禀告说:"吃午饭了。"苏秦对张仪说:"我因为公事忙,累得你等了这半天。请你就在这儿用点儿便饭,我还有话跟你说呐。"底下人把张仪带下去，请他坐在堂下，跟着摆上的只是一点儿青菜和粗米饭。张仪往上一瞧，就见摆在苏秦面前的全是山珍海味，满满地摆了一桌子。他想要不吃，可是肚子咕噜噜地直叫唤，只好吃吧。

吃了饭，待了一会儿，堂上传话："张先生有请！"张仪走上去，只见苏秦挪了挪屁股，连站也没站起来。张仪实在忍耐不住，往前走了两步，高声地说："季子（苏秦字季子）！我以为你没忘了朋友，才老远地来看你。没想到你没把我放在眼里，连同学的情义都没有！你……你……你真太势利了！"苏秦微微一笑，对他说："我道你的才能比我高，总该先出山。哪儿知道你竟穷到这步田地。倒不是我不肯把你推荐给国君，可是……可是我怕你三心二意，成不了什么大事，反倒连累了我。"张仪气得鼻子眼儿冒烟，说："大丈夫要富贵自己干！难道非叫你推荐不可？"苏秦冷笑着说："那你何必来求见我呐？好吧，我看在同学的情分上，帮助你一锭金子，请你自己方便吧！"说着叫底下人递给张仪十两金子。张仪把金子扔在地下，气呼呼地跑出去。苏秦光是摇摇头，也不留他。

张仪回到客店里，就见自己的行李全都被搬在外边了。他问掌柜的："这怎么啦？"掌柜的很恭敬地说："先生见了相国，当上大官儿了，还能住在我们这儿吗？"张仪摇着脑袋说："气死人了！真是岂有此理！"他只好脱下衣裳，换了鞋帽，交还给掌柜的。掌柜的问他："怎么啦？"张仪简单地说了说。掌柜的说："难道不是同学？先生有点儿高攀吧？别管这个，那锭金子您总该拿来呀！这儿的房钱、饭钱还欠着呐。"张仪一听掌柜的提起房钱和饭钱，心里又着急起来了。

　　正在这当儿，那个贾舍人可巧来了，见了张仪就说："我忙了这些天，没来看您，真对不起。不知道您见过相国了没有？"张仪垂头丧气地说："哼！这种无情无义的贼子，别提啦！"贾舍人一愣，说："先生为什么骂他？"张仪气得说不出话来。店里掌柜的替他说了一遍，又说："如今张先生的欠账还不上，回家又没有盘缠，我们正替他着急呐。"贾舍人挠了挠头皮，对张仪说："当初原是我多嘴，劝先生上这儿来。没想到反倒连累了先生。我情愿替您还这笔账，再把您送回去，好不好？"张仪说："哪儿能这么办呐？再说我也没有脸回去。我心里正打算上秦国去一趟，可是……"贾舍人连忙说："啊？先生要到别的地方去，我怕不能奉陪。上秦国去，这可太巧了。我正要上那边去瞧个亲戚，咱们一块儿走吧，现成的车马，又不必另加盘缠，彼此也有个照应。"张仪一听，好像迷路的人忽然来了个领道的，很感激地说："天下还真有您这么侠义心肠的人，真叫那苏秦害臊死了。"他就跟贾舍人结为知心朋友。

　　贾舍人替张仪还了账，做了两套衣服，两个人就坐着车马往西去了。他们到了秦国，贾舍人又拿出好些金钱替张仪在秦国朝廷里铺了一条道，引荐他。秦惠文王正在后悔失去了苏秦，一听说左右推荐张仪，就召他上朝，拜他为客卿。

张仪在秦国做了客卿，先要报答贾舍人的大恩。贾舍人可巧来跟他辞行。张仪流着眼泪说："我在困苦的时候，没有人瞧得起我。只有您是我的知己，屡次三番地帮助了我，要不，我哪儿有今日。咱们有福同享，您怎么说回去呐？"贾舍人笑着说："别再糊涂了！打开天窗说亮话，您的知己不是我。苏相国才是您的知己。"张仪摸不着头脑，说："这是什么话？"贾舍人就咬着耳朵对他说："相国正计划着叫中原列国联合起来，就怕秦国去打赵国，破坏他的计策。他想借重一个亲信的人去执掌秦国的大权。他说这样的人，除了先生没有第二个。他就叫我打扮成一个做买卖的，把先生引到赵国。他又怕先生得了一官半职就满足了，特地用个激将法。先生果然火儿了要争口气。他就交给我好些金钱，非要叫秦王重用先生不可。我是相国手下的门客，如今已经办完了事，我得回去报告相国了。"张仪听了，不由得愣住了。过了一会儿，他叹息着说："唉，我自以为聪明机警，想不到一直被蒙在鼓里还没觉出来。我哪儿比得上季子啊！请您回去替我向他道谢，他在一天，我决不叫秦王去打赵国。"

就这么着，两个能说会道的政客，一个搞合纵，一个搞连横，他们彼此之间首先形成了攻守同盟。

合纵抗秦

贾舍人回去向苏秦报告，苏秦就去对赵肃侯说："秦国绝不敢侵犯赵国，我还是去约会各国诸侯吧。"赵肃侯同意了，给了他好些金钱、车马和底下人，让他到各国去走一趟。苏秦就向韩、魏、齐、楚等国的国君详细说明联合抗秦的好处。他们一个一个都给他说服了，都愿意听他的话。

苏秦得意极了，坐着马车先回到家乡洛阳，让家里人和邻居们知道自己做了大官。沿途的官员，都出来拜见他。他的老母亲拄着拐杖站在路旁边，高兴得简直有点儿不信。两个兄弟和他的媳妇儿低着头，不敢抬眼看他。他的嫂子趴在地下直打哆嗦。苏秦叹了口气说："唉，我今天才知道什么是富贵呀！"他叫全家人上了车，一块儿回家，一面盖起房来，一面拿出些钱财救济本族的人。

苏秦在家乡住了几天，就去了赵国。赵肃侯封他为武安君，又打发使者去约会齐、楚、魏、韩、燕五国的国君到赵国的洹水来开大会。公元前333年，苏秦和赵肃侯预先到了洹水，布置一切招待诸侯。过了几天，五国的国君先后到了。苏秦先跟各国的大夫接头，商量了座位。拿地位来说，楚国和燕国是老前辈，韩国、赵国、魏国和姓田的齐国都是新起来的国家。可是在战争的时候，还是拿国家的地盘大小来排次序比较合适。要这么说，楚国最大，齐国第二，魏国第三，赵国第四，燕国第五，韩国最小。其中楚、齐、魏已经称"王"了，赵、韩还称"侯"，燕国称"公"，爵位大有差别，怎么能肩膀并着肩膀结为兄弟呐？大家伙儿都觉得这事不好办，连称呼都叫不上来。苏秦有了主意，他建议痛痛快快地六国一概称王。赵王是发起人，也是主人，坐主位，其余按国家大小依次排列。各国君王全都同意了。

到了正式开会的时候，各国君王按照预先议定的座位坐下。苏秦上了台阶，禀告六国的君王说："在座的六国君王，土地广大，人口众多，兵力雄厚。难道愿意低三下四地去给秦王磕头，平白无故地把自己的土地一块一块地割给人家吗？"六国的君王听得直点头。苏秦接着说："合纵抗秦的计策，我早就跟各位说过了。如今大家订立盟约，结为兄弟，有困难互相帮助。"六国的君王就拜告天地，写了六份盟约，各国各收藏一份。

赵王提议说："苏秦奔走六国，我们应当封他一个职位，请他专门办理合纵的事，你们看怎么样？"五位君王都赞成，就公推他为"纵约长"，把六国的相印都交给他。苏秦赶紧趴在地上，向他们谢了恩。六位君王都欢欢喜喜地回去了。

六国的君王在洹水订立盟约，简直就是向秦国挑战一样。秦惠文王听说后，对当时的相国公孙衍说："六国合而为一，秦国还有什么发展的希望呐？咱们必得想办法破坏他们的合纵才好。"公孙衍说："合纵是赵国开头的，大王不如先发兵去打赵国，看谁去救就打谁。让六国诸侯知道秦国的厉害，都怕咱们去打他们，他们的合纵就容易拆散了。"

张仪连忙反对，说："六国新近订了盟约，正在兴头上，一下子是拆不散的。要是咱们发兵去打赵国，那么韩、魏、楚、齐、燕一同出兵帮它，咱们该对付哪个好呐？越逼得紧，人家越怕，越害怕就越需要联合起来共同抵抗。还不如用点儿工夫去联络他们当中几个国家，跟这几个国君亲善起来。他们必然彼此猜疑。里面起了疑，合纵就可以拆散了。比如说，离咱们最近的是魏国，最远的是燕国。从魏国拿来的城多少退还几座给魏国，魏国一定感激大王，当然会来跟咱们和好。另外，如果大王能够把自己的女儿许配给燕国的太子，咱们跟燕国成了亲戚，秦国就不孤立了。先把这最近的和最远的两国拉过来，以后的事情就会好办了。"

秦惠文王依了张仪，不向赵国进攻，反倒去拉拢魏国和燕国。这两国，一个得到几座城，一个得到了秦国的儿媳妇，眼前已经够便宜了，果然跟秦国要好起来了。赵王得到了这个消息，就责备纵约长苏秦说："你倡导六国合纵，一同抵抗秦国。如今还不到一年工夫，魏国和燕国就给秦国拉过去了。要是秦国这会儿来打赵国，这两国还能帮助咱们吗？合纵还靠得住吗？"苏秦觉得这事情不好办，要是再不想办法挽救，他自己就下不了台。他说："好吧，我先上燕国去，然后再到魏国，非把这两国的事办好不可。"赵王就让他去了。

苏秦到了燕国的时候，燕文公已经死了，燕易王即位，见了苏秦，就拜他为相国。这个相国可不容易当，燕易王是故意叫苏秦为难。原来东南边的齐国趁着燕国办丧事，就发兵打过来，夺去了十座城。燕易王拜苏秦为相国，对他说："当初先君听了你的话，合纵抗秦，希望六国和好，彼此帮助。先君的尸首还没埋呐，齐国就夺去了我们十座城，洹水的盟约还有什么用处呐？你是纵约长，总得想个办法啊。"苏秦本来是为赵国来责问燕国的，如今倒先得为燕国去责问齐国了。他只好对燕易王说："我去跟齐国要回那十座城，好不好？"燕易王当然喜欢。

苏秦到了齐国，对齐威王说："燕王是大王的同盟，又是秦王的女婿。大王为了贪图十座城，跟他们结下了冤仇。贪小失大，太不值得！要是大王照我的计策办，把这十座城退还给燕国，不但燕王感激大王，就是秦王也一定喜欢。齐国得到了秦国和燕国的信任，大王还能够号召天下建立霸业呐！"这一番话正说在齐威王的心坎上。他为什么攻打燕国，破坏盟约呐？齐国本来是大国，离着秦国又远，为什么要加入合纵呐？齐威王本打算借着合纵的名义来号召天下，做个霸主。没想到洹水会上，小小的赵国反倒当上了领袖，这哪儿能叫他服气呐？齐国跟秦国势力差不多，西方的秦国想并吞六国，东方的齐国也不是没有这个念头。他一听到苏秦的计策，就想拿十座城做本钱，去收买天下的人心。齐威王挺痛快地答应了苏秦，退还了燕国的土地。

燕易王凭着苏秦的一张嘴，收回了十座城，当然很高兴，可是他看到苏秦的声望越来越高，势力越来越大，就对苏秦冷淡起来了。苏秦心里有数，就对燕易王说："我在这儿对燕国没有多大用处，不如上齐国去，表面上做个齐国的大臣，背地里可以替燕国打算。"燕易王说："随您的便。"苏秦假装得罪了燕易王，逃到齐国。齐威王正要利用他，就拜他为客卿。没有多少日子，齐威王死了，他的儿子即位，就是齐宣王。

齐宣王也是个挺能干的君主，可他有两个毛病：头一样是好色，第二样是贪财。苏秦就利用他这两个毛病叫他派人去搜罗美女，造起宫殿和花园，加重捐税来充实国库。苏秦拿孝顺父亲的大帽子叫齐宣王耗费钱财和人力去给齐威王造大坟。苏秦认为要叫六国同心协力抗秦，就得叫六国的势力一样大。齐国比别的五国强大，破坏了这个均势。因此，他想办法叫齐国消耗人力和财力。他这种毒辣的手段虽然把齐宣王蒙住了，可是瞒不了那些机灵的大臣，尤其是老相国田婴的儿子田文（就是孟尝君）。田婴一死，齐宣王重用田文，反对苏秦的那帮人以为齐宣王既然重用了田文，一定不再怎么信任苏秦了。他们背地里派人去刺苏秦，把短刀扎在他的肚子里。苏秦挣扎着去报告齐宣王，对他说："我死之后，大王把我的头割下来，挂在街上，再出个赏格，就说苏秦私通外国，替燕国来破坏齐国。如今把他杀了，有知道他的秘密来告发的，有赏！这么着，准能逮住刺客。"说完这话，他拔出肚子上的短刀，就断了气。齐宣王叫左右照着苏秦的话去做，果然有人说苏秦是他杀的。刺客给逮住了。

　　苏秦死了之后，他那假装得罪燕王，逃到齐国去破坏齐国的阴谋，慢慢地从苏秦手下人的嘴里泄露出来了。齐宣王这才明白过来，齐国和燕国就又有了仇了。公元前314年，燕国起了内乱，齐宣王趁着机会打到燕国去，杀了燕王，差点儿把燕国灭了。齐国的势力可就大了。这还不算，齐宣王还跟楚国结了同盟。齐楚两个大国联合起来，秦国可就不能独霸天下了。张仪要实行"连横",就非把齐国和楚国的联盟拆散不可。他向秦惠文王说明了这个意思,上楚国去了。

连横亲秦

张仪到楚国的时候，楚威王的儿子做了国王，就是楚怀王。楚怀王听说秦惠文王拜张仪为相国，怕他为了当初和氏璧挨打的因由，向楚国报仇，本来就很担心。这次一听到张仪要到楚国来，就准备好好地招待他。

张仪到了楚国，先拿出挺贵重的礼物送给楚怀王手下一个最得宠的人叫靳（jìn）尚，然后去见楚怀王，开门见山地对他说："如今天下称得起英雄的就剩了七个国家，其中最强大的要数齐、楚、秦三国。要是秦国跟齐国联合，那么齐国就比楚国强；要是秦国跟楚国联合，那么楚国就比齐国强。如今秦王特意派我来跟贵国交好，可惜大王跟齐国通好，我有什么办法呐？要是大王能下个决心跟齐国绝交，秦王不但情愿跟贵国永远和好，还愿意把商於一带方圆六百里的土地送给贵国。这么一来，贵国可就得了三样好处：第一，增加了方圆六百里的土地；第二，削弱了齐国的势力；第三，得到了秦国的信任。一举三得，请大王决定吧。"

楚怀王是个糊涂虫，经张仪这么一说，就挺高兴地说："秦国要是能够这么办，我何必一定要拉着齐国不撒手呐？"楚国的大臣们听说能得到方圆六百里的土地，眉开眼笑地向楚怀王庆贺。忽然有个人站起来说："这么下去，你们哭都来不及，还庆贺呐！"楚怀王抬眼一看，原来是客卿陈轸（zhěn），就很不高兴地问他："为什么？"陈轸说："秦国为什么把方圆六百里的土地送给大王呐？还不是因为大王跟齐国订了盟约吗？楚国有了齐国作为兄弟国，势力就大了，地位也高了，秦国才不敢来欺负。要是大王跟齐国断绝来往，就跟砍去自己的胳膊一样。那时候，秦国要不来欺负楚国才怪呐！大王要是听了张仪的话跟齐国绝交，张仪要是说话不算话，不交出土地来，请问大王有什么办法？大王不如打发人先去接收商於。等到方圆六百里的土地接收过来之后，再去跟齐国绝交也来得及。"

三闾大夫（官名，掌管楚国王族三姓的大官；闾 lǘ）屈原干脆反对跟齐国绝交。他说："张仪的话不能信，大王可千万别上他的当。"那个受了张仪礼物的靳尚，眯缝着眼睛，反对陈轸和屈原。他说:"要不跟齐国绝交,秦国哪儿能平白无故地给咱们土地呐!"楚怀王马上点着头说:"那当然!咱们先派人去接收商於吧。"

楚怀王一面派逄(páng)侯丑为使者,跟着张仪到咸阳去接收商於,一面跟齐国绝了交。逄侯丑和张仪到了咸阳,张仪假装摔坏了腿,被接去治疗。逄侯丑足足等了三个月,心里非常着急,只好写信给秦惠文王,说明张仪答应交割土地的事。秦惠文王说:"相国答应了的,我一定照办。可是楚国还没跟齐国完全断绝来往,我哪儿能随便听信片面的话呐?且等相国病好了再说吧。"逄侯丑只好把秦惠文王的话向楚怀王报告。楚怀王说:"难道秦王还不相信我跟齐国绝了交吗?"他派人上齐国去骂齐宣王。齐宣王气极了,立刻打发使臣去见秦惠文王,约他一同进攻楚国。

张仪这才出来和逄侯丑相见,问他:"将军怎么还在这儿,难道那块土地还没交割清楚吗?"逄侯丑说:"秦王要等相国病好了再说。"张仪说:"我把我的方圆六里土地献给楚王,干吗要去跟秦王说呐?"逄侯丑听了,不敢相信自己的耳朵。他说:"我来接收的是商於那边的方圆六百里土地呀!"张仪摇着脑袋说:"没有的话!秦国的土地全是凭着打仗得来的,哪儿能轻易送人呐?别说六百里,就是六十里也不行。我说的是六里,不是六百里,是我自己的土地,不是秦国的土地。大概楚王听错了吧!"逄侯丑这才知道原来他是个骗子。

逢侯丑回到楚国一报告，楚怀王气得直翻白眼，一定要出这口恶气。公元前312年，楚怀王拜屈匄（gài）为大将，逢侯丑为副将，率领十万兵马往西北去征伐秦国。秦惠文王拜魏章为大将，甘茂为副将，也出了十万兵马去跟楚国交战。同时还叫齐国发兵助战。齐宣王恨楚国无情，也派大将匡（kuāng）章带领五万兵马打到楚国去。楚国受到两面夹攻，一连败了几仗。屈匄、逢侯丑都阵亡了，十万人马就剩了两三万，连楚国汉中方圆六百多里的土地都给秦国夺了去。韩国、魏国一见楚国打了败仗，都趁火打劫，发兵侵占楚国的边疆。楚怀王急得直挠头皮，只好打发大夫屈原上齐国去谢罪，叫客卿陈轸上秦国兵营去求和，请求退兵，情愿再割让两座城作为礼物。楚国从此大伤元气。

秦国的大将派人回去向秦惠文王报告。秦惠文王说："用不着再送两座城，我情愿用商於的土地来调换楚国黔中（在今湖南省沅陵县西；黔qián）的土地。要是楚王同意，我们就立刻退兵。"魏章把这话回报了楚怀王。这时候，楚怀王恨的是张仪，他倒不在乎土地，就说："用不着调换。只要秦王把张仪交出来，我情愿奉送黔中的土地。"

那些气恨张仪的大臣们对秦王说："拿一个人换取方圆几百里的土地，太上算了！"秦王说："这哪儿成啊？"张仪说："那有什么呐？死我一个人，得了黔中的土地，我已经够体面了。再说我也许死不了呐。"秦惠文王真的让他去楚国了。

张仪到了楚国，楚怀王立刻把他关起来，打算挑个日子，杀了他祭祀太庙。哪知道张仪早已买通了左右，尤其是靳尚。靳尚又买通了楚怀王最宠的美人儿郑袖，叫她劝楚怀王放了张仪。就这么着，两个亲信的人，你一言，我一语，说得楚怀王活了心。再说黔中的土地究竟不大愿意送给人家，他就把张仪放回秦国去了。张仪回到秦国，叫魏章退兵，又劝秦惠文王退还汉中一半的土地，重新跟楚国和好。楚怀王这回满意了，直夸张仪真够朋友。

秦惠文王为了张仪一硬一软地收服了楚国，赏给他五座城，还封他为武信君，叫他去周游列国，布置连横亲秦的计策。张仪先去会见齐宣王，对他说："楚王已经把他的女儿许配给秦国的太子，秦王也已经把他的女儿许配给楚王的小公子。两个大国结成了亲家。韩、赵、魏、燕四国为了保全自己，一个个全送点儿土地给秦国。如今五国都跟秦国交好，怎么大王还不肯一心一意地跟秦国联在一起呐？要是大王把自己孤单起来，那么，秦王叫韩、魏两国来打贵国的南边，叫赵国来打临淄（zī）、即墨，秦国自己再发大军，大王可怎么对付呐？到那时候，再跟秦国交好，可就晚了一步了。如今的局势明摆在眼前，谁跟秦国交好，就能平安无事；谁要跟秦国作对，可就保不住自己了。请大王细细地想一想。"齐宣王就给他连拍带吓唬地说服了。

张仪到了赵国，对赵武灵王（赵肃侯的儿子）说："楚国跟秦国做了儿女亲家,韩国早就归附了秦国,齐国也向秦国送礼求和。强大的国家都跟秦国联到一块儿,只有赵国孤单单地四面全是敌人,不是太危险了吗?要是秦王率领着秦、楚、齐、韩、魏几国的大军打进来,把贵国分了,大王可怎么办呐?"赵武灵王也给张仪吓唬住了。

张仪到了燕国,对新国君燕昭王说:"贵国就知道防备着赵国来侵犯,可是如今楚、齐、韩、魏、赵全都归顺了秦国,还都拿出几个城来送给秦王作为礼物。大王要是孤零零地不去跟秦国联络,秦王只要打发一个使臣,叫赵、韩、魏进攻贵国,贵国还保得住吗?要是大王归顺秦国,就有了靠山,谁还敢来欺负?"燕昭王经他这么一吓唬,就答应把洹水东边的五座城献给秦王。

张仪把齐宣王、赵武灵王、燕昭王说服了,连横亲秦的计策大体上可就成功了。他很得意地回到秦国去。可他还没到咸阳,秦惠文王死了。太子即位,就是秦武王。秦武王做太子的时候,就看不惯张仪,平常反对张仪的一些大臣都在秦武王跟前说他的坏话。秦武王就准备不再用张仪。张仪一到咸阳,他手下的人就把这些情况告诉了他。他就对秦武王说:"听说齐王特别恨我,说我骗了他,一定要跟我报仇。咱们将计就计,一定能得到好处。我情愿辞去相国的职位,辞别大王上魏国去。齐王知道我在魏国,准去攻打。大王趁着齐国跟魏国打仗的时候,发兵去打韩国。把韩国收下来,就可以直接到成周去，周朝的天下可就是大王的了。"秦武王正想去看看天王的京都，就赏了张仪三十辆车马，让他上魏国去。魏襄王果然很欢迎他，还真拜他为相国。

齐宣王当初听了张仪的话，还以为韩、赵、魏已经跟秦国和好了，自己不能不跟他们合在一起，才送礼物给秦国。后来一打听，才知道张仪借着齐国做幌子去威胁别的诸侯，他就很生气。这会儿听说秦惠文王死了，就叫相国田文通知各国，重新订立盟约，合纵抗秦，自己做了纵约长。齐宣王还出了个赏格："谁拿住张仪，就送他十座城。"这回听说张仪做了魏国的相国，他就发兵去打魏国。

魏襄王急得什么似的，就跟张仪商量。张仪请他放心。他打发自己的心腹冯喜去见齐宣王，对他说："听说大王恨透了张仪，真的吗？"齐宣王说："谁说假的呐？"冯喜说："要是大王真恨他，就不该帮他！"齐宣王瞪着眼睛说："谁帮他来着？"冯喜老老实实地告诉他说："我从咸阳来，听说张仪离开秦国是个计。秦王料着张仪到了魏国，大王一定要跟魏国开仗，他就趁着你们彼此交战的时候去打韩国，然后路过韩国去侵犯成周，夺取天王的地位。秦王这才送给张仪三十辆车马，叫他上魏国去。如今大王果然要跟魏国打仗，这不是正好入了他们的圈套吗？"齐宣王拍拍自己的后脑勺，说："哎呀！我差点儿上了他的当。"他赶紧把军队撤回来，不打魏国了。魏襄王可就更加信任张仪了。张仪没有多少日子得了重病，就死在了魏国。

胡服骑射

张仪死了之后,秦武王又想起张仪劝他去打韩国的话来。公元前307年,秦武王拜甘茂为大将,打下了韩国的宜阳(在今河南省宜阳县),到了成周。他还没见过周天王,就先去看看周朝的传国之宝——九座大鼎。据说这九座大鼎是大禹王时候铸的。那时候中国分为九州,每座鼎代表一州。这九座大鼎从夏朝传到商朝,从商朝传到周朝。秦武王一座一座挨着看过去,只见每座大鼎上都铸着州的名字。他指着"雍州"这座大鼎,说:"雍州就是秦国,这座大鼎是咱们的呀,我想把它搬到咸阳去。"秦武王是个粗人,很有点儿蛮力。他把千儿八百斤的大鼎扛了起来,没想到力气接不上，大鼎落下来，砸断了他的腿，到了半夜就断了气。

秦武王没有儿子，大臣们把他的一个叔伯兄弟立为秦王，就是秦昭襄王（也称秦昭王）。秦昭襄王即位以后，竭力拉拢楚国，跟楚怀王真的做了亲戚，订了盟约。合纵那一头的纵约长齐宣王因此约会韩国和魏国，一块儿去攻打这位退出合纵抗秦的楚怀王。楚怀王打发太子横上秦国去做人质，请秦国发兵来帮助。秦昭襄王还真发兵去帮助楚国。那三国的兵马只好退了。

没想到太子横在秦国受了欺负，逃回来了。秦国借着这个因由，接连攻打楚国，夺去了好几座城，杀了好几万楚国人。楚怀王只好脱离秦国，重新加入了合纵，还打发太子横上齐国去做人质。楚国跟齐国联合起来，当然对秦国不利。秦昭襄王就很客气地给楚怀王写信，说想请他到武关（在今陕西省丹凤县）相会，预备两国君王当面订立盟约，永远和好。

楚怀王接到秦昭襄王的信，对大臣们说："秦王请我去订盟约。不去呐，又怕招他怨恨；去呐，又怕有危险。你们看怎么办好？"大夫屈原从齐国回来的时候，曾经劝楚怀王治死张仪，可是楚怀王听了靳尚和郑袖的话，把张仪放了。这会儿屈原对楚怀王说："秦王残暴得像豺狼，咱们受秦国的欺负也不止一次了。大王一去，准上他的圈套。"可靳尚劝楚怀王去，说："秦国不是咱们的亲戚吗？为了咱们把亲戚看成敌人，咱们才打了败仗，死了好些士兵，丢了土地。

如今秦国愿意跟咱们亲善，咱们不该推辞。"楚怀王的小儿子公子兰也说："我姐姐不是嫁给秦国的太子了吗？秦王的女儿不是嫁给我了吗？两国既然结为亲戚，理当亲善才对。"楚怀王听了靳尚和公子兰的话，到秦国去了。

果然不出屈原所料，秦昭襄王对楚怀王说："你以前答应把黔中的土地让给秦国，这件事直到今天还没办。今天劳你的大驾，等土地交割清楚，就放你回去。"他把楚怀王押在咸阳，叫楚国拿土地来赎。楚国的大臣得了这个信儿，只好从齐国把太子横迎回来，立他为国君，就是楚顷襄王，当时打发使者去通知秦国，说楚国已经有了国王了。秦王恼羞成怒，就派大将白起和副将蒙骜（ào）发兵十万，从武关直捣楚国。这一仗楚国死了五万多人，丢了十六座城。

被押在秦国的楚怀王得到了本国打败仗的消息，背地里直掉眼泪。他在秦国被押了一年多工夫，后来看守他的人瞧他挺可怜的，再说这种差事也干腻了，慢慢地懈怠（xiè dài）起来。楚怀王得了个机会，换了一身衣服，偷偷地逃出了咸阳。他原来打算逃回本国去，一听说通往楚国的路已被堵住，东边、南边都跑不了，就抄小道往北跑，一直跑到赵国的边界上。只要赵主父肯收留他，他就有命活了。楚怀王跑到赵国的边界上，赵主父偏偏没在本国。这位赵主父就是赵武灵王。他是一个眼光远、胆子大的国君。赵国的大臣像楼缓、肥义、公子成，全是他的帮手。

公元前307年，有一天，赵武灵王对楼缓说："咱们北边有燕国，东边有东胡，西边有林胡、楼烦、秦等国，中间还有中山。四面八方全是敌人，什么是咱们的保障呐？自己要是再不发愤图强，随时都能给人家灭了。要发愤图强就得做好些事情。我打算先从改革服装着手，接着就可以改变打仗的方法。你瞧怎么样？"楼缓说："服装可怎么改呐？"赵武灵王说："咱们穿的衣服，袖子太长，腰太肥，领口太宽，下摆太大。穿着这种长袍大褂，做事多不方便。"楼缓把话接过去，说："还费衣料。"赵武灵王把袖子晃了晃，下摆兜了兜，说："多费衣料倒在其次，穿上长袍大褂，不但做事不方便，而且走起路来摇摇摆摆的，干起活儿来就迟慢。因此，也就减少了急起直追的精神。全国的人都这样，国家哪儿能强得起来？我打算仿照胡人（北方的民族）的风俗，把大袖子的长袍改成小袖儿的短褂，腰里系（jì）一根皮带，脚上穿双皮靴。穿上这种衣服，做事方便，走路灵活。你再想大模大样、摇摇摆摆地走也就办不到了。"

　　楼缓听得很高兴，说："咱们仿照胡人的穿着，也能学习他们打仗的方法了，是不是？"赵武灵王说："是啊！咱们打仗全靠步兵，就是有马，只知道用马拉车，可不会骑着马打仗。我打算穿胡人那样的衣服，学胡人那样骑马射箭。那多么灵活！"楼缓愿意帮着赵武灵王去教导赵国人都这么办。他又去告诉肥义，肥义也很同意。

第二天上朝的时候，赵武灵王、楼缓和肥义，都穿着小袖子的短衣出来。一班大臣们瞧见他们这个样子，都吓了一跳。他们还以为赵武灵王跟那两位大臣犯了疯病呐。赵武灵王把改革服装的事宣布了。大臣们总觉得这太丢脸了，这不是把中原的文化、礼仪都扔了吗？可是赵武灵王下了决心，非实行不可。他拿种种理由把他那个最顽固的叔叔公子成说服了。大臣们一见公子成也穿上了胡服，只好随着改了。然后赵武灵王下了一道改革服装的命令。过了没有多少日子，全国人不分富贵贫贱，全都穿上了胡服。有钱的人起头觉着有点儿不像样，后来因为胡服比起以前的衣服实在方便得多，反倒时兴起来了。

赵武灵王第二件向胡人学习的事，就是骑马射箭。他亲自穿了胡服，骑上马，在马上练射箭。不到一年工夫，赵国大队的骑兵就训练成了。公元前305年，赵武灵王亲自把邻近的中山从魏国接收过来，又收服了东胡和邻近的几个部族，接着打发使者去联络秦国、韩国、齐国、楚国。赵国就这么强大起来了。到了公元前300年（实行胡服骑射第七年），不但收服了中山、林胡、楼烦，还扩张势力，北边一直到代郡、雁门，西边到云中、九原，一下子增加了好些土地。赵武灵王可就打算跟秦国比比上下高低了。他老在国外打仗，国内的事由谁管呐？他见小儿子很能干，就把太子废了，传位给小儿子，就是后来称为赵惠文王的，自己称为主父，赵主父拜肥义为相国，李兑为太傅，公子成为司马，封大儿子为安阳君。国内的政权布置妥当之后，他要去考察秦国的地理形势，还要去侦察一下如今在位的秦王，看他是怎么样的一个人。

赵主父打扮成个使臣，自称"赵招"，带了几十个手下人，上秦国去访问，沿路察看山水要道，画成地图。他到了咸阳，以使臣的身份见了秦昭襄王，还向他报告了赵武灵王传位的事情。秦昭襄王问他："你们的国君老了吗？"他回答说："还正在壮年。"秦昭襄王就问："那为什么要传位呐？"他说："我们的国王叫太子先练习练习。国家大权可仍然在主父手里。"秦昭襄王跟这位"使臣赵招"瞎聊天。他说："你们怕不怕秦国？""使臣赵招"说："怕！要是不怕，就用不着改革服装，练习骑马射箭了。好在如今敝国的骑兵比起早先来增加了十多倍，大约能够跟贵国结交了吧！"秦昭襄王听了这话，还挺尊敬他。"使臣赵招"辞别了秦王，回到使馆里去了。

当天晚上，秦昭襄王想起赵国使臣的谈话，又文雅又强硬，态度又尊严又温和，倒是个人才。他还想跟他谈谈。第二天，秦昭襄王派人去请他。"使臣赵招"的手下人说："使臣病了，过几天再去朝见大王吧。"就这么又过了几天，秦昭襄王又派人去请赵国使臣，一定要他去。可是"使臣赵招"不见了，他的随从人员也不见了，使馆里只留下一个人，自称是赵国的使臣赵招。他们就把他带到秦昭襄王跟前。秦昭襄王问他："你既是使臣赵招，那么上次见我的那个使臣又是谁呐？"真赵招说："是我们的主父。他想见一见大王，特意打扮成使臣。他嘱咐我留在这儿给大王赔罪。"秦昭襄王咬牙切齿地说："赵主父骗了我！"立刻叫泾阳君和白起带领三千精兵，连夜追上去。他们追到函谷关，守关的将士说："赵国的使臣已经过去三天了。"泾阳君白跑了一趟，只好回去向秦王报告。秦昭襄王没有办法，索性大方点儿，把那个真赵招也放回去了。

赵主父见过了秦王，又到了云中、代郡、楼烦这几个地方察看。他在灵寿（在今河北省灵寿县西）造了一座城，叫赵王城。夫人吴娃在肥乡（在今河北省广平县西北）也造了一座城，叫夫人城。就在这个时候，楚怀王从秦国逃到赵国的边界，打算到赵国去避难。万没想到赵主父不在，他的儿子赵惠文王怕得罪秦国，就不让楚怀王进去。楚怀王被逼得前无去路，后有追兵，急出了一身冷汗，差点儿昏过去。他还想再往南逃，逃到大梁去。可是秦国的追兵已经赶上来，他又当了俘虏，被带回咸阳去了。

这一回再当俘虏叫楚怀王太难堪了，气得他连连吐血，得了重病，没过多少日子就死在了秦国（公元前299年）。秦国把他的灵柩送回楚国。楚国人因为自己的国王给秦国这么欺负，死在外头，都气得不得了。各国诸侯也全觉得秦王太不讲理了。他们就又重新联合到一块儿，闹起合纵抗秦来了。楚国的大夫屈原更是替楚怀王抱不平，一个劲儿地劝楚顷襄王去给先王报仇。

屈原投江

楚国的大夫屈原早就瞧见秦昭襄王没安好心，屡次三番劝过楚怀王，要他联合齐国共同抗秦。可是楚怀王是个糊涂虫，终于听了靳尚、公子兰这一伙人的话，连自己的命都丢了。如今楚顷襄王做了国君，不但没把这批人治罪，反倒重用他们。屈原看着这批人只图眼前安乐，目光短浅，胆儿又小，一味地向秦国迁就让步、割地求和，这样做正是拿肥肉去喂老虎，楚国早晚要亡在他们手里。

屈原心里苦闷得没法儿说。他痛恨靳尚、公子兰这批人，认为不能跟他们在一起共事，就打算辞职。可是一想到楚国的形势这么危险，又不忍心就此走开。他劝楚顷襄王收罗人才,远离小人,鼓励将士,操练兵马,好为国家争气,替先王报仇。靳尚、公子兰他们这几个人就怕屈原在楚顷襄王面前老提起反抗秦国的话,怕打起仗来自己不能过好日子。他们把屈原看作眼中钉,非拔去不可。

屈原还是劝楚顷襄王去联络诸侯共同抗秦。靳尚、公子兰他们就天天在楚顷襄王跟前说屈原的坏话。靳尚对楚顷襄王说:"大王没听见屈原数落您吗?他老跟人家说:'大王不报先王的仇,公子兰不敢提抗秦,楚国出了这种不争气的君臣,哪儿能不亡国呐?'大王,您想想这叫什么话啊!"楚顷襄王问了问公子兰,公子兰也这么说。楚顷襄王大怒,把屈原革了职,放逐到湘南(在今湖南省洞庭湖一带)去。

屈原抱着救国救民的志向,一肚子富国强兵的打算,反倒给人排挤出去了。到了这时候,他简直要气疯了。他不想吃,不想喝,弄得面容憔悴,身子也瘦了。他憋着一肚子忧愤没处去说,在洞庭湖边,汨罗江(在今湖南省湘阴县北,向西流入湘水;汨 mì)岸,一边走,一边唱着伤心的歌儿。

屈原有个姐姐叫屈须。她听说兄弟的遭遇,老远地跑到湘南去看他。她找到了屈原,一见他披头散发、脸庞又黄又瘦,不由得掉下眼泪来,说:"兄弟,你何必这样呐?楚国人哪一个不知道你是忠臣?大王不听你的话,那是他的不是。你已经尽到心了。老悲伤又有什么用呐?"屈原说:"我伤心的不是我自己的遭遇。楚国弄到这个样儿,我心里像刀割一般！"屈须说："可是君王不肯听你的话，反对你的人又有势力，你孤孤单单的一个人，怎么斗得过他们呐？你的脾气太耿直，我担心你会吃亏，如今果真落到这个地步。叫我怎么放心呐！"屈原说："我知道我忠心耿耿会招来不幸。可是我怎么能够眼看着国家的危险不管呐！只要能救楚国，就是叫我死一万次我也愿意。如今把我放逐到荒山野地，国家大事我没法儿管，我的主张没处去说，我大声呼喊君王，君王也听不到。我痛苦得真要疯了。这样儿下去，还不如死了好。"屈须摇摇头，说："别傻了！要是你一死，国家就能够好起来，那我也愿意跟你一块儿死。可是你这么糟蹋自己，对国家不但没有什么帮助，反倒还会带累别人也这样消沉下去。"屈原叹了口气，说："那怎么办呐？"屈须说："将来君王也许会明白过来，那时候你还可以给国家出力。"

屈原在流放中，经常和老百姓生活在一起，还交上了一个打鱼的朋友。这个朋友，大伙儿都叫他"渔父"。渔父很敬佩屈原的学问，可就是不赞成他那种唉声叹气的样子，就对他说："您怎么会弄到这步田地呐？"屈原就说："天下全是脏的，我是干净人；大伙儿都喝醉了，只有我还醒着。因此我被送到这儿来了。"渔父撇了撇嘴，说："您既然知道天下都是脏的，就不该自认清高；大伙儿都醉了，您为什么不喝几盅？别人都糊涂，您独自清醒，倒是糊涂了。"屈原红着脸反对说："这是什么话？难道说上就是下，下就是上？凤凰就是乌鸦，乌鸦就是凤凰？君子就是小人，小人就是君子？"渔父笑着说："您要分得那么清楚，难怪和别人合不到一块儿。您要改变黑暗，就得跑到黑暗里去，慢慢发出光来。哪儿能把人间看成脏的，把人全看成糊涂的，自己站在半空中呐？"屈原说："叫我洗干净了再跳到烂污泥里去，这我可办不到！"渔父说："那您就应当跟我学。我打我的鱼，您种您的地。君王不需要咱们，咱们也不需要君王。干什么要自寻苦恼啊？"

屈原不能同意渔父的说法，可也没有别的办法。百姓们一年到头辛辛苦苦种地，还是经常受冻挨饿，生病没钱医，死了没钱葬，遇到天灾人祸，就弄得妻离子散、家破人亡。这种悲惨的情景，更加深了屈原的痛苦。他一直喜欢写诗，这会儿诗写得更多。《离骚》这首有名的长诗，就是他在这个时期写成的。

日子过得挺快，十几年过去了，屈原还没有得到楚王召他回去的消息。他忧虑国家的前途，常常夜里睡不着觉。好容易睡着了，梦里老是回到了郢都，可是醒来仍旧是一场空。他想借山川景物来排解忧愁，结果反而更加伤心：楚国的政治这么腐败，这秀丽的河山总有一天会成了秦国的土地。

屈原想立刻回郢都去，再劝劝楚王。正好有一个朋友来看他。朋友劝他说:"你已经被革了职,回去也做不了什么。现在楚王不用你,你为什么不到别的国去呢!你这样有才学,不论到哪一国,还怕他们不重用你?何必留在楚国受这份罪呢!"屈原说:"一个人难道可以为了自己的富贵扔了父母之邦,扔了家乡吗?"那个朋友说:"话不是这么说的。现在楚王不用你,又不是你不肯为楚国出力。你把自己的才华埋没了,多可惜!"屈原说:"鸟飞倦了,想回到自己的老枝上去歇息;狐狸死了,头还向着土山。我不能离开楚国。"

屈原对楚国爱得这么深,看着掌权的人越来越腐败,国家一天一天衰落下去,自己偏偏得不到救国救民的机会。他痛苦到了极点,仍然只能写写诗歌来发泄他的悲哀,陈说他对朝廷大事的想法。他的诗,后人叫《楚辞》,写得自由豪放,是古代诗歌的一次大进步。

公元前278年,秦国派大将白起去攻打楚国,打下了楚国的国都。屈原听到这个消息,伤心得放声大哭。他已经是六十多岁的老人了,知道楚国已经没有希望了,可不愿意眼看着楚国被毁。据说在五月初五那一天,他就抱着一块大石头,跳到汨罗江里去了。

渔民和附近的庄稼人得到了这个信儿,赶紧划着小船去救屈原。不大一会儿工夫,好些小船争先恐后地赶来了。可是汪洋大水,哪儿有屈原的影儿呐?他们在汨罗江上捞了半

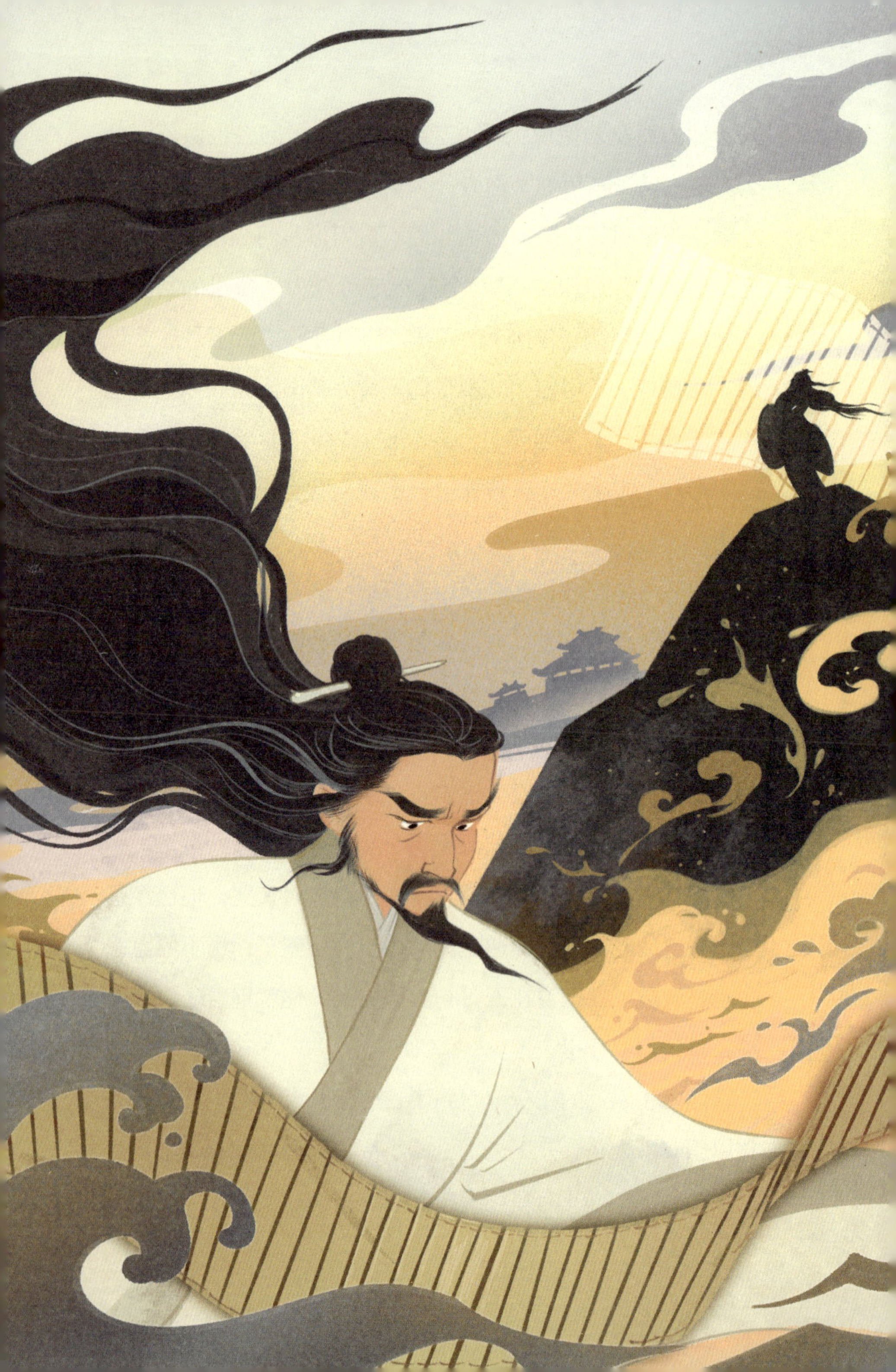

天，到了儿也没把屈原找着。渔民挺难受，他们对着江面祭祀了一会儿，把竹筒子里的米饭撒在水里，算是献给屈原的。

到了第二年的那一天，大伙儿想起这是屈原投江的周年了，又划着船，用竹筒子盛上米饭撒到水里去祭祀他。到后来，人们把盛着米饭的竹筒子改成粽子，划小船改为赛龙船，把五月初五称为端午节，也叫端阳节。这吃粽子和赛龙船，慢慢就变成全中国的一种风俗了。

楚国人怀念屈原，也想着死在秦国的楚怀王，怨恨不搭救楚怀王的赵惠文王。要不是赵惠文王不让楚怀王到赵国避难，楚怀王就不会死在秦国，屈原没准儿也不会投江。当初，赵主父从云中回到邯郸，知道了赵惠文王怕得罪秦国，不敢收留前来投奔的楚怀王，就瞧出他没有多大的出息，心里挺后悔，打算立原来的太子安阳君为代王。他把这个意思告诉了公子胜。公子胜说："大王当初废了太子，已经错了主意。如今君臣的名分已经定了，要是再一更改，反倒容易引起内乱来。我看还是好好地辅导新君为是。"赵主父又跟夫人吴娃商议这件事。吴娃是赵惠文王的母亲，当然不赞成立安阳君。赵主父想再立安阳君的想法一传出去，赵国就起了内乱。一批大臣怕王位一更动，自己的地位保不住。他们不但杀了安阳君，而且把赵主父也锁在宫里，把他活活地饿死了。

赵惠文王为了公子胜反对赵主父立安阳君为代王,就拜他为相国,封为平原君。这位平原君为了巩固自己的地位,专结交天下的各种人物,凡是投到他门下来的,他一概收留,供养着他们。这种收养门客的做法,当时成了风气。齐国的孟尝君、魏国的信陵君、楚国的春申君,都像平原君那样收养着门客。他们每家都有几千个门客住在家里。连秦昭襄王听说了平原君收养门客的事儿,都想跟他结交结交呐。

鸡鸣狗盗

秦昭襄王听说平原君收养了几千门客,叹息着对大夫向寿说:"像平原君那样的人,恐怕天下少有吧。"向寿说:"不过他比起齐国的孟尝君来,还差得远着呐!"秦昭襄王问:"孟尝君又是怎么样的人?"向寿说:"孟尝君田文继承他父亲田婴做了薛公(薛,在今山东省滕州市东南;田婴封于薛,称为薛公,田文继承他父亲,也叫薛公),就大兴土木,修盖房子,招待天下各种人物。只要是投奔他的,不管有什么能耐,他一概收留。吃、喝、穿、戴,他全包了。他的门下真是人才济济,平原君哪儿能比得上他呐!"

秦昭襄王说:"我挺尊重像孟尝君那样的人,怎么才能请他到秦国来呐?"向寿说:"这有什么难?只要大王打发自己的子弟到齐国去做人质,然后请孟尝君上这儿来,我想齐国是不能不答应的。等到孟尝君到了这儿,大王拜他为丞相(秦武王改相国为丞相),齐国也只好拜咱们的人为齐国的相国。这么着,秦国跟齐国联合到一块儿,要打算收服诸侯,事情可就好办得多了。"

秦昭襄王真打发自己的兄弟泾阳君到齐国去做人质,请孟尝君上咸阳来。就在这短短的几天,孟尝君和泾阳君交上了朋友。齐宣王在公元前 301 年死了,他的儿子即位,就是齐湣(mǐn)王。齐湣王不想得罪秦国,只好叫孟尝君上秦国去了。后来大臣当中有人对齐湣王说:"大王既然诚心跟秦国结交,何必一定要把泾阳君留在这儿做人质呐?"齐湣王就把泾阳君送走了。

公元前 299 年,孟尝君带着一大帮门客,一同到了咸阳。秦昭襄王亲自去迎接他。他见孟尝君左呼右拥,威风凛凛,不由得更加敬重起来。两个人说了一些彼此敬仰的话。孟尝君奉上一件纯白的狐狸皮袍子,作为见面礼。秦昭襄王知道这是很名贵的银狐,当时就很得意地穿上,向宫里的美人们夸耀了半天。那时候天还暖和,他就把袍子脱下来交给手下的人好好地收藏着。

孟尝君和他的一些门客到了咸阳之后,就有一批秦国的大臣怕秦王重用孟尝君,背地里商量着怎样排挤他。秦王择个日子,拜孟尝君田文为秦国的丞相。接着就有大臣对秦王说:"田文是齐国的贵族,手下的人又多,现在他当了丞相,一定先替齐国打算。要是他仗着丞相的权力暗中谋害秦国,秦国不就危险了吗?"秦昭襄王说:"你们说得也对。那么,还是把他送回去吧。"他们说:"他在这儿已经住了不少日子,秦国的事他差不多全都知道。哪儿能轻易放他回去呐?"秦昭襄王就把孟尝君软禁起来。

泾阳君为了建立自己的势力,在齐国的时候就跟孟尝君交上了朋友。这会儿一听说秦王把孟尝君软禁了,还想谋害他,就替他想办法。泾阳君带了两对玉璧送给秦王最宠爱的燕姬,请她帮助。燕姬拿三个手指托着下巴颏儿,斜着眼睛,装腔作势地说:"叫我跟大王说句话倒是不难,你把这两对白玉带回去,别的谢礼我一概不要,我只要一件银狐皮袍子就够了。"

泾阳君把她的话告诉了孟尝君,孟尝君皱着眉头说:"我就有那么一件,已经送给秦王了,哪儿还能要回来呐?"当时有个门客说:"我有办法。"他立刻去跟那个管衣库的人瞎聊天儿,看准了门路。当天晚上,这位门客从狗洞爬进宫里去,找着了衣库去偷那件皮袍子。他掏出好些钥匙,正在开门的时候,看库的人惊醒了,咳嗽了一声。那个门客就装狗叫,"汪汪"地叫了两声。看衣库的人就放了心,又睡着了。那个门客进了衣库,开了箱子,拿出那件银狐皮袍子,然后又锁上箱子，关上库房，从狗洞钻了出去。

孟尝君得到了这件皮袍子，送给了燕姬。燕姬就甜言蜜语地劝秦王把孟尝君放回去。秦王到了儿依了她，发下过关文书，让孟尝君回齐国去。

孟尝君得到了文书，好像漏网之鱼，急急忙忙地往函谷关（在今河南省灵宝市东北；函 hán）跑去。他怕秦王反悔，派人来追，又怕把守关口的人刁难他，就更名改姓，打扮成买卖人的样儿。他的门客中有个专门会假造和挖补文书的人，很巧妙地把那过关文书上的名字改了。他们到了函谷关，正赶上半夜里。

依照秦国的规矩，每天早晨，关口要到鸡叫的时候才许放人。他们只好在关里等候着天亮。孟尝君急得什么似的，万一天亮以前，秦王派人追上来怎么办呐？好在孟尝君的门客之中各色各样的人都有。大伙儿正发愁，忽然门客里有人捏着鼻子学起公鸡打鸣儿来了。接着，一声跟着一声，好像有好几只公鸡在应和着。紧跟着关里的公鸡全都打起鸣儿来。关上的人就开了城门，验过孟尝君的过关文书，让这批"买卖人"出了关口。

那边秦国有个大臣，一听到秦王把孟尝君放了，立刻赶着去朝见秦昭襄王。他说让孟尝君回去，好比"纵虎归山"，将来必有后患。秦昭襄王果然后悔了，立刻派人去追。那些追上去的人快马加鞭，连夜赶路。他们赶到函谷关，天还没亮。他们查问守关的人，说："孟尝君过去了没有？"守关人说："没有。"还拿出过关文书让他们瞧，果然没有孟尝君的名字。他们才放了心，大概孟尝君还没到呐。

等了半天，孟尝君还没来，他们起了疑，就跟守关的人说了孟尝君的长相，还有他带着的门客的人数和车马的样子。守关的人说："哦！有，有！他们早就过去了，是第一批过的关。"他们又问："你什么时候开的城门？我们到这儿什么都还看不清楚。难道你半夜里就开城门？"守关的人一愣，说："谁说不是呐？我们也正在纳闷儿，城门是鸡叫以后开的，可是等了半天，东方才发白。我们还纳闷儿，今天的太阳怎么出来得这么晚？"

追赶的人一听这话，就什么都明白了，一定是孟尝君用什么花招儿骗过守关人，过了关。再要往下追，这会儿太晚了，他们知道赶不上了，只好垂头丧气地回去报告秦昭襄王。

狡兔三窟

　　孟尝君逃回齐国,齐湣王仍旧拜他为相国。因为齐国远在东方,秦国不便再去找麻烦,两国总算相安无事。

　　孟尝君的门客越来越多,他把门客的待遇分为三等:头等门客吃的是鱼肉,出去有车马;二等门客吃的也是鱼肉,可没有车马;三等门客只吃些粗菜淡饭,反正饿不着就是了。孟尝君养了三千多个门客,供给他们吃、喝、住,这费用从哪儿来呐?他只能向老百姓加重剥削,特别是在自己的封地薛城向老百姓放账,用高利贷的进项来补贴养门客的费用。可是薛城的老百姓在高利贷的剥削之下,就喘不过气来了。

有一天，招待门客的总管对孟尝君说："下一个月的开支不够了，请打发人到薛城去收账吧。"孟尝君问他："派谁去呐？"总管说："早先老拍着宝剑唱歌的那位冯先生，在这儿待了一年多了，还没做过事。不如请他去一趟吧。"孟尝君就打发冯骥（也有说叫冯谖；骥 huān；谖 xuān）上薛城去收账。

冯骥是齐国人，当初穿得破破烂烂的来见孟尝君。孟尝君问他有什么本领。他说："没有什么本领。听说凡是投到公子这儿来的，不论有本领没本领，您都收留。我因为穷，才来投靠公子。"孟尝君点点头，收留了他，把他安排在三等门客里头。过了十几天，孟尝君问总管："那位新来的客人都做些什么？"总管说："冯先生穷得要命，只有一把宝剑，连个鞘（qiào）也没有，就用绳子拴着挂在腰里。他每回吃完了饭，老用指头弹着宝剑唱歌。什么吃饭没有鱼，宝剑哪，咱们不如回去！"孟尝君说："就给他鱼吃吧。"

冯骥升为二等门客，能吃鱼吃肉了。又过了几天，孟尝君又问总管："冯先生满意了吧？"总管说："我想他总该满意了。可是他吃完了饭，还是弹着宝剑唱歌，什么出门没有车（jū），宝剑哪，咱们不如回去！"孟尝君愣了一愣，想："他原来要当上等门客，看样儿准是个有本领的。"回头跟总管说："把冯先生升为上等门客，你留心他的行动，听他还说什么，再来告诉我。"又过了五六天，总管向孟尝君报告说:"冯先生又唱歌儿了。这回唱的是:老母撇不下,宝剑哪,还是回家吧!"孟尝君马上叫人去供养冯骧的母亲。冯骧这才安安稳稳地住下去了。

这会儿孟尝君派他到薛城去收账,冯骧就问:"顺便买些什么东西回来呐?"孟尝君随口回答了一句:"这儿短什么,就买些什么。您瞧着办吧。"冯骧坐着车马上薛城去收利钱。薛城人听说孟尝君打发一个上等门客来收账,都叫苦连天。有的就打算躲到别的地方去,有的准备托人去说情缓些日子。收账的第一天,只有一些个比较宽裕的人家给了利钱。冯骧一计算,已经收了十万。他就从中拿出一笔钱来,买了好些牛肉和酒,出了一个通告,说:"凡是欠孟尝君钱的,不论能还不能还,明天都来把账对一对,大家伙儿聚在一块儿吃一顿。"

第二天,那些欠账的老百姓都来了。冯骧一个个地招待他们,请他们喝酒吃饭。大伙儿喝过酒,冯骧就根据债券一个个问了一遍。有的请求展期,冯骧就在债券上批上。有的说不准什么时候能还,冯骧就把这些个搁在一边。等到债券批完之后,堆在一边的倒有一大半。老百姓这时候全都诉说自己的苦处:

"今年年成不好,我们连饭都吃不上。"

"我妈死了,连棺材还没有呐。"

"我已经交了好几年的利钱,交的利钱比本钱都多了,今年实在不能给了。"

"我的孩子病着,抓药的钱都没有!"

"我的媳妇儿难产……"

"自从我摔折了一条腿……"

冯谖不再听下去。他叫人拿火来,把这一大堆的债券全烧了。大伙儿瞧着烧债券的火,又是高兴,又是犯疑。他们哪儿知道冯谖是替孟尝君收买民心呐!冯谖编了一套话,对大伙儿说:"孟尝君放账给你们,原本是实心实意地救济你们,并非贪图利钱。可是他收留着好几千人,光靠他的俸禄哪儿够呐?这才不得不叫我来收账。他对我说:'那些能给的,你就收了来;谁要是一时拿不出,让他再缓一期,将来再给;那些真的给不了的,烧了债券,一概免了!'"众人听了信以为真,高兴地嚷着说:"孟尝君是我们的恩人!"

冯谖回来,把收账的经过报告给孟尝君。孟尝君听了,脸上变了颜色,说:"那我这三千多人可吃什么呐?您怎么花了这些钱,又打酒又买肉的,还把债券烧了!我请您去收账,您收了些什么回来呐?"冯谖说:"您别生气,我说给您听。那些实在穷得还不了的,您就是留着债券也没用,再过五年、十年,利钱越来越多,一辈子也还不了,反倒逼他们跑到别的地方去。这些债券简直没有用,不如烧了倒干脆。您要是拿势力去逼他们,利钱也许能够多少收点儿,可是民心丢了。您说过,这儿短什么,就买些什么。我觉得这儿短的就是民心。我就买了民心回来。我敢说，收回民心要比收回利钱强得多！"孟尝君无可奈何地向他拱了拱手，说："先生眼光远大，佩服！佩服！"

冯驩虽然没把账全收回来，可是孟尝君的名声更大了。秦昭襄王没追上孟尝君，本来已经不高兴了，如今听说齐湣王又重用他，更担着一份心。他就暗中打发心腹上齐国去散布谣言说："孟尝君收买人心，齐国人光知道有孟尝君，不知道有齐王。孟尝君眼瞧着快要当上齐王了。"齐湣王听到了这些谣言，果然起了疑，收回了孟尝君的相印，叫他回到薛城去。

"树倒猢狲散"，孟尝君给革了职，那些门客全散了。孟尝君觉得很凄凉。只有这位收账烧债券的冯先生还一步不离地跟着他，替他驾车，一块儿上薛城去。薛城的老百姓一听孟尝君来了，都来迎接他，有的带了一只鸡，有的提着一瓶酒。孟尝君见了，感激得掉下眼泪来。他对冯驩说："这就是先生给我买来的民心呀！"

冯驩说："这点儿算得了什么？如今您能安居的地方只有这个薛城。俗语说'狡兔三窟'（机灵的兔子有三个窝儿），您至少也得有三个能安身的地方才能踏实。您要是能借给我这辆车马，让我上秦国去一趟，我一定能再叫齐王重用您，加您的俸禄。那时候，薛城、咸阳、临淄三个地方都会欢迎您，您看好不好？"孟尝君说："全听先生调度吧！"

冯驩到了咸阳，对秦昭襄王说："如今天下有才干的人，不是投奔秦国，就是投奔齐国。上秦国来的都想叫秦国强，齐国弱；上齐国去的都想叫齐国强，秦国弱。可见当今之世，不是秦得天下，就是齐得天下。这两个大国是势不两立的。"秦昭襄王听了他的话，跪起来说（当时的人是坐在地上的）："先生有何妙计能叫秦国强大，请指教！"冯驩连忙请他坐了，说："齐国把孟尝君革职了，大王知道吗？"秦王装模作样地说："我听说倒是听说了，可不大清楚。"冯驩说："齐国能够有现在这样的地位，全仗着孟尝君呐。如今齐王听了谣言，革了他的官职，收回了相印。齐王这么以怨报德地对付孟尝君，孟尝君当然也怨恨齐王。大王趁着他怨恨齐王的时候，赶快把他请来。要是他能够给大王出力，还怕齐国不来归附吗？齐国要一归附，天下可就是秦国的了。大王赶快打发人用车马带着礼物去请他，还来得及。万一齐王反悔，再拜他为相国，齐国可又要跟秦国争高低了。"

这时候，正巧秦国老丞相死了，秦昭襄王正需要帮手，就依了冯驩的话，打发使者带了十辆车，一百斤金子，用迎接丞相的仪式上薛城去迎接孟尝君。冯驩辞别了秦昭襄王，说："我先回去告诉孟尝君一声，免得临时匆促。"

冯驩离了咸阳，就急急忙忙地照直到了临淄，求见齐湣王，对他说："齐国和秦国是势不两立的两个大国，谁要是得到人才,谁就能号令天下。我在道儿上听到秦王暗中去拉拢孟尝君,打发使者带了十辆车、一百斤金子,用迎接丞相的仪式上薛城去迎接他。孟尝君真要是做了秦国的丞相,临淄、即墨不就危险了吗?"齐湣王真没防到这一招儿,很着急地说:"怎么办呐?"冯驩说:"不能再耽误了,趁着秦国人还没到,大王赶紧先恢复孟尝君的官职,再加封他一些土地,孟尝君一定感激大王。他做了相国,难道说秦国没得到大王的认可,就可以随便接走人家的大臣吗?"

齐湣王答应重新重用孟尝君,可是心里还有点儿疑惑。他背地里打发心腹到边境上去探听秦国的动静。派去的人一到了边界上,就见那边秦国的车马已经来了。他立刻赶回临淄,上气不接下气地向齐湣王报告。齐湣王立刻吩咐冯驩去接孟尝君来做相国,另外又封给他一千户的土地。赶到秦国的使者到了薛城,孟尝君已经官复原职了。秦国的使者白跑了一趟,秦昭襄王只怪自己晚了一步。

火牛陷阵

孟尝君官复原职的时候，也是齐湣王最得意的时候。仗着祖父齐威王、父亲齐宣王打下的底子，齐国强盛极了，和西方的秦国不相上下。秦国不敢小看齐国，齐国也不敢轻视秦国。秦昭襄王和齐湣王就约定，天下要由秦、齐两国平分，秦国称西帝，齐国称东帝。

公元前286年，齐湣王约会了楚国和魏国共同灭了宋国，把宋国的土地分了。宋国本是春秋时期的大国，这会儿让齐国灭了，各国都很惊讶，对齐国挺害怕。齐湣王得到了宋国大部分的土地，可他还不满意。他说："这回灭宋国，全是齐国的力量，楚国和魏国怎么能坐享其成呐？"他趁人家不防备，突然派兵攻击楚军和魏军，从他们手里抢过来方圆好几百里的地界。楚国和魏国从此恨透了齐国，反去跟秦国交好了。

齐湣王并吞了宋国大部分的土地，越发骄横起来了。他对大臣们说："我早晚把周朝灭了，就能当天王。只要自己有力量，谁还敢反对？"孟尝君劝告他说："宋国因为狂妄自大，得罪了列国，大王才把他灭了。请大王别学宋王的样儿。天王虽说失了势力，终究还是列国诸侯共同的主人。大王怎么说要去攻打天王呐？"齐湣王说："为什么不能呐？成汤征伐夏桀王，武王征伐殷纣王，我为什么就不能当成汤和武王呐？可惜你不是伊尹、姜太公罢了！"君臣就这么闹了别扭。齐湣王又把孟尝君的相印收了回去。孟尝君怕再得罪他，就带着门客逃到大梁，投奔魏公子信陵君去了。

齐湣王自从孟尝君走了以后，更加狂妄自大了，天天想去进攻成周，自己好当天王。这一来，列国诸侯都对他不满意，北边的燕国就趁着机会，前来报仇。

原来燕国在公元前314年起了内乱。当时的齐宣王趁火打劫，借着平定燕国内乱的名义，派大将匡章把燕国灭了。后来燕国人发起了一个复国运动，找到了以前的太子，立他为国君，就是燕昭王。各诸侯国反对齐国，燕国各地投降了齐国的将士也起来反抗，拥护燕昭王。匡章没法儿镇压，只好退回齐国去了。燕、齐两国这就结了仇。燕昭王回到都城，修理宗庙，整顿朝政，搜罗人才，操练兵马，立志要向齐国报仇。

这回燕昭王听说齐湣王轰走了孟尝君，还想去进攻成周。他就对他最信任的将军乐毅说："燕国受齐国的欺负，已经这么些年了。我天天想替先王报仇，就是不敢太鲁莽。如今齐王无道，跟诸侯结下冤仇，这正是灭掉齐国的好机会。我打算发动全国的军队去跟齐国以死相拼，您看怎么样？"乐毅说："齐国地大人多，很有力量，咱们单个儿去攻打怕办不到。大王要征伐齐国，必须联合别的国家。列国之中跟咱们紧挨着的是赵国。大王跟赵国一联合，韩国准会加入。孟尝君在魏国也恨着齐王，也许会请魏王帮助咱们。这样，燕国联合了赵、韩、魏一同去征伐，准能把齐国打败。"

燕昭王就请乐毅去跟列国联系。秦昭襄王正怕齐国太强大，也愿意帮助燕国。公元前284年，燕国的大将乐毅、秦国的大将白起、赵国的大将廉颇、韩国的大将暴鸢（yuān）、魏国的大将晋鄙（bǐ），各人带着本国的兵马，按着约定的日子会合在一起。燕国的乐毅当了上将军，统率五国的兵马，浩浩荡荡地向齐国进攻。战国时期最有名气的一次战争，这就开始了。

上将军乐毅跑在赵、韩、魏、秦各国兵马头里，到最接近敌人的地方去指挥作战。四国的将士一见，个个拼命往前打，把齐国的兵马打得死的死，伤的伤，剩下的只能往后退。齐湣王万万没想到五个国家都来打他，慌了手脚，只好逃出临淄。赵、韩、魏、秦四国的将士打了几回胜仗，各自占领了齐国的几座城，就心满意足地驻扎下来，不再接着往下打了。乐毅认为夺下来的城由他们几国守住，也很好。他自己就带着本国的军队接着往下打，沿路宣扬燕国军队的纪律，安抚齐国的人民。

乐毅出兵才半年，接连打下了齐国七十多座城，齐湣王也给人杀了，只剩下莒城（在今山东省莒县；莒 jǔ）和即墨两处还没投降。齐国眼看着就要亡国了。乐毅一想：单靠着武力，收服不了齐国的民心。民心不服，就算把齐国全打下来，也守不住。好在齐国只剩下两座城，也不能再成什么大事，不如拿恩德去打动齐国人，叫他们自己来投降。他就做出几件讨好齐国人的事情，例如：废除当初齐王所定的苛刻的法令，减轻人民的捐税，尊重他们的风俗习惯，优待地方上的名流等。乐毅围困莒城和即墨三年，可还没打下来。他就下令退兵，大军驻扎在离城十来里的地方，又下了一道命令，说："城里的老百姓出来打柴，让他们随便来往，不准为难他们。瞧见挨饿的，给他们吃的；受冻的，给他们穿的。"要是燕国的君臣能够信任乐毅到底，实行收服人心的办法，那么，莒城和即墨的抵抗也许长久不了。可是有人从中破坏，辜负了乐毅的一番苦心。

燕国的大夫骑劫对燕太子说："齐王已经死了，齐国就剩下两座城。乐毅能在半年之内打下七十多座城，为什么费了三年工夫还打不下这两座城？这里头准有鬼。"太子点了点头。骑劫接着说："听说他怕齐国人心不服，因此要拿恩德去感化他们。等到齐国人真的归顺了他，他不就当上齐王了吗？他再要回燕国来当臣下才怪呐！"太子把这话告诉了燕昭王。燕昭王一听，蹦了起来，怒气冲冲地打了太子二十板子，骂他是个忘恩负义的畜生。他说："先王的仇是谁给咱们报的？乐毅的功劳简直没法儿说。咱们把他当作恩人还怕不够尊敬，你们还要说他坏话？就是他真做了齐王，也是应该的呀！"

燕昭王责打了太子之后，索性打发使者上临淄去见乐毅，立他为齐王。乐毅非常感激燕昭王的心意，可是他对天起誓，情愿死，也不愿接受这封王的命令。

公元前279年，燕昭王死了。太子即位，就是燕惠王。燕惠王信任骑劫，正像燕昭王信任乐毅一样。他还算顾全大局，没把乐毅革职。可是不久又传来了谣言，说什么"乐毅本来早就当了齐王了，为了讨先王的好，他不敢接受王号。如今新王即位，乐毅可就要做王了。要是新王另外派个将军来，一定就能攻下莒城和即墨"。燕惠王信了，就派骑劫为大将，把乐毅调回来。

乐毅叹了口气说："要是回去，万一给新王杀了，丧了一条命倒不算什么，只是太对不起先王了。"乐毅原来是赵国人,他就回老家去了。赵王欢迎他回到本国,封他为望诸君。

骑劫当了大将,接收了乐毅的军队。他有他的一套办法,把乐毅的命令全改了。燕军都有点儿不服气,可是敢怒而不敢言。骑劫下令围攻即墨城,围了好几层,可是城里早就做了准备。守城的将军田单,把决战的步骤已经很周密地布置好了。

田单是齐国田氏远房的贵族。齐湣王在世的时候,他是个无声无臭(xiù)的小军官。后来燕军进攻即墨,即墨大夫出去抵抗,打了败仗,受了重伤死了。城里没有人主持,军队没有人带领,差点儿乱了起来。大伙儿就公推田单为将军,才有了个带头的人。田单跟士兵们同甘共苦,又把本族人和自己的妻子都编在队伍里。即墨的人见他能这样做,都愿意服从他。

田单知道乐毅的本领强,不出去跟他打仗,老是很严实地守着城。等到燕惠王一即位,田单就钻了空子,暗中派人上燕国去散布谣言。燕惠王果然派骑劫去接替乐毅。田单又叫几个心腹扮作老百姓到城外去谈论。他们说:"以前乐将军太好了,抓了俘虏还好好地待他们,城里的人当然不怕了。要是燕国人把俘虏的鼻子削去,齐国人还敢打仗吗?"另有人说:"我们祖宗的坟都在城外,要是燕国军队真刨起坟来,可怎么办呐?"这种仨一群、俩一伙儿的谈论,传到骑劫的兵营里。骑劫听到了这些话,就真把齐国俘虏的鼻子都削了去,又叫士兵把齐国城外的坟都刨了,把死人的骨头拿火烧了。即墨的人听说燕国的军队这么虐待俘虏,全愤恨起来。后来他们在城头上瞧见燕国的士兵刨他们的祖坟,就都大哭起来,咬牙切齿地痛恨敌人。大伙儿全都一心一意地要替祖宗报仇。

即墨的士兵和群众都纷纷地向田单请求,一定要跟燕国人拼个死活。田单就挑选了五千名壮丁、一千头牛,先训练起来,叫老头儿和妇女们在城头上值班。他又搜集了好些金子,打发几个人装作即墨的富翁,偷偷地给骑劫送去,说:"城里粮食已经吃完了,不出三天就得投降。贵国大军进城的时候,请求将军保全我们的家小。"骑劫满口答应,交给他们几十面小旗子,叫他们插在门上作为记号。骑劫得意扬扬地对将士们说:"我比乐毅怎么样?"大伙儿说:"强得多了!"这一来,燕军净等着田单来投降,用不着再打仗了。

那些派去的人回报以后,田单就把那一千头牛打扮起来。牛身上披着一件褂子,上面画着大红大绿、稀奇古怪的花样;牛犄角上捆着两把尖刀;牛尾巴上系着一捆浸透了油的麻和苇子。这就是预备冲锋陷阵的牛队。那五千名壮丁组成"敢死队",都画上五色的花脸,拿着大刀阔斧,跟在牛队后头。到了半夜里,拆了几十处城墙,把牛队赶到城外,牛尾巴点上了火。牛尾巴一烧着,一千头牛可就犯了牛性子，一直向燕国的兵营冲过去。五千名"敢死队员"紧跟着冲杀上去。城里的老百姓狠命地敲着铜盆、铜壶，随着跟到城外来呐喊，霎时震天动地的喊杀声夹着鼓声、铜器声，吓醒了燕国人的睡梦。

燕国将士手忙脚乱，慌里慌张地找不着家伙了。睡眼蒙眬地一瞧，成百成千的怪兽，脑袋上长着刀，已经冲过来了！后面还跟着一大群稀奇古怪的妖精。胆小的吓得腿也软了，一开步就瘫倒在地上。能跑的见了这些鬼怪，哪儿还敢抵抗呐？别说一千对牛犄角上的刀扎伤了多少人，那五千名"敢死队员"砍死了多少人，就是燕国军队自己连撞带踩地一乱，也够受的了。大将骑劫坐着车，打算杀出一条活路，正巧碰上了田单。这位自认为比乐毅强得多的大将，就给田单像抹臭虫一样地抹死了。

田单整顿了队伍，立即往下反攻。整个齐国轰动起来了。那些已经投降了燕国的齐国将士一听到田单打了大胜仗，就杀了燕国的将士，准备迎接田单。田单的军队打到哪儿，哪儿的百姓就起来响应，田单的势力就越来越强大了。

不到几个月工夫，被燕国和秦、赵、韩、魏四国占领着的七十多座城，一座一座地全被收回来了。齐国将士和百姓没有不高兴的。因为田单恢复了父母之邦，立了大功，大伙儿要立他为齐王。田单说："太子法章住在莒城，我们早已有了联络。我哪儿能自立为王呐？"他就把太子接到临淄

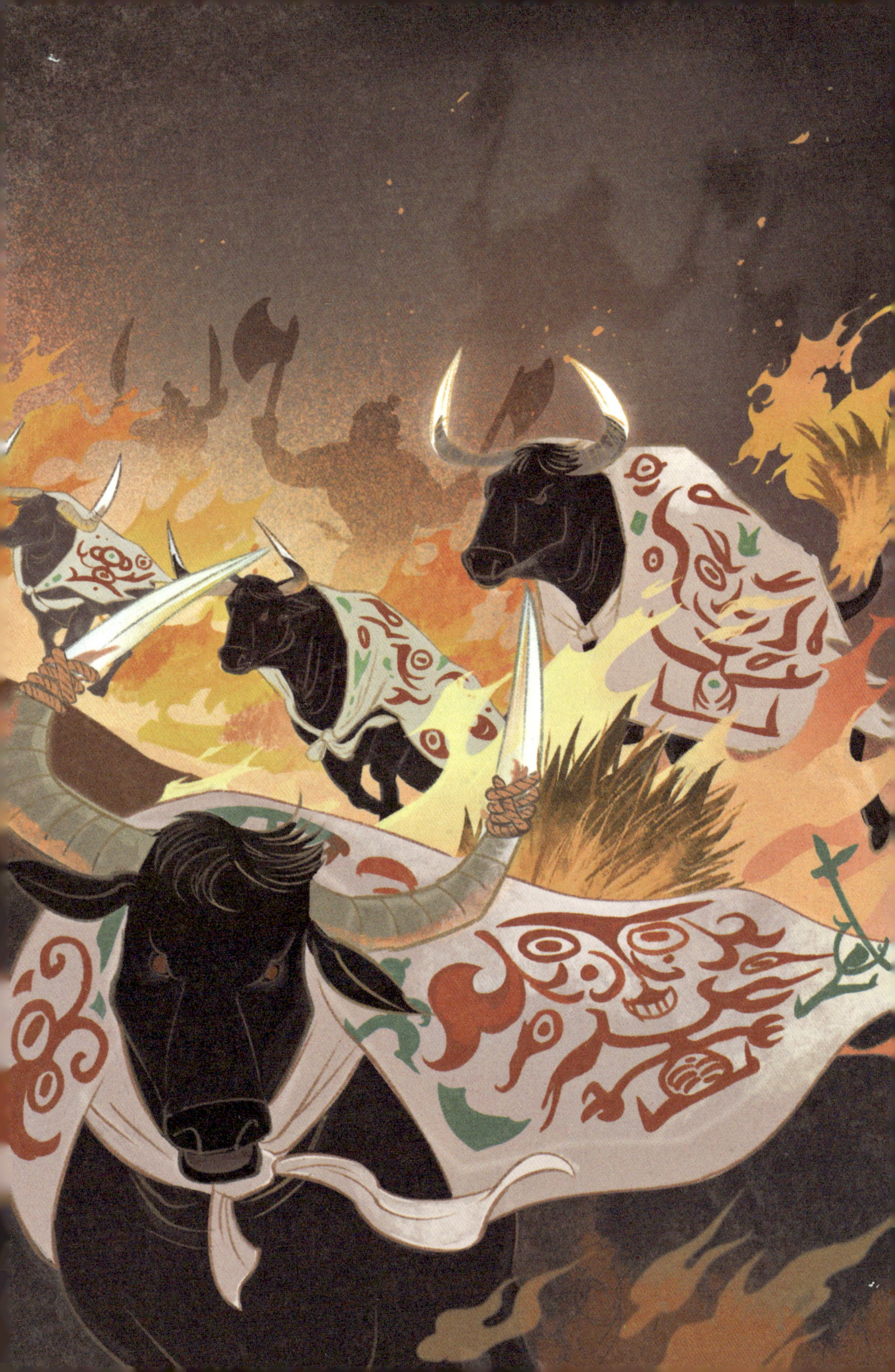

来，择个好日子，祭祀太庙，太子法章正式做了国君，就是齐襄王。

齐襄王对田单说："咱们齐国已经快亡了，全靠叔父重新建立起来，这功劳实在太大了，叫我怎么来报答您呐？我封叔父为安平君，请叔父不要推辞。"田单谢了恩，当时就请齐襄王继续发愤图强，防备燕国再来报复。但是齐国经过这几年的战争，到底削弱了，再没有力量跟秦国争夺天下了。

燕惠王直到骑劫被杀，燕军打了败仗之后，才想起乐毅的好处，后悔也来不及了。他写信再去请乐毅来，乐毅回了他一封信，说明他不能回来的难处。燕惠王闷闷不乐，又怕乐毅在赵国怨恨他，就把乐毅的儿子乐闲封为昌国君，继承他父亲的爵位。这一来，乐毅好像做了燕国和赵国的中间人，他有时候到燕国住，有时候到赵国住，来来往往的，两国都把他当贵客，他也劝赵王跟燕国交好。到了儿他死在了赵国。

完璧归赵

赵国和燕国和好的时候，秦国屡次三番地来侵犯赵国，可都给大将廉颇打了回去。秦昭襄王没法儿，只好假意地跟赵国和好。他打算用别的手段来收拾赵国。

公元前283年，秦昭襄王听说赵王得到了和氏璧，就是当初楚国丢了、害得张仪受了冤屈的那块玉璧。他派使者带着国书去见赵惠文王，说："秦王情愿拿出十五座城来换那块和氏璧，希望赵王答应。"赵惠文王就跟大臣们商量：想要答应秦国，又怕上当；要不答应，又怕得罪秦国。大伙儿计议了半天，还不能决定到底应当怎么办。赵惠文王问谁能当使者上秦国去。他说着，瞧了瞧大臣们，大臣们都低着头不开口。

当时有个宦（huàn）官叫缪（miào）贤的，对赵王说："我有个门客叫蔺（lìn）相如，他是个挺有见识的谋士。我想，叫他上秦国去倒还合适。"赵惠文王把蔺相如召上来，问他："秦王拿十五座城来换取赵国的和氏璧，先生认为是答应好，还是不答应好？"蔺相如说："秦国强，咱们弱，不能不答应。"赵惠文王接着又说："要是把和氏璧送了去，得不着城，怎么办呐？"蔺相如说："秦国拿出十五座城来换一块玉璧，这个价钱总算够高的了。赵国要是不答应，错在赵国。大王把和氏璧送了去，要是秦国不交出城来，那么错在秦国了。我说，宁可叫秦国担这个错儿，咱们可不能不讲道理。"赵惠文王说："先生能上秦国去一趟吗？"蔺相如说："要是没有可派的人，那我就去一趟。秦国交了城，我就把和氏璧留在秦国；要不然，我一定完璧归赵。"赵惠文王就拜蔺相如为大夫，派他上秦国去。

蔺相如带着和氏璧到了咸阳。秦昭襄王听说赵国送和氏璧来了，挺得意地坐在朝堂上让使者去见他。蔺相如恭恭敬敬地把和氏璧献了上去。秦昭襄王接过来，看了看，很高兴。他把和氏璧递给左右，让大伙儿传着看，又交给后宫的美人儿瞧了一回。大臣们一齐欢呼，都给秦昭襄王庆贺。蔺相如一个人冷冷清清地站在朝堂上等着，等了老半天，也不见秦昭襄王提起交换城的事。他想："秦王果然不是真心实意地拿城来交换。可是玉璧已经到了别人手里，怎么能再拿回来呐？"他急中生智，上前对秦昭襄王说："这块玉璧看着虽说挺好，可是有点儿小毛病，别人不容易瞧出来，让我指给大王瞧一瞧。"秦昭襄王就叫手下的人把和氏璧递给蔺相如。

蔺相如拿着和氏璧往后退了几步，靠着朝堂上的大柱子，瞪着眼睛，气哼哼地对秦昭襄王说："大王派使者到敝国送国书的时候，说是情愿拿出十五座城来换这块和氏璧。赵国的大臣们都说：'这是秦王骗人的话，千万不能答应。'我可反对说：'大国的君王哪儿能不讲信义呐？可不能瞎猜疑。'赵王这才斋戒了五天，然后派我把和氏璧送了来。这是多么郑重的一件事！可是大王拿着和氏璧随随便便地叫左右传着看，还送到后宫去给女人们玩弄，没把它重视得像十五座城一样。从这点看来，我知道大王并没有交换的诚意。如今和氏璧在我的手里，大王要是逼我的话，我宁可把我的脑袋和这块玉璧一同在这根柱子上碰碎！"说话之间，他就举起和氏璧来，对着柱子要摔。

秦昭襄王连忙向他赔不是，说："大夫别误会了。我哪儿能说了不算呐？"他就叫大臣拿上地图来，指着说："打这儿到那儿，一共十五座城，全给赵国。"蔺相如一想："可别再上他的当！"他就对秦昭襄王说："好吧。不过赵王斋戒了五天，又在朝堂上举行了一个很隆重的送玉璧的

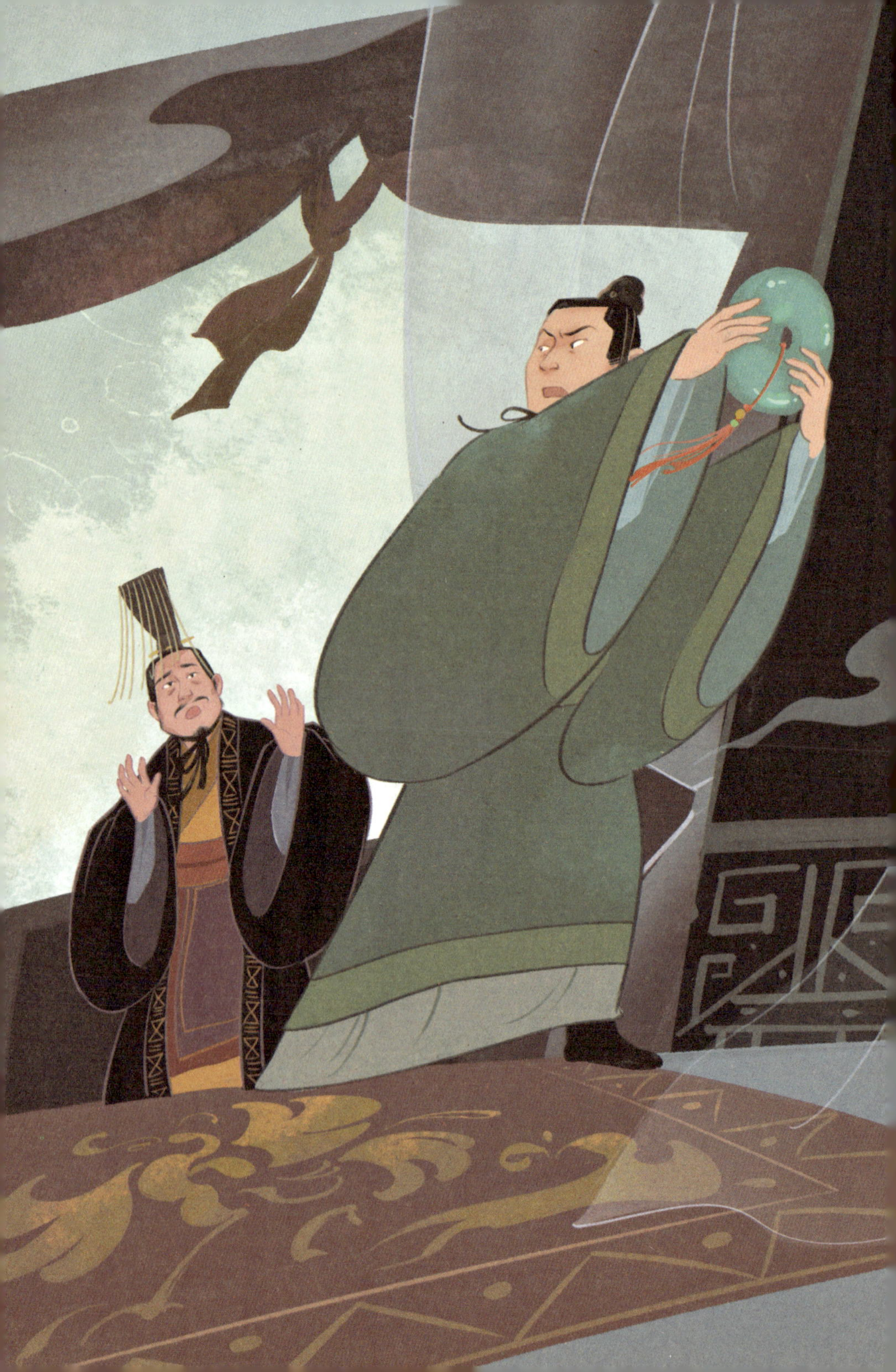

仪式，大王也应当斋戒五天，然后再举行一个接受玉璧的仪式。要这么郑重其事地尽了礼，我才敢把和氏璧奉上。"秦昭襄王一想："反正你跑不了。"他就说："好！就这么办吧。咱们五天后举行仪式。"他叫人把蔺相如护送到宾馆里去歇息。

蔺相如拿着那块玉璧到了宾馆。他琢磨着："过了五天，仍然得不到那十五座城，怎么办呐？"他就叫一个手下人扮成买卖人的模样，把和氏璧包着贴身系着，偷偷地从小道跑回赵国去了。

过了五天，秦昭襄王召集了大臣们和几个在咸阳的别国使臣，大家伙儿都来参加接受和氏璧的仪式。他想借着这个因由来向各国夸耀夸耀。朝堂上非常严肃。忽然传令官喊着说："请赵国的使臣上殿！"蔺相如不慌不忙地走上殿去，向着秦昭襄王行了礼。秦昭襄王见他空着两只手，就对他说："我已经斋戒了五天，这会儿举行接受玉璧的仪式吧。"蔺相如说："秦国自从穆公以来，前后二十几位君主，没有一个讲信义的。孟明视欺骗了晋国，商鞅欺骗了魏国，张仪欺骗了楚国……过去的事一件件都在那儿摆着。我也怕受到欺骗，对不起赵王，已经把和氏璧送回赵国去了。请大王治我的罪吧！"

秦昭襄王听了大发雷霆，嚷嚷着说："我依了你斋戒五天，约定今天举行仪式，你竟把和氏璧送回去了！是你欺骗了我,还是我欺骗了你?"他气呼呼地对左右说:"把他绑上!"蔺相如面不改色地说:"请大王息怒,让我把话说完了。天下诸侯都知道秦是强国,赵是弱国。天下只有强国欺负弱国,绝没有弱国欺负强国的道理。大王真想要那块和氏璧的话,请先把那十五座城交割给赵国,然后打发使者跟着我一块儿到赵国去取那块玉璧。赵国得到了十五座城之后,决不能不顾信义得罪大王的。好在各国的使者都在这儿,他们都知道是我得罪了大王,不是大王欺负了弱国的使臣。我的话完了,请把我杀了吧。"

秦国的大臣们听了这番话,你瞧着我,我瞧着你,都不作声。各国的使者都替蔺相如捏一把汗。两旁的武士正要去绑他,就听到秦昭襄王喝住他们说:"不许动手!"回头对蔺相如说:"我哪儿能欺负先生呐?一块玉璧不过是一块玉璧,我们不应该为了这件小事儿伤了两国的和气。"他很尊敬地招待了蔺相如,让他回去了。

秦昭襄王本来也不一定要得到和氏璧,不过要借着这件事去试探赵国的态度和力量。蔺相如完璧归赵,表现了赵国不屈服的决心。可是秦昭襄王总忘不了赵国。要是一个小小的赵国都收服不了,怎么还能够兼并六国呐?

公元前279年,秦昭襄王又使个花招儿,请赵惠文王上渑池(在今河南省渑池县;渑 miǎn)去跟他相会。赵惠文王怕被秦国扣留,不敢去。蔺相如和大将廉颇都认为要是不去，反倒叫秦国看不起。赵惠文王没法儿，准备硬着头皮去冒一趟险，叫蔺相如跟着他一块儿去，叫廉颇辅助太子留在本国。平原君赵胜对赵惠文王说："最好挑选五千精兵作为随从，再把大队兵马驻扎在三十里外的地方作为接应。"赵惠文王就叫大将李牧带领着五千人一块儿出发，叫平原君带领着几万人跟着。廉颇还觉得不大妥当，说："这回大王上秦国去，是凶是吉谁也不敢断定。我想，在道上一去一来，加上两三天的会，至多也不过三十天工夫。要是过了三十天，大王还不回来，能不能把太子立为国君，好叫秦国死了心，不能要挟大王。"赵惠文王答应了。

到了约会的日期，秦昭襄王和赵惠文王在渑池相会，很高兴地喝酒、谈天，彼此都说相见恨晚。秦昭襄王喝了几盅酒，醉醺醺地对赵惠文王说："听说赵王喜欢音乐，弹得一手好瑟。我这儿有个宝瑟，请赵王弹个曲儿，给大伙儿凑个热闹！"赵惠文王脸红了，可是不敢推辞，就弹了个曲儿。秦昭襄王称赞了一番。秦国的史官当场就把这件事记了下来，念着说："某年某月某日，秦王和赵王在渑池相会，秦王命赵王鼓瑟。"赵惠文王气得脸都紫了。赵国还没亡呐，秦王竟把赵王当作臣下看待，叫他弹他就弹，还把这种丢脸的事记在史书上，赵国的体面可丢尽了。可是赵惠文王没法儿抗议，只好把气忍在肚子里。

这时候，蔺相如拿着一个瓦盆（古代称缶 fǒu），突然跑到秦昭襄王跟前，跪着说："赵王听说秦王挺会秦国的音乐。我这儿有个缶，请秦王敲个曲儿吧！"秦昭襄王立刻变了脸色，不理他。蔺相如的眼中射出光芒，他说："大王太欺负人了！秦国的兵力虽说强大，可是在这儿五步之内，我就可以把我的血溅到大王身上去！"秦昭襄王见他逼得这么紧，只好拿起筷子来，在瓦盆上敲了一下。蔺相如回过头去，叫赵国的史官也把这件事记下来，说："某年某月某日，赵王和秦王在渑池相会，秦王为赵王击缶。"

秦国的大臣眼看着蔺相如伤了秦王的体面，很不服气，就有人站起来说："请赵王割让十五座城给秦王上寿！"蔺相如站起来对着秦昭襄王说："请秦王割让咸阳给赵王上寿！"这时候，秦昭襄王已经得到了密报，说赵国的大军驻扎在邻近的地方，人多马壮，随时准备打过来。他知道用武力也得不到便宜，就喝住秦国的大臣，又请蔺相如坐下，和颜悦色地说："今天是两国君王欢聚的日子，诸位不必多言。"说着，他给赵惠文王敬了一杯酒。赵惠文王也回敬了一杯。两下里约定谁也不侵犯谁。渑池之会总算圆满结束。

负荆请罪

赵惠文王回到本国,正好是三十天工夫。打这儿起,赵惠文王更加信任蔺相如,拜他为相国,他的地位比大将廉颇还高。这可把廉颇气坏了。他回到家里,满脸通红,气呼呼地对自己的门客们说:"我是赵国的大将,拼着命替赵国打仗,立了多少功劳!蔺相如呐,一个宦官手下的人,就仗着一张嘴,有什么了不起的?倒爬到我的头上来了!有朝一日,他要碰在我的手里,哼!就给他个样儿瞧瞧!"早有人把这话传到蔺相如的耳朵里了。蔺相如就装病,不去上朝,就是有公事,也不跟廉颇见面。蔺相如手下的人都说他胆小,三三两两地谈论着,替他不服气。

有一天，蔺相如带着一队随从出去，老远就瞧见廉颇的车马迎面过来。他连忙叫赶车的退到小巷里去躲一躲，让廉颇的车马过去。这一来，可把他的门客和底下人都气坏了。他们私下里一商量，派几个领头的去见蔺相如，对他说："我们远离家乡，投奔在您的门下，还不是为了敬仰您吗？如今您和廉颇同朝为官，地位又比他高，他骂了您，您就怕了他，在朝堂上不敢跟他见面，半道上碰见他，也这么躲躲藏藏的，叫我们怎么受得了？要这么下去，人家还要骑在我们的脖子上来呐！我们气量小，只好跟您告辞了！"

蔺相如拦着他们，说："诸位看廉将军跟秦王哪一个势力大？"他们说："那当然是秦王的势力大喽。"蔺相如说："对呀！天下的诸侯，哪个不怕秦王？哪个敢反对他？可是为了保卫赵国，我就敢在秦国的朝堂上当面责备他。怎么我见了廉将军反倒会怕了呐？你们替我抱不平，难道我自己就没有火儿吗？可是各位要知道：那样强横的秦国为什么不敢来侵犯咱们赵国呐？还不是为了咱们同心协力地抵抗敌人吗？要是两只老虎斗起来，准是两败俱伤。秦国听见之后，一定趁机会来侵犯赵国。因此，我宁愿忍气吞声，容让点儿。你们想想：是国家要紧呐，还是私人要紧呐？"他们听了这番话，一肚子的气全消了，打这儿起，就更加佩服蔺相如了。

后来蔺相如的门客碰见了廉颇的门客，也都能够体贴主人的心意，总是让他们几分。可是廉颇反倒越来越自高自大了。

这件事情叫赵国的一位名士叫虞（yú）卿的知道了。他告诉了赵惠文王，赵惠文王请他去调解。虞卿见了廉颇，先夸奖他的功劳。廉颇听了，很高兴。虞卿接着说："要论起功劳来，蔺相如比不上将军；要论起气量来，将军可就比不上他了。"廉颇一听，又犯起他那蛮横劲儿来了。他说："他有什么气量？"虞卿就把蔺相如对门客说的话说了一遍。廉颇当时脸就红了，低着头说："我是个粗鲁人。先生要不说，我还被蒙在鼓里呐！这么说来，我……我太对不起他了！"

廉颇送走了虞卿，就脱了衣服，赤裸着上身，背着荆条（文言叫"负荆"；"荆"是责打用的木条）跑到蔺相如的家里去请罪。他见了蔺相如，跪在地下说："我是个粗人，见识少，气量窄。哪儿知道您竟这么容让我，我实在没有脸来见您。请您只管责打我，就是把我打死了，我也甘心乐意。"蔺相如连忙跪下，说："咱们两个人一心一意地为赵国尽力，都是重要的大臣。将军能够体谅我，我已经万分感激了，怎么还来给我赔错儿呐？"廉颇连话都说不出来，只是流着眼泪。蔺相如也哭了。两个人很亲热地抱着，好久不放。将军跟相国就这么和好了，还做了知心朋友。两个大臣同心协力地保卫赵国，秦国还真不敢来侵犯。

自从渑池相会之后，整整十年工夫，秦国和赵国没发生

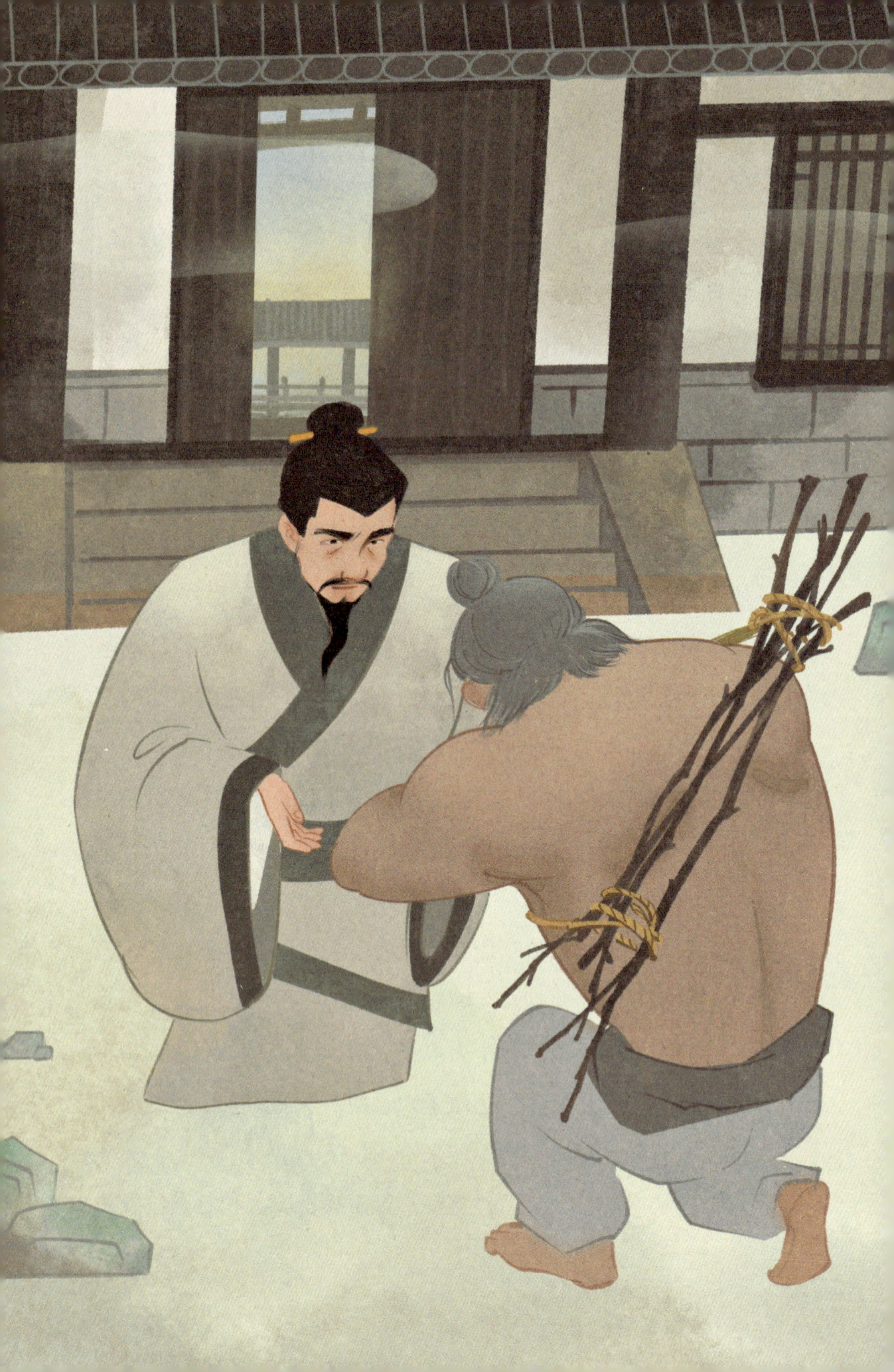

过什么大的冲突。可是在这十几年里头，秦国从楚国、魏国得到了不少土地。到了公元前270年，秦国又打算发兵去打齐国。正在这时候，秦昭襄王接到了一封信，落名"张禄"，说有非常紧要的话来奉告他。秦王一时想不起张禄这个人。这张禄究竟是谁呀？

远交近攻

张禄是魏国人，他的原名叫范雎（jū），投在魏国的大夫须贾门下做门客。当初燕国联合五国共同攻打齐国的时候，魏国也曾出兵帮助燕国。后来田单用火牛阵打败了燕军，恢复了齐国，齐襄王法章即位，发愤图强。魏昭王怕他来报仇，就跟相国魏齐商量，打发大夫须贾上齐国去慰问。须贾带着范雎一起去了。

齐襄王见了魏国的使臣，想起以前的仇恨，痛骂魏国不该帮助燕国来打齐国。他说："这个仇我还没报呐，你们倒还有脸来见我！"须贾迎头碰了钉子，说不出话来。范雎在旁边替他回答说："如今大王即位，我们的国君非常高兴，希望大王能接续桓公（指春秋五霸之一的齐桓公）的事业，好替潜王遮盖遮盖，这才打发使臣前来庆贺，两国重新和好。哪儿知道大王只知道责备别人，不想想齐国自己的错处。难道大王不学桓公谦让的样儿，反要学潜王骄横的样儿吗？"齐襄王听了，不由得拱着手说："这是我的不是！"回头问须贾："这位先生是谁？"须贾说："是我的门客，叫范雎。"齐襄王很器重范雎，就想把他留在齐国。

齐襄王打发人背地里去见范雎，对他说："我们大王十分钦佩先生，打算请先生做个客卿，请别推辞。"还送给他十斤金子、一盘子牛肉、一瓶子好酒。范雎坚决地推辞了。来人一定要请他把礼物收下，还说："这是我们大王的诚意，先生要不收下，叫我怎么回去交代呐？"他苦苦地央告，说什么也不走，闹得范雎只好把牛肉和酒留下，那十斤金子死也不收。

早有人把这件事向须贾报告去了，须贾疑心范雎私通齐国。他们回到魏国之后，须贾把这事告诉了相国魏齐。魏齐认为范雎一定把魏国的机密大事告诉了齐襄王，就下令严刑拷打，要范雎招供。范雎嚷嚷着说："老天爷在上头，我并没做错什么事，叫我招认什么呐？"须贾坐在一旁只是冷笑。魏齐十分恼怒，吩咐底下人把他打死。起先范雎还直喊冤枉，到后来，一点儿声音也没有了。手下的人报告说："已经断气了！"魏齐亲自下来一瞧，见他浑身没有一处好地方，一根肋骨折了，戳到肉皮外头，两颗门牙也掉了。魏齐叫手下的人拿领破苇席把他裹起来，扔在厕所里，叫宾客们往他身上撒尿。

天黑下来，范雎慢慢地苏醒过来，只见一个底下人在那儿看着他。范雎对他说："我活是活不了啦。我家里还有几两金子，你要是能让我死在家里，我把金子全给你。"那个人说："您还得跟死人一样躺着，我去请求相国。"他向魏齐报告，说范雎的尸首发臭了。魏齐就说："扔到城外叫鹞鹰收拾他去。"

看尸首的那个人等到半夜里，趁着别人不注意的时候，把范雎背到范家。范家的人一见，全都哭了。范雎叫他们别声张，又叫他媳妇儿拿出金子来谢了那个人，把那领破苇席交给他，嘱咐他扔到城外荒地里。他跟媳妇儿说："魏齐也许还要打听我的下落，你快把我送到西门郑家去。"家里人只好连夜把他弄到他的好朋友郑安平的家里。范雎又嘱咐家里千万别走漏风声，叫他们第二天在家里号丧穿孝。

郑安平给范雎上药调养，等到范雎能够活动了，就把他送到山里让他隐居起来。范雎改名更姓叫张禄。打这儿起，再没有人提起范雎了。后来通过郑安平的安排，张禄到了秦国咸阳。秦昭襄王叫他住在客馆里，等候召见。

张禄住在客馆里足有一年多，秦昭襄王没召过他一回。张禄觉得很失望。有一天，他在街上走，听街上的人纷纷议论着,说丞相穰(ráng)侯要去攻打齐国的刚寿(刚邑和寿邑;刚邑,在今山东省宁阳县东北;寿邑,在今山东省东平县西南)。张禄拉住一位老头儿,问他:"齐国离着秦国这么远,中间还有韩国和魏国,怎么跑到那么远去打刚寿啊?"那个老头儿咬着耳朵对他说:"你还不知道吗?我们秦国的大权都掌握在太后和丞相手里。刚寿跟丞相的封邑陶邑(在今山东省菏泽市定陶区西北)紧挨着。丞相把它打下来,不是增加了自己的土地吗?"张禄回到客馆,当天晚上就给秦昭襄王写了封信,说有极其重要的话奉告。秦昭襄王看了信,定下日子,约他到离宫相见。

到了那天,张禄上离宫去,在半道儿上碰见秦昭襄王坐着车过来了。他也不迎接,也不躲避,大模大样地照旧走他的道儿。左右叫他躲开,说:"大王来了!"张禄回说:"什么?秦国还有大王吗?"正在争吵的时候,秦昭襄王到了。张禄还在那儿嚷嚷说:"秦国只有太后、穰侯,哪儿有什么大王呐?"这句话正说在秦昭襄王的心坎儿上。他急忙下车,恭恭敬敬地把张禄请上车去,一块儿来到离宫。

秦昭襄王叫左右退下,向张禄拱了拱手,说:"我仰慕先生大才,诚恳地请先生指教。不管是什么事,上自太后,下至朝廷大臣,先生只管直说,我没有不愿意听的。"张禄说:"大王能给我这么个机会,我就是死了也甘心。"说着他拜了一拜,秦昭襄王也向他作了个揖。二人就谈论起来了。

张禄说:"论起秦国的地位来,哪个国家有这么好的天然屏障?论起秦国的兵力来,哪个国家有这么些兵车、这么勇敢的士兵?论起秦国的百姓来,哪个国家的人也没有这么守法的。除了秦国,哪个国家能够管理诸侯、统一中原呐?秦国虽说是一心想要这么干,可是几十年来也没有多大的成就。就是因为没有个确定的政策,光知道一会儿跟这个诸侯订立盟约,一会儿跟那个诸侯打仗。听说新近大王又上了丞相的当,要发兵去打齐国。"

秦昭襄王问:"这有什么不对的吗?"张禄说:"齐国离秦国这么远,中间隔着韩国和魏国。要是出去的兵马少了,或许就被齐国打败,让各国诸侯取笑;要是出去的兵马多了,国里头也许会出乱子。就算一帆风顺地把齐国打败了,大王也不能把齐国跟秦国连接起来,以后怎么管得了?当初魏国越过赵国把中山国打败了,后来中山国倒给赵国兼并了去。为什么呐?还不是因为中山国离赵国近、离魏国远吗?我替大王着想,最好是一面跟齐国、楚国交好,一面向韩国和魏国进攻。离着远的国家既然跟我们有了交情,就不会老远地去干预跟他们不相干的事。把邻近的国家打下来,就能够扩张秦国的地盘,打下一寸就是一寸,打下一尺就是一尺。把韩国和魏国兼并之后,齐国和楚国还站得住吗?这种像蚕吃桑叶似的由近而远的办法,叫作远交近攻。"秦昭襄王拍着手说:"秦国要真能兼并六国,统一中原,全在乎先生远交近攻的计策了。"当时秦昭襄王就拜张禄为客卿,照着他的计策去做,把攻打齐国的兵马都撤回来。打这儿起,秦国就把韩国和魏国作为进攻的主要目标了。

秦昭襄王非常信任张禄,老在晚上单独跟他谈论朝廷大事。这样过了几年,张禄知道秦昭襄王已经完全信服他了,就很严密地告诉他怎么建立君王的实权,怎么削弱太后和贵族的势力。秦昭襄王就很小心地布置了自己的兵力。公元前266年,秦昭襄王收回了穰侯的相印,叫他回到陶邑去。穰侯把他历年搜刮来的财宝装了一千多车,其中有好些宝物连秦国国库里都没有。过了几天,秦王又打发最有势力的三家贵族上关外去住。末了儿,他逼着太后养老,不许她参与朝政。他拜张禄为丞相,把应城(在今河南省平顶山市)封给他,称他为应侯。

秦昭襄王按照丞相张禄的计策,准备去进攻韩国和魏国。魏安僖王得到了这个消息,立刻召集大臣们商量怎么办。魏公子信陵君说:"秦国无缘无故地来打咱们,欺人太甚了。咱们应当守住城,狠狠地打一下子。"相国魏齐说:"秦是强国,魏是弱国,咱们哪儿打得过人家?听说秦国的丞相张禄是魏国人,他对父母之邦总有点儿情分。咱们不如先跟他交往交往,请他从中说情。"魏安僖王依了魏齐的主张,打发大夫须贾上秦国去求和。

赠送绨袍

须贾到了咸阳，住在宾馆里，打算先去求见丞相张禄。张禄一听说须贾来了，心里又是高兴又是难受，说："这可是该我报仇的时候了！"他换了一身破旧的衣服去拜见须贾。须贾一见是范雎，吓了一大跳，强挣着说："范叔……你……你还活着吗？我以为你给魏齐打死了。你怎么会跑到这儿来的？"范雎说："他把我扔在城外，第二天我缓醒过来。也是我命不该绝，正巧有个做买卖的打那边路过，发了善心，救了我一条命。我也不敢回家，就跟他上秦国来了。想不到在这儿还能够跟大夫见面。"须贾问他："范叔到了秦国，见着秦王了吗？"范雎说："当初我得罪了魏国，差点儿丧了命。如今跑到这儿来避难,哪儿还敢再多嘴呐?"须贾说:"那么,范叔在这儿靠什么过活呐?"范雎说:"给人家当个使唤人,凑合活着。"

须贾知道范雎的才干,当初怕魏齐重用他,对自己不利,因此巴不得魏齐把他治死。如今范雎到了秦国,须贾就想到,不如好好地待他,免得他记恨在心。他就叹了口气说:"想不到范叔的命运这么不济,我真替你难受。"说着,就叫范雎跟他一同吃饭,很殷勤地招待他。

那时候正是冬天。范雎穿的是破旧的衣裳,冻得有些打哆嗦。须贾显出怜悯的样子,对他说:"范叔寒苦到这步田地,我真替老朋友难受。"他就拿出一件茧绸大袍子(古文作"绨袍";茧 jiǎn;绨 tí)来,送给范雎穿。范雎推辞着说:"大夫的衣服,我哪儿敢穿?不敢当,不敢当!请大夫收回,我心领了。"须贾说:"别再大夫大夫的了!你我老朋友,何必这么客气呐?"范雎就把那件袍子穿上,再三向他道谢,接着问他:"大夫这次上这儿来,有什么事情吗?"须贾说:"听说秦王十分重用丞相张禄,我想跟他交往交往,可就是没有人给我引见。你在这儿这么些年了,朋友之中总有认识张丞相的吧,给我引见引见成不成?"范雎说:"我的主人是丞相的朋友。我跟着他上相府里也去过几次。丞相喜欢谈论,有时候,我们主人一时答不上来,我凑合着替他回答。丞相见我口齿还好,时常赏我一点儿吃食,还算瞧得起我。大夫要想见见丞相,我就伺候着大夫去见他吧。"

须贾听到这儿,不由得对他尊敬起来,马上把"你"字改为"您"字,还想试探他到底是不是丞相的朋友,就说:"您能陪我同去,再好没有了。可是我的车马出了毛病,车轴头折了,马拧了腿。您能不能借一套车马来?"范雎说:"我们主人的车马倒可以借用一下。"说着他就出去了。

不大一会儿工夫,范雎赶着自己的车马来接须贾。须贾心里犹犹疑疑的,怀着一肚子鬼胎,只好上了车,跟着他一块儿去见丞相。到了相府门口,下了车。范雎对须贾说:"大夫在这儿等一等,我去通报。"范雎就先进去了。须贾在门外等着,半天不见范雎出来,正等得心烦意躁的时候,忽然听见里边"丞相升堂"的喊声,可还不见范雎出来。须贾就问看门的说:"刚才同我一块儿来的范叔,怎么还不出来?"那个看门的说:"哪儿来的范叔?刚才进去的是我们的丞相啊!"须贾一听,才知道范雎就是张禄,吓得脑袋嗡嗡直响,当时脱下了使臣的礼服,跪在门外,对看门的说:"烦你通报丞相,就说魏国的罪人须贾跪在门外等死!"

须贾跪在门外,里面传令出来叫他进去。他不敢站起来,就用膝盖跪着走,一直跪到范雎面前,连连磕头,嘴里说:"我须贾瞎了眼睛,得罪了大人,请把我治罪吧!"范雎坐在堂上,问他:"你犯了几件大罪?"须贾说:"我的罪跟我的头发一般多,数不过来了。"范雎说:"我是魏国人,祖坟都在魏国,才不愿意在齐国做官。你硬说我私通齐国,在魏齐跟前诬告我。魏齐发怒,叫人打去了我的门牙,打折了我的肋骨,你连拦都不拦一下。他把我裹在一领破苇席里扔在厕所里,你喝醉了还在我身上撒尿,我受了这么大的冤屈和侮辱,如今你落在我的手里,这是老天爷叫我报仇!我该不该把你砍头?该不该打落你的门牙,打断你的肋骨,也拿一领破席把你裹上扔给狗吃?"须贾磕头磕出声音来,连连地说:"该!该!太应该了!"范雎接着说:"可是你送我这件绨袍,做得还有点儿人味儿。就为了这一点,我不想杀你,饶了你的命。"须贾没想到范雎会饶恕他,流着眼泪,又一个劲儿地磕头。范雎叫他先回宾馆,第二天来谈公事。

第二天,范雎对秦昭襄王说:"魏国派使臣来求和,咱们不用一兵一卒,就能够把魏国收过来,这全仗着大王的德威。"秦昭襄王很高兴,还说:"也是你的功劳。"突然范雎趴在地下,说:"我有件事瞒着大王,求大王饶了我!"秦昭襄王把他扶起来,说:"你有什么为难的事只管说,我决不怪你。"范雎说:"我并不叫张禄,我是魏国人范雎。"他就把逃到秦国来的经过,从头到尾说了一遍,接着说,"如今须贾到这儿来,我的真姓名已经泄露了。求大王宽恕。"

秦昭襄王说:"我不知道你受了这么大的委屈。如今须贾自投罗网,我把他杀了,给你报仇。"范雎说:"他是为了公事来的,哪儿能为难他呐?再说成心打死我的是魏齐,我不能把这件事完全搁在须贾身上。"秦昭襄王说："你这么有心胸，我听你的。魏齐的仇，我一定给你报，须贾的事，你瞧着办吧。"

范雎出来，把须贾叫到相府里来，对他说："你回去跟魏王说，快把魏齐的脑袋送来，秦王就答应魏国割地求和。要不然，我就亲自领着大军去打大梁，那时候他可别后悔。"

须贾谢过了范雎，连夜回去了。他见了魏安僖王，把范雎的话说了一遍。魏安僖王愿意割地求和。魏齐被逼得走投无路，终于自杀。这以后，秦昭襄王按照范雎远交近攻的计策，一边跟齐国、楚国交好，一边进攻邻近的小国，首先是韩国。

坑杀赵卒

公元前261年,秦昭襄王派大将王龁(hé)进攻韩国,占领了野王城(在今河南省沁阳市;沁qìn),切断了上党和韩国都城(在今河南省新郑市)的联络。这一来,上党的军队可就变成了孤军。孤军的首领冯亭对将士们说:"我想,与其投降秦国,不如投降赵国。赵国得到了上党,秦国一定会去争。这样,赵国就不得不和韩国联合起来,共同抵抗秦国。"大伙儿全都赞成这个办法。冯亭就打发使者带着上党的地图去献给赵国。这时候赵惠文王已经死了,他儿子即位,就是赵孝成王,蔺相如已经因病告退,平原君赵胜做了相国。

赵孝成王派平原君带领五万人马去接收上党，仍然让冯亭为上党太守。平原君临走的时候，冯亭对他说："上党归了赵国，秦国一定来攻打。公子回去之后，请赵王快派大军来，才能够打退秦军。"

平原君回去把所有的经过向赵孝成王报告。赵孝成王非常高兴，天天喝酒庆祝，反倒把抵抗秦国的事搁下了。秦国的大将王龁随后就把上党围住。冯亭守了两个月，一直不见赵国的救兵。将士们和老百姓急得没有办法，只好开了城门，拼着死命往赵国逃跑。冯亭的残兵败将带着上党的难民，一直到了长平关（在今山西省高平市西北），这才碰见赵国的大将廉颇率领二十万大军来救上党，可是上党已经丢了。

廉颇和冯亭会合在一起，正打算反攻，秦国的兵马跟着就到了，一下子把赵国的前哨部队打败。廉颇连忙退回阵地，守住阵脚，叫士兵们增高堡垒，加深壕沟，准备跟远来的秦军对峙下去，做个长期抵抗。王龁屡次三番地向赵军挑战，赵军说什么也不出来。两下里耗了足有四个多月，王龁想不出进攻的法子。他派人去禀报秦昭襄王，说："廉颇是个很有经验的老将，不轻易出来交战。我们老远地到了这儿，真要是这么长时期对峙下去，粮草接济不上，可怎么好呐？"

秦昭襄王请应侯范雎出个主意。范雎说："要打败赵国，必须先想个办法叫赵国把廉颇调回去。"秦昭襄王说："这哪儿办得到呐？"范雎说："让我试试看。"

过了几天，赵孝成王听到左右纷纷议论，说："廉颇太老了，哪儿还敢跟秦国打呐？要是叫那年富力强的赵括去，秦国这点儿兵马早就给他打散了。"赵孝成王派人去催廉颇快跟秦国开仗。廉颇还是不动声色地坚守阵地。这可把赵孝成王气坏了。他立刻把赵括叫来，问他能不能把秦军打退。赵括说："要是秦国派白起来，我还得考虑一下。如今来的是王龁，他不过是廉颇的对手。要是碰上我，不是我说大话，简直就像秋天的树叶遇见大风，全都得刮下来！"赵孝成王一听，特别高兴，当时就拜赵括为大将，去替换廉颇。

蔺相如得了重病，在家里歇着。听说赵王要让赵括代替廉颇，他顾不上养病，求见赵孝成王，对他说："大王只听虚名就用赵括，就像用胶漆粘住琴弦再弹琴一样，靠不住。赵括只会念念兵书，可不会按实际情况变通啊！"赵孝成王听不进去。

赵括还没动身，他母亲上了一道奏章，请求赵孝成王别派她儿子去。赵孝成王就把她召了来，要她说一说理由。赵括的母亲对赵孝成王说："他父亲赵奢（赵国名将）临死的时候再三嘱咐，说：'打仗是多么危险的事儿，战战兢（jīng）兢，处处都得顾虑到，还怕有疏忽的地方。赵括这小子倒把军事当作闹着玩儿似的，一谈起兵法来，就眼空四海，目中无人。将来要是大王用他为大将的话，我们一家大小遭了灾祸倒还在其次，怕的是连国家都要断送在他的手里．'为了这个，我请求大王千万别用他。"赵孝成王说："我已经决定了，您就别多嘴了。"他叫赵括再带领二十万兵马，一直向长平关开去。

公元前260年，赵括到了长平关，请廉颇验过兵符（两块可以符合的老虎形的信物，所以"兵符"也叫"虎符"），办了移交。廉颇就回邯郸去了。赵括统领着四十多万大军，声势十分浩大。他下了一道命令，说："秦国来挑战，必须迎头打回去；把敌人打败了，就得追下去，不杀得他们片甲不留不算完。"冯亭劝止他，把廉颇成心消耗秦国兵马的用意说了一遍。赵括说："老头儿懂得什么？"

那边范睢一得到赵括替换廉颇的信儿，就打发武安君白起去指挥王龁。白起布置了埋伏，故意打了几场败仗，把赵括的军队引了出来，切断了他们的后路。赵括的大军就这么变成了孤军。他们守了四十六天，内无粮草，外无救兵，结果赵括给乱箭射死，冯亭自杀，赵军全垮了。白起叫人挑着赵括的脑袋，叫赵军投降。赵军已经饿得没有力气了，一听说主将给杀了，全都扔了家伙，投降了。

白起一检查投降的赵军，一共有四十多万人。他把降兵分为十个营，每营配上秦国的士兵，由秦国的将军管理着。当天晚上，秦国的士兵把牛肉和酒都搬到赵国的兵营里去，给赵国士兵大吃一顿，还说明天改编军队，凡是年岁大的、身体弱的,或者不便上秦国去的,都让他们回家去。四十多万赵兵吃得酒足饭饱,一听到这个命令,欢天喜地地睡觉去了。

王龁偷偷地对白起说:"将军真这么优待他们吗?"白起说:"上回你打下了野王城,上党已经可以到手了,可是他们反倒投降了赵国。可见这儿的人是不愿意归附咱们的。如今投降的人四十多万,随时随刻都能叛变,谁管得住他们?你去通知那十个将军,今天晚上把赵兵全都杀了!"

秦国的士兵得到了这个秘密的命令,就一齐动手。那些投降了的赵国人,一来没有准备,二来手里没有家伙,全给秦国人捆上,推到大坑里活埋了。这是战国时期最残酷的一次大屠杀。赵国四十多万士兵,只留下了二百四十人,叫他们活着回邯郸,去传扬秦国的威风。

那二百四十个小兵跑回赵国一报告,整个赵国一片哭声。这还不算,秦国把上党一带十七座城都夺了去,武安君白起亲自率领大队人马,要来围攻邯郸。赵孝成王、平原君和大臣们惊慌失措,一点儿主意都没有了。正巧,燕国的大夫苏代(苏秦的族弟)在平原君家里,愿意帮助赵国,就自告奋勇地去见范雎,请他在秦王跟前给赵国和韩国求情。范雎一来怕白起势力太大,不容易管得住;二来几次打仗,秦国的兵马也死伤不少,需要调整,就叫韩国和赵国割让几座城,答应他们讲和。秦昭襄王全同意,吩咐白起撤兵回国。

白起实在不愿意退兵。后来他听说是应侯出的主意，背地里大发牢骚。已经过了两年了，他还是唠唠叨叨地对门客们说："那次不该退兵，要是连下去打，至多一个月准能把邯郸拿下来。"白起的话传到秦昭襄王的耳朵里，他后悔了，就想再叫白起去打赵国。白起装病不去。秦昭襄王就叫大将王陵带领十万兵马去攻打邯郸。可是王陵的对手不是那个只会"纸上谈兵"的赵括，而是能征惯战的大将廉颇！王陵吃了几场败仗，连着向本国请求救兵。

秦昭襄王再一次派白起去替换王陵。白起对秦昭襄王说："上回赵国打了败仗，死了四十多万人，全国慌乱。那时候火速进攻，我是有把握的。如今过了两年，赵国已经喘过气来，再说各国诸侯都知道赵国割地求和，秦国已经跟赵国和好了。现在忽然又打过去，人家准说咱们不讲信义，也许去帮助赵国。因此，咱们这回出兵，未必能胜。"他干脆就不去。

秦昭襄王生了气，说："难道除了白起之外，秦国就没有大将了吗？"他叫大将王龁去替换王陵，再给他十万兵马。王龁统领二十万大军，把邯郸围了快半年了，就是打不下来。白起对门客们说："我早就说过邯郸打不下来。大王偏不听我的话。你们看，如今到底怎么样？"秦昭襄王听到了这些话，知道白起不服气，就革了他的官职。白起还是唠唠叨叨地直发牢骚，秦昭襄王就送他一把宝剑，让他自杀了。

　　秦昭襄王杀了白起，又派郑安平带领五万精兵去帮助王龁打赵国。赵孝成王一看秦国又增了兵，看样子是非把邯郸打下来不可，急得请平原君想办法去向各国求救。平原君说："魏公子无忌（就是信陵君）是我的亲戚，再说我们跟他一向有交情，他准能劝魏王发兵来救。楚国很有实力，就是离这儿远些。我要亲自去一趟，楚王也许能帮咱们。"赵孝成王就请平原君辛苦一趟。

毛遂自荐

平原君打算带二十个文武双全的人跟他一同到楚国去。他有三千多门客，要挑选二十个人本来不算回事。可是这些人，文是文的，武是武的，要文武全才真不易找。平原君挑来挑去，对付着挑了十九个人。这可真把他急坏了。他叹息着说："我费了几十年工夫，养了三千多人，如今连二十个人都挑不出来，真太叫我失望了。"那些个平日就知道吃饭的门客，这时候听了这话，恨不得有个耗子窟窿能钻进去。

忽然有个坐在末位的门客站起来，推荐自己说："不知道我能不能来凑个数？"好些人都拿眼睛骂他，好像叫他趁早闭上嘴。平原君笑着说："你叫什么名字？"他说："我叫毛遂，大梁人（大梁，就是魏国的国都），到这儿三年了。"平原君冷笑一声，说："有才能的人就好像一把锥子搁在兜儿里，它的尖儿很快就露出来了。可是先生在我这儿三年了，我就没见你露过一回面。"毛遂也冷笑一声，说："这是因为我到今天才叫您看了这把锥子。您要是早点儿把它搁在兜儿里，它早就戳出来了，难道单单露出个尖儿就算了吗？"平原君倒佩服毛遂的胆子和口才，就拿他凑上二十人的数，当天辞别了赵王，上楚国陈都（在今河南省周口市淮阳区）去了。

那天，平原君跟楚考烈王在朝堂上讨论着合纵抗秦的大事，毛遂和其他十九个人站在台阶下等着。平原君把嘴都说得冒了白沫子，楚考烈王说什么也不同意抵抗秦国。他说："合纵抗秦是贵国提出来的，可是没有什么好处。我们的怀王当了纵约长，下场是死在秦国；齐湣王也想当纵约长，反倒给诸侯杀了。各国诸侯就只能自顾自，谁要打算联合抗秦，谁就先倒霉。还有什么话可说呐？"

平原君说："以前的合纵抗秦也确实有用处。自从洹水之会以后，秦国的军队就不敢跑出函谷关来。后来楚怀王上了张仪的当，想去攻打齐国，就这么给秦国钻了空子。这可不是合纵的毛病。齐湣王呐，借着合纵的名义打算并吞天下，惹得各国诸侯跟他翻了脸。这也不是合纵的失策。"

楚考烈王还是不同意。他说："话虽如此，可是事情都在那儿明摆着。秦国一出兵，就把上党一带十七座城打下来了，还坑杀了四十多万投降的赵卒。如今秦国的大军围上邯郸，叫我们离着这么远的楚国可有什么办法呐？"平原君分辩着说："提起长平关的那次战争，是由于用人不当。赵王要是一直信任廉颇，白起就未见得赢了。如今王龁、王陵用了二十万兵马，把邯郸围了足足有一年工夫了，还不能打败敝国。要是各国的救兵联合在一起，一定能把秦国打败，列国就能太平几年。"

楚考烈王又提出了一个不能帮助赵国的理由来，说："秦国近来跟敝国很要好。敝国要是加入合纵，秦国一定会把气恨挪到敝国头上来。这不是叫敝国代人受过吗？"平原君反对说："秦国为什么跟贵国和好呐？还不是为了一心要灭'三晋'吗？等到灭了'三晋'，贵国还能保得住吗？"

楚考烈王到底因为害怕秦国，愁眉苦脸地总是不敢答应平原君，只得低着脑袋，抓抓耳朵，挠挠头皮，显得对不起的样子。突然他瞧见一个人拿着宝剑上了台阶，跑到他跟前，嚷着说："合纵不合纵，只要一句话就行了。怎么从早晨说到这会儿，太阳都直了，还没说停当呐！"楚考烈王很不乐意地问平原君："他是谁？"平原君说："是我的门客毛遂。"楚考烈王就绷起脸骂毛遂说："咄（duō）！我跟你主人商议国家大事，你来多什么嘴？还不滚下去！"

毛遂拿着宝剑又往前走了一步，说："合纵抗秦是天

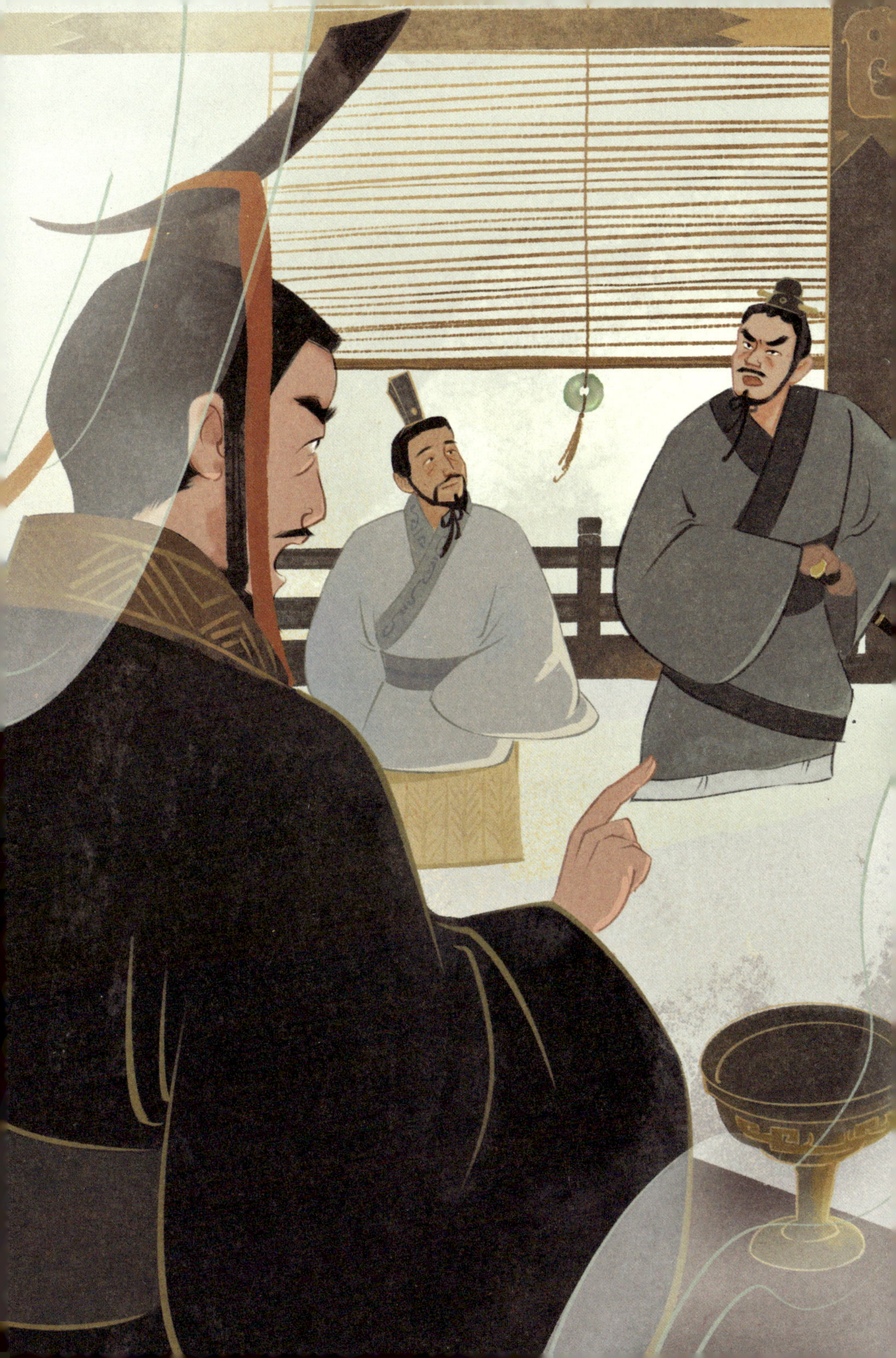

下大事。天下大事天下人都有说话的份儿！这怎么叫多嘴呐？"楚考烈王见他拿着剑跑上来，害怕了，又听他说出来的话挺有劲儿，只好换了副笑脸，对他说："先生有什么高见，请说吧。"

毛遂说："楚国有方圆五千多里土地，一百万甲兵，原来就是个大国。以前的历史多么光荣！没想到秦国一起来，楚国连着打败仗。堂堂的国王当了秦国的俘虏，死在敌国。这是楚国最大的耻辱。紧接着又来了白起那小子，把楚国的国都（郢都）夺了去，改成了秦国的南郡，逼得大王迁都到这儿（指陈都）。这种仇恨，十年、二十年、一百年也忘不了哇！把这么天大的仇恨说给小孩子听，他们也会难受，难道大王倒不想报仇吗？今天平原君来跟大王商议抗秦的大事，也是为了楚国，哪儿单是为了赵国呐！"

这一段话一句句就像锥子似的，扎在楚考烈王的心坎儿上。他不由得脸红了，连着说："是！是！"毛遂又叮了一句，说："大王决定了吗？"楚考烈王说："决定了。"毛遂当时就叫人拿上鸡血、狗血、马血来。他捧着盛血的铜盘子，跪在楚考烈王跟前，说："大王做合纵的纵约长，请先歃（shà）血。"楚考烈王和平原君就当场歃血为盟。平原君和那十九个门客全都佩服这把锥子的尖锐劲儿。

公元前258年，楚考烈王派春申君黄歇为大将，率领八万大兵，援救赵国。同时，魏安僖王也派晋鄙为大将，率领十万大兵,共同去救赵国。平原君和二十个门客回到赵国,天天等着楚国和魏国的救兵。可是等了好些日子,一路救兵都没到。平原君派人去探听,才知道楚国的兵马驻扎在武关,魏国的兵马驻扎在邺下(在今河北省临漳县西南)。这两路救兵全都停下了,也不往前进,也不往后退。这是为什么呐?

盗符救赵

秦昭襄王一听到魏国和楚国发兵去救赵国,就亲自跑到邯郸那边去督战。他派人去对魏安僖王说:"邯郸早晚得叫我给打下来。谁要去救,我就先打谁!"魏安僖王吓得连忙派使者去追晋鄙,叫他在当地安营,别再往前进。晋鄙就把魏国的十万兵马驻扎在邺下。楚国春申君听说魏国的兵马不再往前进,也就在武关停下来了。秦王把两路救兵吓唬住,就叫大将王龁加紧攻打邯郸。赵孝成王急得没有办法,只好再打发使者偷偷地跑到魏国,催魏安僖王快点儿进兵救赵。

赵国的使者见了魏安僖王,请他催晋鄙进兵。魏安僖王想要进兵,怕得罪秦国;不进兵吧,又怕得罪赵国。他只好不进不退地耗着。平原君也派人上邺下去请大将晋鄙进兵。晋鄙回答平原君说:"魏王叫我驻扎在这儿,我不能自作主张。"平原君又给魏公子信陵君写了一封信,大意说:"我一向佩服公子,跟您结为亲戚,我觉得很荣幸。如今邯郸万分危急,敝国眼看快要亡了。全城的人眼巴巴地盼着救兵来。贵国的大军竟停在邺下,说什么也不再往前进。我们在火里,他们倒挺坦然。您姐姐(平原君的夫人是信陵君的姐姐)黑天白日地哭,劝解她的话我都说尽了。公子也得替您姐姐想一想啊!"

信陵君接到了这封信,心里就像有好几百条虫子咬他似的。他再三再四地央告魏安僖王叫晋鄙进兵。魏安僖王始终不答应。信陵君对门客们说:"大王不愿意进兵,怎么办呐?好吧!我自己上赵国去,要死就跟他们死在一起。"他预备了车马,决计上赵国去跟秦军拼命。有一千多个门客也愿意跟着他一块儿去。

他们路过东门,信陵君下了车,去跟他最尊敬的朋友侯生辞别。侯生很冷淡地说:"公子保重。我老了,不能跟您一块儿去。请别怪我。"信陵君向他拱了拱手,丢了魂儿似的,看着他,等着他再说几句话。这是最后一次见面了。侯生可没再说什么。信陵君只好走了,还不断地左回头、右回头地瞧着侯生。侯生还是不动声色地站在那儿。

信陵君在道上越想越难受,自言自语地叹息着说:"我拿他当作知心人，他倒眼瞧着我去送死，连一句体贴的话都没有。"他越想越伤心，走了几里地，再也忍不住，就叫门客们站住，自己再去跟侯生说句话。

侯生还在门外站着。他见了信陵君，就笑着说："我料定公子准得回来！"信陵君说："是啊！我想我一定有得罪先生的地方，因此特地回来请先生指教。"侯生说："公子收养了几十年的门客，吃饭的有三千人，怎么没有一个替您想想办法，反倒让您去跟秦国拼命？您这么上秦国的兵营里去，正像绵羊去跟狼拼命，不是白白去送死吗？"信陵君说："我也知道没有什么用处。可是我这么一死，总算尽我的力量了！"侯生说："公子进来坐一会儿，咱们商量商量吧。"

侯生支开了旁人，对信陵君说："听说咱们的大王在宫里最宠爱的是如姬，对不对？"信陵君连连点头说："对，对！"侯生接着说："当初如姬的父亲被人害死，她请大王给她报仇，大王派人去找那个仇人，找了三年也没找着。后来还是公子叫门客去给如姬报的仇，把仇人的脑袋给她送了去。有这么回事没有？"信陵君说："有，有！"侯生说："如姬为了这件事非常感激公子，她就是替公子死，也是甘心情愿的。因此，只要公子请她把兵符盗出来，咱们拿了兵符去夺取晋鄙的军队，就能跟秦国打了。这比空手去送死不是强得多吗？"

信陵君听了,好像从梦里醒过来一样。当时拜谢了侯生,叫门客们暂且在城外等着,自己回到家里,托了一个跟他有交情的内侍叫颜恩,去跟如姬商量。如姬说:"公子的命令我决不推辞。就是赴汤蹈火(跳到开水里、跳到火里都去,指不避艰苦和危险)我也干。"当天晚上,如姬伺候魏安僖王睡下,到了半夜,趁他正睡得香的时候,把兵符偷出来,交给颜恩。颜恩立刻送到信陵君那儿。

　　信陵君拿着兵符,再上东门去跟侯生辞别。侯生说:"万一晋鄙验过兵符,不把兵权交出来,怎么办?"信陵君突然觉得脊梁上浇了一桶冰水,皱着眉头子说:"这……这怎么办呐?"侯生接着说:"我的朋友朱亥,是天下数一数二的大勇士,公子可以请他出点儿力。要是晋鄙痛痛快快地把兵权交出来,最好;要是他不答应,就叫朱亥杀了他。"信陵君鼻子一酸,伤心地说:"晋鄙老将忠心耿耿,没做错事。他不答应我,也是应当的呀。我要是杀了他,这怎么不叫我痛心呐?"侯生说:"死一个人,救了一国的危急,还不值吗?咱们应当从大处着想,婆婆妈妈的怎么能行呐?"

　　侯生和信陵君到了朱亥家里,侯生向他说明了来意。朱亥一口答应下来。侯生说:"照理,我也应当一块儿去,可是我老了,跟着你们反倒叫你们多一份麻烦。祝你们马到成功!"信陵君不敢再耽误,就立刻带着朱亥上了车,走了。

　　信陵君带着朱亥和一千多个门客到了邺下,见了晋鄙,对他说："大王为了将军在外面辛苦了好几个月，特地派无忌（信陵君，名无忌）来接替。"说着，就叫朱亥奉上兵符，请他验过。晋鄙把兵符接过来，再跟自己带着的那一半兵符一合，果然合成了一个老虎形的信物。虎符完全符合，是真的。可是他想了一想，说："请公子暂缓几天，我把将士们的名册整理出来，把军队里的事务结束一下，然后才能够清清楚楚地交出来。"信陵君说："邯郸十分紧急，我想连夜进兵去救，哪儿能耽误日子呐？"晋鄙说："不瞒公子说，这是军机大事，我还得奏明大王，方能照办。再说……"他的话还没说完，朱亥大喝一声，说："晋鄙！你不听王命，竟敢反叛！"晋鄙问他："你是谁？干什么？"朱亥从袖子里拿出一个四十斤重的大铁锤，冲着晋鄙的脑袋一砸，说："我是惩办反叛的！"晋鄙的脑袋当时就被打碎了，死在地下。

信陵君拿着兵符对将士们说："大王有令，叫我接替晋鄙去救邯郸。晋鄙不听命令，已经治死了。你们不用害怕。服从命令，一心一意去杀敌人的，将来都有重赏！"兵营里静悄悄的，连个咳嗽的都没有，大伙儿就等着进军的命令。

信陵君下了一道命令："父亲和儿子都在军队里的，父亲可以回去；哥哥和弟弟都在军队里的，哥哥可以回去；独子可以回去养活老人；有病的或者身子弱的，也可以回去。"大概十成里有两成的士兵请求回去。信陵君重新编排队伍，总共有八万精兵。信陵君亲自出马跑到最前面，指挥将士们向秦国的兵营冲杀过去。秦国的将军王龁没想到魏国的军队突然会来攻打,手忙脚乱地抵抗了一阵。平原君开了城门,带着赵国的军队杀出来。两边夹攻,打得秦国的军队就像山崩似的,倒了下来。多少年来,秦国没打过这么一个大败仗。秦昭襄王赶紧下令退兵,已经死伤了一半人马。郑安平的两万人给魏国的军队切断了退路,变成了孤军。他叹了一口气,说:"我本来是魏国人,还是回到本乡本土去吧。"他带领两万人马投降了信陵君。

赵孝成王亲自到魏国兵营来向信陵君道谢,说:"这回赵国没亡,全仗公子的大力!"平原君更是感激信陵君,在他前面领路,把他迎接到城里来。信陵君进了邯郸城,赵王特别恭敬地招待他,又封他五座城。信陵君向他说明盗符救赵的经过,很虚心地推让着说:"我对贵国没有多大的功劳,对本国还背着大罪呐。大王肯收留我这个罪人,我就够知足了,哪儿还敢受封呐?"赵王再三请他接受,又叫平原君劝他,他只好接受赵王的赏赐。信陵君不敢回魏国,把兵符和军队交给魏国的将军带回去,自己留在了赵国。

楚公子春申君黄歇还在武关,听见秦国打了败仗跑了,就带着八万大军回到楚国去了。春申君向楚考烈王报告秦国打败仗的情况。楚王叹息着说:"赵公子所说的合纵计策实在不错,可惜咱们没有像魏公子那样的大将,也没有像毛遂那样的谋士!"春申君臊得什么似的,可是他心里还有点儿不服气，说："上回赵公子他们已经公推大王为纵约长，如今秦国打了败仗，威风也下去了，大王这时候就该掌起纵约长的大权来，赶紧打发使者去约会各国，再能够得到周天王的同意，借着他号令诸侯，共同去征伐秦国。大王要能这么办，就比齐桓公、晋文公、楚庄王的功业大得多了。"楚考烈王经春申君这么一鼓动，又引起了当霸主的瘾来，当时就打发使臣上成周去请求周天王下令征伐秦国。

周赧（nǎn）王虽说挑着天王的旗号，真正受他管辖的土地还不如列国里最小的诸侯国。这么小小的天下还分成两半儿：河南巩城（在今河南省巩义市东北）一带叫东周，河南王城（在今河南省洛阳市）一带叫西周（原来的东周又分成东周、西周）。周赧王这时候正住在西周。他接见了楚国的使臣，答应楚王用天王的名义去约会列国诸侯。

公元前256年，天王派了六千人马到了伊阙（就是现在河南省洛阳市南的龙门山；阙què），就在那边等候各国的兵马。可是韩、赵、魏三国跟秦国刚打过仗，元气还没恢复，没有出兵的力量。齐国跟秦国已经交好了，不愿意发兵。只有燕国和楚国派了几队人马来。大伙儿在伊阙驻扎下来。楚国和燕国等了三个月，也没见别国发兵来。这回合纵抗秦的计划又吹了，他们只好回去。谁知道楚国和燕国的兵马一退，秦国就发兵来打成周，要出口怨气。西周不能抵抗，投降了秦国，周赧王做了俘虏，没多久就死了。打这儿起，西周就完了。

秦昭襄王灭了西周，通告各国。各国诸侯不敢得罪秦国，争先恐后地打发使臣上咸阳去道贺。秦昭襄王很得意，可是他做了五十多年国君，已经快七十岁了。丞相范雎坚决请求告退，秦昭襄王只好答应他。公元前251年秋天，秦昭襄王得病死了，太子安国君即位，就是秦孝文王。公元前250年，孝文王也已经五十三岁了，改元行即位之礼才三天，据说中毒死了。太子即位，就是秦庄襄王。

秦庄襄王重用商人吕不韦，拜他为丞相，立儿子嬴政为太子。吕不韦对庄襄王说："近来得到报告，说东周因为秦国接连故去了两位君王，料想秦国不能安定，就打发使者到各国去煽动合纵抗秦。我想咱们既然把西周灭了，东周就不应当再留着。不如把它也灭了，免得各国诸侯再借着这顶破旧的大帽子来欺压咱们。"秦庄襄王就拜吕不韦为领军大将，发兵十万去打东周。公元前249年，秦国灭了东周。周朝的天下从此就完了。

仅仅隔了两年，秦庄襄王自己害病死了。吕不韦立十三岁的太子为国君，就是秦王政（后来的秦始皇）。秦国的大权全在吕不韦手里。他派大将分头去攻打赵国、韩国和魏国，得到了几十座城，逼得各国诸侯不得不再采用合纵的办法去抵抗秦国。

图穷匕见

公元前241年，东方六国除了齐国以外，赵、韩、魏、燕、楚五国都出兵加入合纵阵营，公推楚国为首领，拜春申君为上将军，浩浩荡荡地杀奔函谷关来。秦国的丞相吕不韦派蒙骜（ào）、王翦（jiǎn）、桓齮（yǐ）、李信、内史腾五个大将，每人带领五万兵马，分头去对付五国的军队。王翦决定集中兵力先去袭击领头的楚军。他暗中调动兵马，准备连夜进攻。

没想到他这一计策被一个手下人偷偷地透露给春申君。春申君吓得魂不附体。连其余四国的兵马也来不及通知一声，他就下令退兵，急急地往回跑了五六十里地，才喘了口气。赶到秦军进入楚军驻扎的地方，才知道楚军已经跑了。王翦那五路人马就合在一起攻打四国的兵马。四国的将士们听说领头的楚军先跑了，全泄了劲儿，瞧见秦国的大军压下来就好像耗子见了猫似的，撒腿就跑。合纵抗秦的蜡头儿就此完全熄灭了。

自从这次合纵抗秦失败，加上楚国的衰落，秦国要兼并六国就更便当了。秦王政为了进攻赵国，假意跟燕国和好，先打发使者去破坏燕国和赵国的联盟。燕王喜果然听信了秦王政的话，叫太子丹到秦国去做人质，又请秦王政派个大臣来做相国。他以为这么一来，燕国高攀上秦国，就不必再怕赵国了。使者带着燕太子丹到了咸阳，请秦王政派个大臣去作为交换。吕不韦就派大臣张唐去，张唐推辞说："我好几次打过赵国，赵国当然恨我。如今丞相叫我上燕国去，我不能不路过赵国，这不是叫我去送死吗？"吕不韦再三请他，他坚决不干。

为了这件事，吕不韦闷闷不乐，赌着气坐在家里。他家有个小门客，叫甘罗，年纪很轻，可口才特好。他替吕不韦去见张唐，对他说："您不听从丞相的劝告，他能轻易放过您吗？"张唐经他这么一说，害怕了，愿意听从丞相的吩咐。

张唐跟着甘罗去向吕不韦谢罪，情愿上燕国去。吕不韦叫张唐准备动身，回头又谢过甘罗。甘罗说："张唐愿意上燕国去，可是他还害怕赵国。请丞相派我上赵国去替他疏通疏通。"秦王政就拜十几岁的小甘罗为大夫，给他十辆车马，一百个人，让他上赵国去。

赵悼襄王（孝成王的儿子）听说燕国跟秦国和好，正担着心。现在秦国派使臣来，他立即派人去迎接，赶到一见面，原来使臣是个小孩子，不由得奇怪起来，就问："小先生光临，有何见教？"甘罗说："燕太子丹到了秦国，大王知道吗？"赵悼襄王说："听说了。"甘罗又问："张唐上燕国去当相国，大王知道吗？"赵悼襄王说："也听说了。"甘罗说："大王既然都听说了，就可以明白贵国所处的地位了。燕太子丹上秦国去，就是燕国信任了秦国；秦国的大臣上燕国去当相国，就是秦国信任了燕国。燕国和秦国这么彼此信任，那么赵国就危险了。"赵悼襄王故意很镇静地说："为什么呐？"甘罗说："秦国联络燕国，就是打算一同来进攻贵国，为的是要夺取河间一带的土地。依我说，大王不如把河间的五座城送给秦国，秦王一定喜欢。我再替大王去求求秦王别叫张唐上燕国去，别跟他们来往。这样，贵国要是去进攻燕国，秦王准不去救。这么强大的赵国对付一个弱小的燕国，那还不是要几座城就是几座城吗？送给秦王五座城简直就不算一回事儿啦。"

赵悼襄王听了，就想拿五座城做本钱去侵略燕国，好夺到更多的土地。他当时送给甘罗一百斤金子，两对玉璧，又把河间五座城的地图和户口册子交给了他。甘罗满载而归。秦王政一一照办。赵悼襄王一打听，果然秦国不派张唐到燕国去，就知道燕国真孤立了。他叫大将李牧发兵去打燕国，夺到了几座城。这么着，秦国和赵国都得到了土地，就是燕国太倒霉了。燕太子丹住在秦国，眼瞧着秦王政失了信，让赵国去欺负燕国，日子太难过了。他一个人孤苦伶仃地在秦国，跟谁去商量呐？忽然想起甘罗来，打算跟他去结交结交，也许能有个出路。没想到这位年纪轻轻的小政客是个短命鬼，才当了几天大夫就死了。

太子丹还想去求吕不韦放他回去，可不知道吕不韦跟自己一样，心里头也正滚油煎着呐。原来秦王政年轻的时候，一切事情全由吕不韦做主。一到二十二岁上，他就要执掌大权，反倒觉得吕不韦是个碍手碍脚的人了。公元前238年，有人利用太后造起反来。秦王政剿灭了乱党。又过了一年，他觉得自己有了实力，眼看着吕不韦的主张和做法跟他不对劲儿，就拿出主子的手段来，把吕不韦免了职，到了儿叫他自杀了事。

秦王政杀了吕不韦，重用谋士尉缭，一心要统一中原，不断地向东方各国进攻。在这种情况下，燕太子丹没法儿再在秦国住下去了。

燕太子丹知道秦王政决心兼并列国，最近又屡次侵犯燕国，夺去了燕国的土地，哪儿还能放他回去呐？他就换了一身破衣裳，脸上抹了些泥土，打扮成一个穷人的样子，给人家去当使唤人，一步步地离开咸阳。公元前232年，他混出了函谷关，逃回燕国。他恨透了秦王政，一心要替燕国报仇。可他不从发展生产、操练兵马着手，也不打算联络诸侯共同抗秦。他认为这些都办不到了，只是把燕国的命运寄托在刺客身上。于是，他把所有的家当全拿出来，一心要收买能刺杀秦王的人。

那时候，有个杀人犯叫秦舞阳，太子丹知道他有胆量，把他救出来，收在自己的门下。这一来，燕太子丹优待勇士的名声可就传遍了燕国，连躲在燕国深山里的樊於（wū）期也知道了。樊於期原来是秦国的大将，煽动秦王政的兄弟长安君造反没成功。长安君给杀了，樊於期就逃到燕国躲起来。这会儿他大胆地出来投奔太子丹。太子丹把他当作上宾，在易水（源出河北省易县）的东边给他盖了一所房子。太子丹还请到了很有本领的一位剑客，叫荆轲（kē），把他收在门下。太子丹把自己的车马给他坐，自己的饭食给他吃，自己的衣服给他穿，也给他在易水东边盖了一所房子。这么小心地伺候着荆轲，他还老怕招待不周。

不久，从西边传来消息，秦王政开始向东方进军了。公元前230年，他派出大军，先进攻韩国，很快逮住了韩王安，把韩国灭了。接着，秦军又进攻赵国，用反间计让赵王杀了大将李牧，很快攻下邯郸，俘虏了赵王迁，灭了赵国。

赵公子嘉逃到代城（在今河北省蔚县东北），自称代王，继续抗秦。秦军再往北，就要来灭燕国了。燕太子丹急得找荆轲商量。

荆轲问他："您打算怎么样去抵抗秦国呐？"太子丹说："拿兵力去对付秦国，简直像拿鸡子儿去砸石头。去联合各国吧，也不行。韩国已经完了，赵国也差不多完了；魏国和齐国早已顺从了秦国；楚国离着又远，没法儿派兵来。合纵抗秦是办不到了。我想，要是有位勇士打扮成使臣去见秦王。那时候，他站在秦王面前，逼他退还诸侯的土地，秦王要是答应了，再好没有；要是不答应，就把他刺死。这是没有办法的办法。先生看行不行？"荆轲说："这是国家大事，还得准备周到了，才能发动。"太子丹再三请他帮助，荆轲答应了。

有一天，太子丹慌里慌张地来见荆轲，对他说："秦王派王翦打过来，已经到了咱们南部的边界。先生快想个办法吧！再等下去，我怕先生有力也没处用了。"荆轲说："我早就想过了。要挨近秦王的身边，必得先叫他相信咱们是去跟他求和的。秦国早想得到燕国最肥沃的土地督亢（今河北省涿州市东南有督亢陂，涿州、定兴、固安一带，都是当初燕国督亢的地界）。我要是能拿着督亢的地图去献给秦王，他一定喜欢，也许能叫我当面见他。"太子丹说："好！我叫他们把地图拿出来。"

荆轲背地里去见樊於期，对他说："秦王害死了将军的父母宗族，还出赏格要将军的脑袋，将军不想报仇吗？"樊於期一听这话，眼泪就掉下来了。他叹息着说："我一想起秦王，恨不得跟他去拼命，可是哪儿办得到呐？"荆轲说："我倒有个主意，能帮助燕国解除祸患，还能替将军报仇。可就是说不出口来。"樊於期连忙问："什么主意？说啊，说啊！"荆轲刚一张嘴又闭上了。樊於期见他话到嘴边又咽回去，催他说："只要能够报仇，就是要我的脑袋我也乐意给。你还有什么不好说出口的呐？"荆轲说："我决定去行刺，怕的是见不到秦王。我要是能够拿着将军的头颅去献给他，他准能让我见他。到那时候，我左手揪住他的袖子，右手拿匕首（短刀；匕 bǐ）扎他的胸脯。这样，将军的仇、燕国的仇、列国诸侯的仇都能报了。将军您瞧怎么样？"樊於期咬牙切齿地说："我天天想的就是这件事，你还怕我舍不得这颗人头吗？好吧，你拿去，祝你马到成功！"说着，他拔出宝剑来自杀了。

　　荆轲派人去通知太子丹，太子丹趴在樊於期的尸体上呜呜地哭了一阵。他叫人好好地把尸身安葬了，把人头装在一个木头匣子里交给荆轲，又送给他一把最名贵的匕首。匕首用毒药煎过，只要刺出像线那么细的一丝血，就会立刻死去。太子丹问荆轲什么时候动身。荆轲说："我有个朋友叫盖聂，我是等着他呐。我要他做帮手。"太子丹说："哪儿等得了呐？我这儿也有几个勇士，其中秦舞阳最有能耐。要是您看能够用他，就叫他当个帮手吧。"荆轲见他这么心急，盖聂又不知道在什么地方，樊於期的脑袋已经割下来了，不能多耽搁日子。这么着，荆轲就决定带秦舞阳去了。

荆轲和秦舞阳动身的那天，太子丹和几个心腹偷偷地送他们到了易水，挑了一个僻静的地方摆上酒席。喝酒的时候，太子丹忽然脱去外衣，摘去帽子，别人也都这么做。一霎时，他们变成全身穿孝的了。大家伙儿显得特别悲伤，全都哭丧着脸，一声不响地压着眼泪，不让它流下来。荆轲的朋友高渐离拿着筑（古时候的一种用竹尺敲打的乐器）奏着一首悲哀的歌儿。荆轲按着拍子，对着天吐了一口气，唱着：

风萧萧兮易水寒，
壮士一去兮不复还！

太子丹斟了一杯酒，跪着递给荆轲。荆轲接过来，一口喝下去，伸手拉着秦舞阳，蹦上了车，头也不回，就到秦国去了。公元前227年，荆轲到了咸阳，通报上去。秦王政一听燕国的使臣把樊於期的人头和督亢的地图都送上来了，就叫荆轲来见他。荆轲捧着樊於期的人头，秦舞阳捧着督亢的地图，一步步地上了秦国朝堂的台阶。

秦舞阳一见秦国朝堂上那么威严，不由得害怕起来，脸色变得煞白，腿直打哆嗦。秦王的左右一见，喝了一声，说："使者干吗变了脸色？"荆轲回头一瞧，就见秦舞阳的脸又青又白，跟死人差不多。荆轲对秦王说："他是北方的粗鲁人，从来没见过大王的威严，免不了有点儿害怕。请大王原谅。"秦王防着他们可能不怀好意，就对荆轲说："叫他退下去！你一个人上来吧。"荆轲心里直怪秦舞阳太不中用，只好独自捧着木头匣子献给秦王。秦王打开一瞧，果然是樊於期的脑袋。他就挥手叫荆轲拿过地图来。

荆轲回到台阶下面，从秦舞阳的手里接过了地图，回身又上去了。他把那一卷地图慢慢地打开，一个地方一个地方地指给秦王看。到地图全部打开（文言叫"图穷"，就是地图完了的意思），卷在地图里的匕首可就露出来了（文言叫"匕见"）。秦王一见，立刻蹦了起来。荆轲连忙抓起匕首，扔了地图，左手揪住秦王的袖子，右手扎了过去。秦王使劲地向后一转身，那只袖子可就断了。他一下子跳过旁边的屏风，刚要往外跑，荆轲拿着匕首追上来了。秦王一见跑是跑不了了，躲也没处躲，就绕着朝堂上的大铜柱子跑，荆轲紧紧地逼着。两个人围着柱子直转悠。

台阶上面站着的几个文官全都手无寸铁；台阶下面的武士，照秦国的规矩，没有命令是不准上去的。荆轲逼得那么紧，秦王政只能绕着柱子跑。他身上虽说佩戴着宝剑，可是连拔出来的那一点儿工夫都没有。有一两个文官拉拉扯扯地想去拦挡荆轲，全给他踢开了。其中有个伺候秦王的医生，拿起药罐子对准荆轲打过去，荆轲拿手一扬，把那个药罐子碰得粉碎。秦王政就趁着这一眨（zhǎ）眼的工夫，拼命拔那把宝剑。可是心又急，宝剑又长，怎么也拔不出来。

　　有个手下人嚷着说："大王把宝剑拉到脊梁上，就能拔出来了！"秦王政就按着他的话，真把宝剑拔出来了。他手里有了宝剑，胆子可就更壮了，往前一步，只一剑就砍坏了荆轲的一条腿。荆轲站立不住，一下子就倒下了。他拿匕首直向秦王政飞过去，秦王政往右边一闪，那把匕首从耳朵旁边擦过去，打在铜柱子上，"嘣"的一声，直迸火星儿。秦王政跟着又向荆轲砍了一剑，荆轲用手一挡，给砍去了三个手指头。他苦笑着说："你的运气真不坏！我本来想先逼你退还诸侯的土地，因此没早下手。可是你也长不了！"秦王政一连气又砍了荆轲好几剑，结果了他的性命。那个台阶底下的秦舞阳，早就给武士们剁烂了。

统一中原

秦王政杀了荆轲,也恨透了燕国。他当时就派王翦和王贲(bēn)父子二人加紧攻打燕国。燕太子丹亲自带着兵马出去交战,被秦军打得稀里哗啦。燕王喜和太子丹带着一部分兵马和老百姓退到辽东。秦王政非要把太子丹拿住不可。燕王喜被逼得无路可走,只好杀了太子丹,向秦王政谢罪求和。

秦王政问谋士尉缭这事应当怎么办。尉缭说:"韩国已经给兼并了,燕国搬到辽东,赵国只剩了一个代城,他们还能干得了什么?目前天冷,不如先去收服南边的魏国和楚国。把这两国收服了,辽东和代城自然也就完了。"秦王政就把北方的军队撤回，派王贲为大将，率领十万人马去打魏国。

魏王假（魏安僖王的孙子）派人去跟齐王建（齐襄王的儿子）联络，请他发兵来救。齐国的相国后胜对齐王建说："秦国这些年来没亏待过咱们，咱们哪儿能平白无故地去得罪秦国呐？"齐王建也认为别人家打仗，还是不去过问好。他不帮魏国，也不帮秦国，省得得罪了这一边或那一边。他不答应魏国的请求，魏国只好独个儿去对付秦国。

公元前225年，大将王贲用黄河水淹了大梁，顺利地灭了魏国，把魏王假和魏国的大臣全拿住，装上囚车，派人押到咸阳。秦王政接着打算去打楚国。他问大将李信要用多少人马。李信说："也就是二十万吧。"秦王政点点头。他又问老将军王翦。王翦回答说："二十万人去打楚国不行。照我的估计，非六十万不可。"秦王政一想："年纪大的人到底胆儿小。"他就拜李信为大将，蒙武为副将，发兵二十万往南方去了。王翦推托有病，告老还乡了。

李信和蒙武碰到楚国的大将项燕，打了败仗，将军死了七个，士兵死伤无数，接连往后退回来。秦王政大怒，把李信革了职，亲自跑到王翦那儿，请他再辛苦一趟。王翦说："我已经老了，请大王另派别人吧。"秦王政直向他赔不是，说："上回是我错了，这回非请将军出马不可，将军千万别再推辞。"王翦说："那么，还是非要六十万人不可。楚是大国，地广人多，楚王号令一出，要发动一百万人马也不太难。我说六十万，还怕不太够；要再少，那就不行了。"

秦王政用自己的车马亲自把王翦接到朝廷里来，当时就拜他为大将，交给他六十万兵马，仍旧派蒙武为副将。出兵的那天，秦王政亲自送到灞上（在今陕西省西安市东），在那儿摆上酒席，给王翦送行。王翦斟了一杯酒，捧给秦王政，说："请大王干了这杯，我要请求点儿事。"秦王政接过来，一口喝完，说："将军尽管说吧。"王翦从袖子里掏出一张单子来，上头写着咸阳上等的田地几亩，上等的房子几所，请秦王赏给他。秦王政看了说："将军成功回来，难道还怕受穷吗？"他完全答应下来，心里想："这位老将军真有点儿太小家子气了。"

王翦率领着六十万大军去打楚国，路上又打发一个手下人回去，向秦王政请求给他修一个花园。又过了几天，又派人去恳求秦王政，还想要个水池子，里头好养鱼。副将蒙武笑着说："老将军请求了房屋、田地也就是了，为什么还要花园、水池子？打完了仗，将军还怕不能封侯吗？"王翦咬着耳朵对他说："哪个君王不猜疑？你能保证咱们的大王不这样吗？他这回交给了咱们六十万大军，简直把全国的兵马全交给咱们了。我左一个请求，右一个请求，为的是让大王知道我惦记着的不过这点儿小事，好让他安心。"蒙武这才明白过来，点点头说："老将军的高见真叫我佩服得没法儿说。"

王翦的大军到了天中山（在今河南省汝南县北），在那儿驻扎下来。楚国的大将项燕带了二十万兵马，副将景骐也带了二十万兵马，两路一共四十万人，不光来抵抗，还直向王翦挑战。王翦把一部分人马专门用在运输粮草这件大事上，对于项燕的挑战，压根儿不去理会。这样过了一年多，项燕没法儿跟秦军交战。他想："王翦原来是上这儿来驻防的。"他就不怎么把秦国的军队搁在心上了。没想到在楚国人不做准备的时候，秦军排山倒海似的冲了过来。楚国的士兵好像在梦里给人家当头打了一棍子，手忙脚乱地抵抗了一阵，都各自逃命了。项燕和景骐带着败兵一路逃跑，兵马越打越少，地方越丢越多。项燕只好到淮上（在今安徽省凤台县）去招兵。王翦打下了淮南、淮北，一直到了寿春（在今安徽省寿县）。楚国的副将景骐急得自杀了。楚王负刍（楚考烈王的儿子）当了俘虏。

项燕招募了二万五千名壮丁，到了徐城（在今江苏省泗洪县），碰见了楚王的兄弟昌平君从寿春逃来，向他报告楚王被掳的消息。项燕说："吴、越有长江可以防御敌人，方圆一千多里，还能够立国。"他就率领大伙儿渡过长江，立昌平君为楚王，准备死守江南。

王翦知道了昌平君和项燕退守江南，就叫蒙武造船。第二年（公元前223年），王翦已经准备了不少战船，训练了几队水兵，就渡过长江，进攻吴、越。到了这时候，楚国不能再挣扎了。昌平君在阵上给乱箭射死，项燕叹了口气，只好自杀了。

王翦灭楚以后，就向秦王政告老回家。秦王政拜他的儿子王贲为大将，再去收拾燕、赵两国的残余。公元前222年，王贲打下了辽东，逮住了燕王喜，把他送到咸阳去。接着他就进攻代城，代王嘉（也就是赵王）兵败自杀。燕国和赵国全部归并到了秦国。

六国诸侯只想保住自己的地位，彼此之间互相攻打，想拿别人的地盘来补偿自己的损失，企图小范围地保持着割据的局面。结果他们被秦国一个个击破。秦国不但在经济和军事上占了优势，而且因为统一全国是一般人民的愿望，这才有可能在不到十年的时间里，一个一个地把韩、魏、楚、燕、赵灭了。如今只剩下一个齐国了。

王贲派人上咸阳报告胜利的消息。秦王政派大臣去慰劳他，请他回过头来去打齐国。王贲就向齐国进攻。齐王建一向不敢得罪秦国，每回列国中有谁来求救，他老是用好言好语拒绝。他把"和好"作为靠山，死心塌地地听秦国的话，讨秦国的好。赶到韩、魏、楚、燕、赵五国都给秦国灭亡了，他才派兵去守西部的边界，可是已经太晚了。公元前221年，好几十万的秦国兵马好像泰山一样压下来，多年没打仗的齐国兵马哪儿抵挡得住呐？齐王建才想起来向各国求救，可是各国早已完了。王贲的大军一路进来，简直一点儿拦挡都没有，没有几天工夫就进了临淄，齐王建只有投降。

齐国一亡，当年范雎的"远交近攻"计策完全成功了。打这儿起，六国全都归并到秦国，天下统一。东周列国经过"春秋时期"和"战国时期"五百年的变迁，才合成了一个大国家。秦王政跟着就改变国家的制度。当初六国诸侯都称为"王"，如今"王"没有了，那么自己又叫什么呐？他觉得自己的功劳威望比古时候的三皇五帝还大，就采用了"皇帝"这个名称。自己是中国头一个皇帝，就叫"始皇帝"，人们就称他为秦始皇。以后就用数目字计算：第二个皇帝就叫"二世"，第三个皇帝叫"三世"……这么下去一直到万世。他又叫玉器工匠刻了一颗大印，称为"玉玺（xǐ）"。那玉玺刻好之后，大臣们给秦始皇朝贺，听他的新命令。

秦始皇废除了分封诸侯的办法，采用了郡县制度，把天下分为三十六郡。郡下面再分县。每个郡由朝廷直接任命三个最重要的官长，就是郡守、郡尉和郡监。郡守是一郡中最主要的官长。郡尉在郡守底下，管理治安，全郡的军队也由他统领。郡监执行监察的事情。三十六郡全是这么统治的。

在秦始皇统一中原以前，列国诸侯向来没有一个划一的制度。不说别的，就拿交通来说吧。各国都有车马，可是道儿有宽有窄，车辆有大有小。各地方的车一般只能在自己的地方走着方便。秦国的兵车要在三十六郡的道儿上都能很快地通行，可就办不到了。秦始皇规定车轴上两个轮子的距离，一律改为六尺，使车轮的轨道相同（文言叫"车同轨"），各地的道儿就得修一修。这样，天下三十六郡都修起有一定宽窄的"驰道"（就是公路）来，从咸阳出发，北边通到燕国，东边通到齐国，南边通到楚国，甚至湖边、海边都修了驰道。驰道宽五十步（秦以六尺为一步），每隔三丈种上青松。好在天下已经统一，各地方不再打仗，所有的兵器都搬到咸阳来，铸成了十二个巨大的金人（就是铜像）和好些大钟。各地方不打仗，一部分原来的士兵变成修路的人。驰道很快就修好了。

交通一方便，商业发达起来，麻烦的事儿又来了。除了秦国以外，各地方的尺寸、升斗、斤两全不一样，就是在一个诸侯国里也很杂乱。秦始皇就规定全国一律的度、量、衡，禁止使用旧的、杂乱的度、量、衡。这一来，全国老百姓的生活可就方便得多了。

交通和商业的发展促进了度、量、衡的统一。可是还有一件多少年来没统一的事情，也必须改革一下，那就是中国的文字。别说那时候中国有好几种不同的文字，就是一样的文字也有种种不同的写法。秦始皇采用比较方便的书法，规定为正式的统一的文字，就是所谓"书同文"。其余各诸侯国写法不同的字也跟那些杂乱的度、量、衡一样，一律废除。

秦始皇还想从事国内的改革，没想到北方的匈奴又打进来了。匈奴趁着燕、赵衰落的时候，一步步地往南侵略过来，连河南（黄河河套以南）大片的土地也给夺去了。秦始皇派将军蒙恬（tián）发兵三十万北伐匈奴，把河南收回来，编成四十四个县。为了加强北方的防御，秦始皇下了决心，把原来燕国、赵国和秦国的长城连起来，又造了不少新的城墙，从临洮（在今甘肃省；洮 táo）到辽东，筑成一道万里长城。

公元前214年，秦始皇发大军五十万人，平定岭南，又添了三个郡。在南方大兴水利，叫水工史禄在湘江上游开掘渠道，号称"灵渠"，能通航，能灌溉。第二年，蒙恬打败了匈奴，又添了一个郡。两年增加了四个郡，合成四十郡。

秦始皇因为拓展了国土，就在咸阳宫里开个庆祝会。在这个会上，大臣们纷纷议论，有不少人认为古时候的制度不能改，分封诸侯的制度不能废，这种制度和道理都有古书为证，谁也不应当改变它。秦始皇很生气，就下了一道命令：除了秦国的历史和那些对人们有用的书，像医药、占卜、种树、法令等，其余的诗、书、百家的言论，全给烧了。谁要私藏就治罪；拿古代的议论来反对现在的法令的，也是死罪。这么一来，文化可就受到了老大的损失，拿这个办法对付有文化有意见的人，也挺荒唐可笑。

秦始皇还挺迷信，让方士们（就是求神仙、求仙丹的人）去给自己找长生不老的药。有两个方士的首领，一个叫侯生，一个叫卢生。他们在背后跟儒生们说："始皇帝是个专制暴君。在他的手下，博士也好，方士也好，算卦详梦的也好，反正只能说奉承的话，可不能批评他的过错。我们就没法儿替他求仙药。"侯生和卢生背地里又联络一些儒生反对秦始皇，那批儒生就引经据典批评起秦始皇来了。

秦始皇一听到这些议论，气更大了，就派心腹暗地里去探察他们的动静，准备逮捕一些反对他的人，头一个就是侯生，第二个就是卢生。他正打发人去抓他们，可他们早已跑了。秦始皇才知道他们原来还有内线，就叫御史把那些反对皇帝的人抓来审问。哪儿知道这批人还没受拷打，就东拉西扯地供出了一大批人来。审问下来，秦始皇把犯禁的情况严重的四百六十几个人都活埋了，把那些犯禁的情况次一等的都轰到边疆上去开荒。秦始皇杀了这一批方士和儒生，不但从此跟孔孟一派的儒家结下了怨仇，后世也有不少人把他当作典型的暴君。可是废分封、建郡县，筑长城、御外敌，统一度量衡，做到车同轨、书同文，这些都是好事情；把战国混乱的割据局面统一而成为东方大国，更不能不归功于秦始皇。

图书在版编目（CIP）数据

林汉达中国历史故事. 春秋战国 / 林汉达著. —济南：山东画报出版社，2024.5
　　ISBN 978-7-5474-4861-8

Ⅰ.①林… Ⅱ.①林… Ⅲ.①历史故事－作品集－中国－当代 Ⅳ.①I247.8

中国国家版本馆CIP数据核字(2024)第067338号

LINHANDA ZHONGGUO LISHI GUSHI CHUNQIU ZHANGUO
林汉达中国历史故事. 春秋战国
　林汉达　著

责任编辑　刘　丛
装帧设计　杨　杨

主管单位　山东出版传媒股份有限公司
出版发行　山东画报出版社
　　　　　社　　址　济南市市中区舜耕路517号　邮编 250003
　　　　　电　　话　总编室（0531）82098472
　　　　　　　　　　市场部（0531）82098479
　　　　　网　　址　http：//www.hbcbs.com.cn
　　　　　电子信箱　hbcb@sdpress.com.cn
印　　刷　河北鹏润印刷有限公司
规　　格　145毫米×210毫米　32开
　　　　　11印张　11幅图　210千字
版　　次　2024年5月第1版
印　　次　2024年5月第1次印刷
印　　数　1—5 000
书　　号　ISBN 978-7-5474-4861-8
定　　价　59.00元

林汉达中国历史故事 . 春秋战国

作者 _ 林汉达

产品经理 _ 谢云蔚　　装帧设计 _ 杨杨　　产品总监 _ 韩栋娟　　技术编辑 _ 丁占旭
责任印制 _ 梁拥军　　出品人 _ 李静

果麦
www.guomai.cn

以 微 小 的 力 量 推 动 文 明